시인과 농부

시인과 농부

이 책을 나의 친구요 인생의 반려인
사랑하는 아내 이선옥에게 드린다.

미래 수필 15

시인과 농부

정용진

미래문화사

농부의 일기

나는
마음의 밭을 가는
가난한 농부.

이른 봄
잠든 땅을
쟁기로 갈아

꿈의 씨앗을
흙 가슴 깊숙이
묻어 두면

어느새
석양빛으로 영글어
들녘에 가득하다.

나는 인생의 밭을 가는
허름한 농부.

진종일
삶의 밭에서
불의를 가려내듯
잡초를 추리다가

땀 솟은
얼굴을 들어
저문 하늘을 바라보면
가슴 가득 차오르는
영원의 기쁨.

추천의 말

고은(시인)

이 세상에 와서 여러 사람들과 만나는 내 행복은 그 무엇과도 바꿀 수 없으리라. 그 여러 사람 가운데 정용진도 있다.

비록 우리가 서로 정을 나누는 사이가 된 것은 얼마 되지 않으나 나에게 그는 해묵은 사람인 것만 같으니 웬일일까. 그래서 그의 시도 산문도 해묵은 낯으로 여겨지는 것일까.

미주 샌디에고는 보석이라고 말하고 싶어지는 그런 도시이다. 그 일대의 넉넉한 바다는 또 어찌 그다지 죄 하나 지어 보지 않은 쪽물로만 가득한지, 이런 자연을 감히 인간이 따를 수 있을까.

그 샌디에고 교외 저쪽으로 돌아가노라면 거기 황막한 휠부룩 언덕배기 드넓은 평지에 온통 장미꽃 5만 송이가 피어 아침 이슬을 한껏 머금고 있는 농원이 있다. 그 농원에 시인 정용진이 그의 부인과 함께 밭두렁에 나와 있는 것이다. (두 아들은 동부 보스턴으로 서부의 대처로 나가 있다.)

저녁녘이면 그들 부부는 흡사 바르비종의 밀레 '만종' 풍경이리라.

정용진은 이곳을 그의 제2 모국으로 삼고 시의 마음으로 농사를 짓고 있는 것이다. 그래서 그의 얼굴 빛은 대지 위에 내리꽂히는 햇살을 피하지 않아 늘 번들번들 땀이 밴 구릿빛 얼굴로 함박웃음을 웃어 영락없는 평생 농부인 그이다.

밤이면 몸을 단정히 한 책상머리에서 혹은 시를 가다듬고 혹은 수필을 쓰다가 말다가 하고 혹은 고금의 책을 읽어 가기도 하는 것이다.

진작에 그는 시집 《강마을》, 《장미밭에서》, 《빈 가슴은 고요로 채워 두고》를 내놓았고, 에세이집 《마음밭에 삶의 뜻을 심으며》도 간행한 바 있다.

이번 산문집 《시인과 농부》도 그 이후의 것들을 모아 배열한 것이라 한다.

내가 2년 전 미국 체류 중 마침 서부에서도 몇 차례 행사가 있었는데 그때 정용진을 만난 것이다. 만나자마자 그의 허허로운 심덕에 호흥한 나머지 그의 집까지 멀다 하지 않고 가보았던 것이다.(그들 부부는 내가 잔 방을 아직도 그대로 두고 있다 한다.)

그 이래로 그는 나에게 복된 아우이고 나는 그에게 그냥 막막하기만 한 형이 되고 말았다.

그는 나를 만나기 전에 이미 미주한국문인협회 회장과 이사장을 중임했고 또 미주문학상도 수상했는데, 그만큼 객향에서의 그의 모국어 수호는 먼저 그 자신을 구원하는 것과 함께 이웃의 위안이 되는 의의로 나아가고 있다.

그의 시세계 또는 에세이의 표현들은 한결같이 자연·산·시대에의 성실한 귀의와 인간 옹호를 주조로 삼고 있다. 이번 글에서도 그 자신의 일상생활을 통한 여러 사색들이 담겨 있다. 그것이 때로는 정감을 불러일으키고 때로는 비탄도 주저하지 않는다.

한마디로 그를 말한다면 그것은 '인간의 서정' 그것이다. 이민 생활의 수고 중에도 이런 인간에 대한 고전적인 애찬이 있어 그가 가꾸는 꽃은 장미만이 아닌 것이다. 글 중에는 아직 밭에서 나온 지 얼마 되지 않은 듯 좀 덜 마무리된 곳도 더러 보이는데, 나는 이런 곳에서도 그의 시인 농부로서의 얼굴을 떠올리는 것이다.

언제 만나 포도주 한잔 하세그려!

시가 엉그는 삶의 뜨락에서

인간이 세상을 살아가면서 자연과 더불어 살아갈 수 있다는 것은 신이 주신 크나큰 축복이다.

봄 바람, 여름 볕, 가을 비, 겨울 눈 속에서 함께 호흡을 나누고 서정과 낭만을 엮는다면 인간의 이성과 감정은 얼마나 순수해지고 아름답겠는가.

숲속을 지나는 바람 소리와 계곡을 흐르는 물소리, 밤마다 찾아 주는 달과 별들…… 그리고 내 농장에 함께 살며 집을 짓는 산새들, 이 모두가 나의 벗이요 시심(詩心)의 대상들이었다.

나는 이 자연 속에서 아내와 함께 지신·지민 두 아들을 키우면서 삶을 엮은 것을 행복으로 생각한다.

잠이 깨어 눈을 뜨면 저마다 영롱한 이슬을 달고 피어오르는 5만여 주의 장미꽃 송이들, 가을이면 뜨락 감나무들이 노을빛으로 익어 가는 정경에 취하여 이민의 삶이 고달픈 줄도 모르고 이순(耳順)을 맞이하였다.

나를 도와 농장 일을 뒷바라지하느라고 수고한 아내, 하루의 일과를 끝내고 글을 쓰는 나의 모습이 부러워 보였던지 두 아들이 유씨얼바인과 하버드대학에서 영문학을 전공하고 함께 글을 쓰고 있다. 그래서 우리 집은 삼부자 문학 동호인이 사는 셈이다.

이른 새벽 안개를 뚫고 자라나는 산의 모습은 가히 장관이다. 자연 속에서 제갈량의 청경우독(晴耕雨讀)을 삶의 목표로 삼고 밭을 갈고 글을 썼다.

여기 모은 글들은 시집 《강마을》, 《장미밭에서》, 《빈 가슴은 고요로 채워 두고》, 에세이 《마음밭에 삶의 뜻을 심으며》 이후 여러 신문과 잡지에 실렸던 글들을 엮은 것이다.

농사는 육신이 짓고 시와 글은 영혼이 쓴 것이다. 시가 영그는 삶의 뜨락에서 나로서는 하나같이 정성을 기울여 쓴 글들이다.

참삶의 길을 일러주신 이당 안병욱 선생님, 이 부족한 사람을 아우로 거두어 주시고 추천의 글을 써주신 고은 선생님께 진심으로 감사를 드리며, 출판을 맡아 수고해 주신 미래문화사 여러분들과 함께 이 기쁨을 나누고자 한다.

2001년 여름
미국 샌디에고 카운티 휠부룩
에덴 장미농장에서
정용진

차례

제1부 봄이 오는 뜨락에서

18

제1부

봄이 오는 뜨락에서

봄이 오는 뜨락에서

겨우내 얼었던 대지가 몸을 풀고 울가의 나뭇가지들이 기지개를 켜 또 하나의 삶을 시작하려는 봄의 계절이 훈훈한 바람과 더불어 속삭이듯 조용한 시냇물 소리를 동반하고 산을 내려오기 시작한다. 여름은 성숙의 풍만을 약속해 주고, 가을은 조락의 정경들 속에서 사색과 명상을 불러 오며, 겨울은 또 하나의 생명을 잉태하려는 기나긴 노력과 인내가 요구되는 계절이다. 이에 비하면 봄은 모든 묵은 때를 벗어 버리고 먼지 긴 커튼을 갈아끼우면서 눈앞에 동양화폭처럼 전개되는 자연의 순수한 모습을 바라보기 위해 마음의 창, 영혼의 문을 열어 놓는 계절이다.

봄이 되면 사랑을 하고 싶어지고, 여름이 되면 사업에 몰두하고 싶어지며, 가을이 오면 시인이 되어 방랑의 길을 떠나고 싶은 충동을 느끼며, 눈이 포근히 쌓인 겨울이 오면 벽난로에 참나무 장작으로 불을 지피고 고전을 읽으며 소설을 쓰고 싶은 것이 인간들의 간절한 염원이다. 어제에 비하면 오늘이 훨씬 진보

되고 오늘에 비하면 내일이 더욱 발전될 것이 분명한데, 인간들은 한결같이 분주와 소란 속에서 헤어나지 못하고 무엇엔가 쫓기는 삶 속에서 방황하고 있다.

일찍이 철인 니체는 '인간은 병든 동물이다. 나를 잃어버린 것이 그 첫째의 병이요, 나를 잃어버리고도 그 사실조차 자각하지 못하는 것이 그 둘째의 병이다. 첫째보다 둘째가 더 중병이다'라고 간파하였다. 그러하기 때문에 신은 인간들을 향해서 생로병사의 운명과 자연을 통해서는 춘하추동의 천리를 설정하여 놓았을 것이다.

나고 늙고 병들고 죽는 것은 인간의 삶의 리듬이요, 봄이 가면 여름이 오고 여름이 지나면 가을이 오며 가을 후엔 겨울이 도래하는 것은 자연의 질서요 순리이다. 때문에 우리 인간들은 이 섭리 속에서 교만과 불손, 자존망대에 빠진 자신의 행동을 반성하고 가늠할 줄 아는 지혜를 배우는 것이다.

지난해에 멋대로 자란 과목의 가지를 다듬어 주면서 이해에도 아름답고 싱싱한 열매가 맺히기를 갈망하듯, 우리 모두는 자녀들을 키우면서 하나의 건실한 인격으로 성장하기를 기원한다.

조국을 떠나서 어떤 곳에 이민 짐을 풀 것이냐 하는 것은 상당히 어려운 선택의 하나이다. 여기에서 제2의 고향이 결정되기 쉽기 때문이다. 직장을 따라서, 초청자의 거처를 좇아서, 선배·친지의 정착지를 찾아서 이민자들의 새 주소는 결정된다.

필자가 샌디에고 카운티 제일 북쪽이 되는 월부룩(Fallbrook)에서 장미농장을 경영하면서 강하게 느끼는 것은, 샌디에고는 인간이 살 만한 곳이라는 것이다. 팔로마 마운틴을 중심으로 산경이 아름답고, 태평양을 연안해서 기후가 온화하며, 멕시코를 인접해서 풍부한 노동력을 얻기가 쉽고, 농토가 비옥하여 토마토와 딸기·아바카도·오렌지·레몬 등 농작물이 풍성하다. 자연의 환경이 아름답기 때문에 인품도 고결하여 나는 이곳을 일러 산다아고(山多我高)라고 부른다. 산은 많고 인성은 고고하다는 뜻이다. 샌디에고 동물원에서 웅자를 펴보이는 맹수들의 모습과 태평양의 물줄기를 박차고 일어서는 돌고래들의 저력과 눈 덮인 팔로마 산록을 여유 있게 거니는 야생동물들의 정경은, 삶에 지쳐 유약하기 쉬운 인간들의 마음을 강하게 일깨우며 피곤에 지쳐 자리에 눕고 싶은 영혼들에게 활력소를 불어넣어 준다. 작물이 재배에 의해 자라듯 인간은 환경 속에서 적응력을 키우고 강한 도전 의지를 배운다.

자신이 처한 자리에서 보람을 느끼는 사람은 행복하다. 남의 처지는 더 귀해 보이고 남의 직업은 더 좋아 보이고 남의 가정은 더욱 행복해 보이는 것이 인간의 심리다.

작업복을 입고 땀을 흘리며 과목을 전정할 때 허술한 옷차림을 하고 찾아오는 방문객이 더러 있다. 나의 직업이 농업이기 때문이다. 차를 나누며 이야기를 하다 보면 그의 일가견을 지닌 삶의 경륜에 도취되어 존경심마저 느껴질 때가 많이 있다. 이럴 땐 인간을 외모로 평가해서는 아니 된다는 자책감이 앞선다.

고국의 한라산과 맞먹는 팔로마 마운틴도 멀리서 바라보면 잡초와 바위로 덮인 평범한 산과 같이 보인다. 그러나 한 시간여 달려서 정상에 올라 보면 4백여 년을 넘은 향나무가 버티고 섰고, 낙락장송과 활엽 교목들이 장관을 이루고, 사슴떼들이 한가하게 거니는 가운데 면화구름이 유유자적하게 떠가는 모습을 바라보노라면 자연의 웅대한 정경과 창조주의 위력 앞에 고개가 숙여진다.

자연은 아름다운 인간 삶의 터전이다. 이것이 파괴될 때 인간에겐 위기가 온다. 샌디에고에 사는 우리 한인들이 주위에 이렇게 빼어난 자연과 환경 속에 살면서도 존재의 가치와 생존의 고귀성을 망각하였다면 자신을 위해서도 우리 민족과 미국 사회를 위해서도 불행한 일이다.

인간의 행복은 아침에 수고하고 저녁에 감사하는 생활에 있다. 수고는 네가 하고 열매는 내가 거두겠다는 어리석은 생각들이 우리 모두를 불행으로 이끌고 있다. 고요한 산천, 평화로운 계곡에 가난하거나 부자이거나, 살결이 희거나 검거나, 키가 작거나 크거나, 집이 넓거나 좁거나 관계없이 싱그럽고 포근한 햇살이 쏟아지고 있다. 또 하나의 삶을 약속하는 신의 섭리요 은총이다. 우리는 이 풍성한 햇살을 맞이하기 위해 그늘진 동굴을 스스로 나와야 한다. 그래야 우리 모두의 삶의 언덕에 싱그러운 열매가 맺히는 기쁨의 감격과 약속된 마음의 고향을 바라다볼 수 있다. 마음의 고향을 스스로 발견하는 과업은 우리 이민자들에게 주어진 고귀한 사명의식이기 때문이다.

전원생활의 보람과 기쁨

자연은 인간의 요람이다. 자연 속에서 한여름을 무성하게 살던 나뭇잎들이 서릿발을 받으면서 뿌리로 돌아가는 낙엽 귀근의 철리를 알려주듯, 인간들도 종래는 모토로 돌아가는 것이다.

'사람으로 태어나면 서울로 보내고 말로 태어나면 제주도로 보내라'는 속담의 영향에서인지, 우리들이 젊음을 누리던 시절엔 너도나도 서울로 모여들어서, 농촌은 가난하고 텅 비인 집에 노인들만 겨우 고향을 지키고 있는 것이 유행병과 같은 삶의 모습들이었다. 인간의 가장 복된 삶이란 하늘과 땅과 인간의 조화가 이룩된 천·지·인의 아름다운 화합 속에 있는데, 자신이 서 있는 엄연한 현실은 외면한 채 삶을 살아왔다. 현대인들의 불행이 바로 여기에 있다.

맨발로 땅을 수시로 밟고, 나무들이 떨군 부엽토로 자란 무공해의 천연식품을 먹고, 오존이 풍부한 맑은 공기를 마시며 자연과 대화를 나누는 사이에 자신의 육신의 건강은 물론 정신의 여유와 안정을 누리게 된다. 높은 곳에서 낮은 곳으로 조용히 흐르는 시냇물 소리, 사계의 변화 속에 봄에는 매화의 우아한 용모 속에서, 여름에는 난의 청아한 자태에 매료되어, 가을에는 국화의 향기에 취하여, 겨울에는 대나무 소리를 들으면서 매용, 난자, 국향, 죽성의 사군자의 미를 탐닉하던 우리 선조들의 고매한 품성을 이을 수 있어야 한민족의 후예다운 여유가 있는 것이다.

이러한 진리를 늦게나마 터득한 듯 조국에서도 요즈음 일산과 양수리·곤지암 등 산자수명(山紫水明)한 자연 속으로 문인·예술가들이 자리를 옮겨 생활의 터전을 잡고 있다. 그리고 외국에 이주한 동포들도 경제의 어려움에서 해방되어, 내 집과 땅을 마련하여 뜰에는 과목을 심고 창가에는 난을 기르고 할머니 할아버지들이 늙음을 잊고 소일하고 계심을 볼 때 기쁨을 금할 수 없다.

나는 태어난 곳도 산수가 빼어난 남한강변의 여주지만, 다행히 미국에 이주해 와서 장미꽃을 키우는 직업을 택한 고로 새들이 우짖는 소리에 새벽 잠을 털고, 닭 우는 소리에 점심 시간을 가늠하며, 청산에 붉게 토하는 저녁 노을을 바라보면서 생활하고 있음을 보람과 기쁨으로 여기고 있다.

20에이커 터전에 6만여 주의 장미들을 가족으로 거느리고 봄에는 사과꽃이, 가을에는 5백여 주의 단감들이 노을빛으로 익어가는 모습을 바라다보면서 자연의 미를 만끽하고 있다.

어느 해엔 교회의 노인들을 초청하였더니 잃어버린 고향을 만들어 놓고 우리를 불러줘서 고맙다고 눈시울을 붉히는 할머님도 있었다. 그 모습을 보고 고향을 그리워하고 있는 어른들의 속마음을 읽을 수가 있었다. 작은 공간, 조그마한 공터에라도 손에 호미와 삽을 들고 채소를 손수 가꾸고 꽃과 과목을 심는 마음은 인간 본심의 고귀한 발로이다.

조부모나 부모들의 정신과 육체가 강건해야 그의 후예들인 손자·손녀들의 영육이 튼튼하게 자라게 되며, 생각하는 사람으로서의 기틀을 다지게 된다.

마스카니가 아니더라도 카발레리아 루스티카나 중에 나오는 '오렌지 향기는 바람에 날리고'를 싫어할 사람은 아무도 없을 것이다.

그래서 자연은 요람에서 무덤에 이르기까지 우리들의 영원한 고향이고, 우리 모두는 자연 속에서 이를 사랑하면서 살아가야 하는 존재들이다.

산촌에 봄이 드니

‘엄동이 지나거냐 설풍이 어디 가니/천산 만산에 봄기운 어리
엇다/지게를 신조(첫새벽)에 열고서 하늘빛을 보리라.’

고산 윤선도의 〈산중속신곡춘효음〉이다.

산간에 조용히 내리는 봄비 소리에 훈풍으로 엿듣는 봄의 가
락이 깃들고, 길을 따라 나는 호랑나비 몸매도 가벼운데, 자주
색 작약이 얼음 풀린 흙을 밀고 일어서고, 저녁마다 개구리들이
목청을 높이는데, 오늘도 달래와 씀바귀로 입맛을 돋우고 춘곤
을 달래노니, 울가에 개나리는 황금나팔로 계절을 깨우고, 노오
란 산수유 꽃이 눈송이처럼 곱구나. 오색 물감 풀어 유화로 그
려 놓은들 이보다 더 아름다우랴.

떠나온 고향산천 감자골 진달래도 연지볼로 붉었겠네. 실개천
능수버들이 초록빛 머리를 풀고, 이 골 저 골엔 두런두런 봄을
엮는 일소리로 가득하다. 올해도 풍년일 듯 아침엔 은빛 안개,
저녁마다 황홀한 금빛 노을, 밑거름 듬뿍 받은 감나무는 이 가

을도 가지를 받쳐야 될 듯한데, 이 모두 올봄에 펼쳐진 산수화의 한 폭이다.

'봄물은 못마다 가득하고 여름 구름은 묘한 봉우리를 이루었도다. 가을 달은 유난히도 밝은데 겨울 고개 소나무는 외롭기도 하구나.'

어느 시인은 사계의 아름다움을 이렇게 읊었다. '춘수는 만사택이요 하운은 다기봉이라. 추월은 양명휘요 동영은 수고송이라 (春水滿四澤 夏雲多奇峰 秋月陽明輝 冬嶺秀孤松)' 한 것이다.

비단폭이 아무리 아름다워도 봄의 정경을 못 따를 것이며 풍경화가 고울지라도 산자수명한 봄의 산천만은 못한 것 같다. 봄의 언덕에 올라서서 머언 들을 바라보면 지루하고 답답하였던 기인 겨울의 인고가 희망의 빛으로 되살아나서, 산허리엔 아지랑이로 눈에 어리고 눈 녹은 물이 불어나서 해묵은 시름과 속진을 밀어 가는 개운한 모습이 한눈에 들어온다. 물결보다 조용하고 바람보다 가볍고 햇솜보나 포근한 햇살이 알을 품고 있는 동산에는 할미꽃이 고개를 숙이고 민들레가 밝게 웃는다. 조잘조잘 흐르는 시냇가에 햇고기 오르고 돌미나리도 바윗등에 걸터앉아 봄으로 자란다.

양지 울가엔 한 해를 더 자란 키를 맞대는 개구쟁이들의 웃음소리로 가득하고, 마을 앞 개천엔 해묵은 때를 터는 아낙들의 빨래 소리가 전설처럼 흘러간다.

사는 것이 힘겨워 짜증을 부리다가도 창가에 와 우짖는 새소리를 들으면, 깊은 시름 맑게 개어 창공을 날고 종달이도 높이 떠서 사래 긴 밭가는 농부의 벗이 된다.

　김호길 시인은 꿀 같은 황금은천 참외를 심는다 하고, 김병현 시인은 고기를 낚겠는데, 어릴적 시골 친구에게서는 소식이 늦어진다.

　이쯤이면 뻐꾸기 옛동산에 올라 3, 4월을 울겠는데, ‘샛별이지자 종달이 떴다 호미메고 사립나니/긴수풀 찬이슬에 베잠방이 다젖는다/아희야 시절이 좋을손 옷이젖다 관계하랴.’

　이재의 시조를 음미하면서 이 봄을 엮는다. 하루의 시작이 새벽인 것처럼 한 해의 시작은 봄이고 일생의 시작은 유년기인데, 상하의 고장 캘리포니아에서는 고국에서나 동부에서와 같이 뚜렷한 계절의 변화를 느끼지 못하여 서운하기도 하다. 하지만 인간은 집착이 강한 동물이고 잠재의식 속에 새로운 것을 창조하는 만물의 영장이기 때문에, 아름다운 과거나 흘러간 추억을 거저 흘려 버리기가 힘든다.

　보드라운 솜털 구름 사이로 열리는 쪽빛 하늘을 따라 속잎이 돋는 오리나무의 모습을 바라보면서, 두메산골 영 넘어가는 소월을 생각하고 구름에 달 가듯이 떠돌다 이 땅 이 자리에 와 앉은 우리들 자신들을 되돌아보면서 목월을 불러 본다.

　봄은 생명의 호흡이요, 봄은 생명의 새싹이며, 봄은 생명의 율동이요, 봄은 생명의 꽃이며 향기이다. 그렇기 때문에 우리들은 지루하고 춥고 어두운 삼동의 겨울을 곧잘 견디면서 ‘겨울이 오면 봄이 머지 않으리…’라고 희망과 승리의 노래를 부르는 것이다.

　봄이 무르익은 산촌의 언덕과 같이 금년에는 우리 교포사회도 보다 아름다운 삶의 꽃이 피고, 고국사회에서도 풍성한 열매가

열리며, 남북을 오가면서 통일의 기틀을 다지는 계절이 되기를
가늠해 본다.

우리들은 이념의 장벽 속에서 반세기를 시달렸고 독재의 아성
에서 숱한 나날을 허비하였다. 이제는 아프리카 남단에서 넬슨
만델라가 봄 소식을 전하고 동구라파에서, 남미에서, 시베리아
동토에서 자유의 물결이 흐르고, 인본주의, 인격주의, 평등, 박
애의 소리가 지구의 곳곳에서 봄바람처럼 넘치고 있다.

우리들의 산하에서도 아름답고 고귀한 봄의 소리가 흘러넘치
는 새해가 되기로 다짐하자.

봄은 이해의 시작이요 열매가 보이는 계절이다.

'모란이 피기까지는/나는 아직 나의 봄을 기다리고 있을 테요.
/모란이 뚝뚝 떨어져 버린 날/나는 비로소 봄을 여읜 설움에 잠
길 테요/5월 어느 날, 그 하루 무덥던 날/떨어져 누운 꽃잎마저
시들어 버리고는/천지에 모란은 자취도 없어지고 뻗쳐 오르던
내 보람 서운케 무너졌느니/모란이 지고 말면 그뿐, 내 한 해는
다 가고 말아/삼백예순날 하냥 섭섭해 우옵네다/ 모란이 피기까
지는/나는 아직 기다리고 있을 테요, 찬란한 슬픔의 봄을.'

김영랑의 노래가 조용히 봄 동산에 흘러오고 있다.

입춘대길

대한을 지나 우수로 향해 가는 도중에 입춘이라는 절기가 있다. 이는 이름 그대로 봄의 첫 관문이다. 이를 맞이하면 우리의 조상들은 집앞의 대문을 말끔히 정돈하고 붓과 벼루를 내어 대문 앞 좌우에 '입춘대길(立春大吉) 건양다경(建陽多慶)'이라고 써붙인다.

새봄을 맞이하여 길함을 얻고 따사로운 봄볕과 같은 경사가 넘치는 한 해가 되기를 기원하는 마음의 표현이다. 이러한 대문을 밀고 들어서면 다시 안채 기둥 좌우에 '당상학발(堂上鶴髮) 천년수(千年壽), 슬하자손(膝下子孫) 만대영(萬代榮)'이라고 써붙인 글귀가 나타난다.

즉 위에 계신 어른들은 머리가 학의 깃털처럼 천년의 장수를 누리고, 그 슬하의 자손들은 만대를 내리며 영화가 함께 하였으면 좋겠다는 간절한 바램이다. 인간이 욕심이 과하다는 것은 불행의 시초요, 희망이나 야망을 지닌다는 것은 살맛이 나는 가정과 사회를 이룩하는 원동력이다.

아무리 부함이 좋을지라도 '고(苦)는 집착과 갈애에서 온다'는 것이 부처님의 가르침이요, '부자가 천국에 들어가기는 낙타가 바늘 구멍을 통과하기보다 힘들다'라는 것이 《성경》이 일러주는 지혜이다. 또 '작은 부자는 본인의 근면으로 가능할지라도 큰 부자는 하늘이 내는 것'이니 과욕은 버리는 것이 좋다고 명심보감은 일러주고 있다.

요즈음 캘리포니아에서는 복권으로 마음들이 들떠 있고 한국인이 큰몫을 차지하여 화제가 되고 있다. 이분은 입춘에 대길을 얻은 것이다. 그런데 막상 거금을 받고 보니 도움을 청하는 손들이 각처에서 쇄도하여 대문에 빗장을 내리고 동가식 서가숙으로 방랑을 하고 있는 것으로 신문이 소식을 전하고 있다.

일확천금은 만인의 원이다. 그러나 이 돈을 어떻게 쓸 것이냐가 중요하다. 왜정의 횡포가 날로 심할 때 신길이 장수 한 사람이 만주로 옮겨 가서 신발을 고치는데 우연히 복권 한 장을 구입한즉 당첨되어, 이 돈을 구두 수선통에 넣고 고향에 돌아가서 어느 땅도 사고 어느 집도 구입하고 세간은 어떤 것을 마련해야겠다는 상상에 잠겨서 압록강 대교를 건너고 있었다.

다리 난간에 기대어 하는 생각이, 내가 이렇게 큰 돈을 얻었는데 돈이나 가지고 가면 되지 주제꼴이 남루하게 신발통은 왜 가지고 가느냐고 강물에 던졌는데, 그 속에 돈이 들어 있음을 늦게 깨닫고 물에 달려들어 구두통을 껴안고 익사하였다는 우화가 있다.

일시에 횡재를 해서 돈이 있으면 모든 것이 성취되고 행복할 것 같은데, 막상 얻고 보니 더욱더 큰 어려운 일들이 나타나서 인생을 불행하게 한다는 예를 보여주고 있다.

잠언에 보면 '저에게는 가난하게도, 부유하게도 마십시오. 먹고 살 만큼만 주십시오. 배부른 김에 야훼가 다 뭐냐고 하며, 배은망덕하지 않게, 너무 가난한 탓에 도둑질하여 하나님 이름에 욕을 돌리지 않게 해주십시오'라고 아굴은 하나님께 간구하였다. 중용지도가 인생의 대도라고 선인들이 반복하여 가르치는 연유가 여기에 있다. 수복강녕(壽福康寧)과 부귀영화는 모두의 염원이다.

그러나 이 모든 것이 자신이 뼈를 깎는 수고와 근검노작의 정열을 쏟은 후에 그 대가로 얻은 것이라야 값지고 보람될 것이다. 일찍이 주자는 '춘불경종이면 추후회(春不耕種 秋後悔)'라고 그의 십해문에 기록하였다. 봄에 갈고 심지 아니하면 가을에 가서 거두어들일 것이 없다는 지적이다. 허황된 인생의 마음속에는 공허의 노래가 가득 차 있고 불한당의 가슴속에는 허탈과 회한의 독백이 충일한 것이다.

'나는 누구입니까'라는 물음은 자아를 찾는 음성이요, '우리는 누구입니까'라는 질문은 사회를 찾아서 밝혀 보려는 소명의식이다. 흘러가는 물이 썩지 아니하듯 깨어 있는 자라야 광망의 새벽을 맞이할 수 있다. 새로운 봄 기운이 천지에 가득하다. 온갖 생명들이 저마다 저다운 행장으로 길을 나서고 있다. 저다운 색깔, 저다운 모습, 저다운 향기로 소생의 축제에 참여하고 있는 것이다.

입춘이 지나고 우수, 경칩의 계절이다. 이때엔 대동강도 풀린다고 하였다. 동구라파에서는 해빙의 기쁜 소식들이 연일 들려오고 있다.

참으로 부러운 민족성이다. 분단의 아픔 속에서도 같은 국기를 쓰고, 신문과 방송을 서로 보며, 이제는 같은 화폐를 쓰겠다니 과연 독일 국민답다. 은근과 끈기가 우리 한민족의 민족성이라고들 하는데 도무지 이해와 용서가 없다. 다른 민족은 한 국가로의 동일성 열풍이 강하게 부는데, 우리들은 콘크리트 장벽이 어떻고, 땅굴이 어떻고, 사랑과 화해의 소리가 안 들린다. 작고하신 함석헌 옹께서 이 일을 보다 못하여 '내가 한마디할까? 남한은 북한보고 괴뢰라 하고 북한은 남한보고 괴뢰라 하면 바다 건너 가보면 두 놈 다 괴뢰지' 하셨다가 자유당 시절 반공법 위반으로 감옥에 가 앉으시고 '자유는 감옥에서 알을 까고 나온다'고 외치셨다.

우리의 강토에서도 통일의 합창이 울려 오고 수난의 감옥 속에서 나온 자유의 알을 청명한 새봄, 희망의 햇살 아래 부화시키는 입춘대길의 봄이 어서 오기를 남북한이 하나같이 간구해야겠다. 그래야 우리 민족도 한울에서 살지 않겠는가.

고향의 사월

'나의 살던 고향은 꽃피는 산골/복숭아꽃 살구꽃 아기진달래/ 울긋불긋 꽃대궐 차리인 동리/그 속에서 놀던 때가 그립습니다.' 이원수 작, 홍난파 곡의 〈고향의 봄〉 일절이다.

인간의 마음속에서 가장 아름답게 기억되는 곳은 고향이다. 자기가 지상에 태어나서 낯익은 산천과 부모님과 이웃들의 사랑을 받으면서 자랐기 때문에 인간들은 고향을 못 잊어하고 동양화폭 같은 산과 들, 유유히 굽어 가는 강줄기, 푸르른 버들숲의 언덕과 진달래, 개나리, 산수유가 어우러져 피고 지며 뻐꾸기가 봄마다 와서 울던 뒷동산을 못 잊어한다. 고향 바다의 넘실대는 푸른 물굽이와 하아얀 모래밭을 꿈결에도 그리워하면서 여럿이 모이면 고향 자랑으로 잠을 잊는 것도 모두 이 때문이다. 고향은 마음의 안식처요, 영원한 추억의 메아리가 가슴속에 새겨진 곳이다.

그래서 우리들은 외지에서 고향 까마귀만 봐도 반갑다 하고,

정든 일초일목들을 상상 속에 떠올리는 것이다.

나는 미국에 온 지 18년 만에 비로소 지난해 4월 고국을 방문하고 고향인 여주땅을 밟아 보는 기쁨을 누렸다.

이민길 사래의 긴 밭이 나를 붙잡았고 불규칙한 정정들이 발길을 가로막기도 하였다. 10년이 지나면 강산이 변한다 하였는데 강산이 두 번 변한 세월이었다. 그간 아버지는 작고하셔서 선산에 쉬고 계셨고 어머니는 노안으로 오랜만에 만나는 자식 앞에서 눈시울을 붉히셨다.

벗들의 머리에도 서리 내려 하얗고, 높은 건물들, 곧게 뻗은 도로, 가득히 들어선 나무들 모두가 새로웠다.

하나님께서는 나에게 나무를 심는 과업을 특기로 주셨다. 지금까지 심은 것이 1백만 주는 족히 될 듯하고 앞으로도 필생의 사업으로 삼으려 한다.

나보다 한국을 먼저 방문한 친구가 서울에 가니까 사람들이 계란 같더라고 하던 말이 기억난다. 어려운 정정, 힘든 경제 속에서 개척하고 살아 남느라 보아도 못 본 척, 들어도 못 들은 척, 있어도 없는 척, 알아도 모르는 척 동글동글 반들반들 닳아서 코도 없고 눈도 없고 귀도 없이 계란처럼 굴러다니는 물결 같더란다. 나도 이에 공감하였다.

오랜만에 마암 청류벽에 올라 영월루에서 도도히 흘러가는 강줄기와 달빛같이 하아얀 모래밭을 굽어보았고, 1천4백여 년의 풍상 속에서 은은히 울려나는 불심의 신륵사 종소리를 들으며 원효의 차안과 피안의 높은 세계가 보이는 듯하고, 무학·나옹 대사의 숨결이 들리는 듯하였다.

청심루의 아련한 전설을 밟고 오후에는 우암 송시열의 사당 대로사와 세종 영릉, 효종 영릉을 참배하였다. 아름다운 수림, 윤기 흐르는 잔디밭에서 무언의 교훈으로 국민들을 일깨우고 계셨다.

여주는 백운소설의 저자 백운거사 이규보, 비운의 명성황후의 출생지이기도 하고, 북벌 계획의 못 이룬 민족한을 안은 채 이완 대장이 잠든 곳이기도 하다.

송진덩이같이 기름지다는 여주쌀로 죽마고우들과 점심을 들고 여흥 민씨와 여흥 이씨의 조상이 물가에서 솟았다는 ‘마암’에 올라서 ‘청산을 우러르며/벽사를 굽이 돌아/마암으로 흘러드는/청심의 여강/무구한 세월의/꿈이 서린/천인단애 바윗등엔/초연히 웃고 섰는/진달래 꽃등걸/머언데선 구름이 일고/가까이선 범종 소리/청강에 파문 지는데/발 아랜/해맑간 은모래벌/내 고향 강마을/그리던 옛 임도/학으로 되돌아와/강심을 거니는데/어제의 동안은 어데 두고/백발 서린 모습으로/장승처럼 예 섰는가/마암에 뜨는 달이/영월루에 깃을 펴고/이릉에 걸린 달이/향촌에 가득한데/내 마음도 물빛으로/파아란 가슴/하늘이 고여 오네/벽사를 굽이 돌아/마암을 우러르고/오늘도/소리없이 저어 가는/청심의 여강.’

이렇게 적으며 정든 고향땅을 다시 떠나왔다.

20여 년의 세월들을 그리도 꿈꾸던 고향 언덕엔 고요하고 안온하며 토속적인 모습이 배인 시골의 초가지붕들이 사라지고, 붉고 푸르고 짙은 원색적인 빛깔로 변색되어 안정감보다는 친정으로 쫓겨온 새댁의 모습같이 균형을 잃었으며, 강건하고 힘살이 박힌 청소년들이 고향을 떠나고 노약자와 어린이들만 마을을 지키고 있음을 볼 때 마음이 아프고 허전함을 금할 수 없었다.

자의가 아닌 타의로 고향을 떠나온 실향민들이야 40년 사이에 두고 온 강산이 얼마나 변하였으랴. 두고 온 옛 고향의 정경과 감회를 시인 박용철은 그의 시 〈고향〉에서 이렇게 적고 있다.

'고향을 찾아 무얼하리/일가 흩어지고/집 흐너진데/저녁 가마귀/가을풀에 울고/마을 앞 시내도 옛 자리 바뀌었을라/어릴 때 꿈을 엄마 무덤 위에/남겨 두고 떠도는 구름 따라/멈추는 듯 불려온 지/여나무 해/고향을 찾아 무얼하리.'

이 얼마나 실향의 단장을 노래한 것이며 어머니의 품으로 돌아가고픈 망향가요 회심곡인가. 범도 죽을 때엔 고향 쪽으로 머리를 두고 죽는다는데, 사고와 추억의 천재들인 인간에 있어서랴. 고향을 그리는 마음이 얼마나 고귀하고 아름다운 본능인가. 고향은 영원한 어머니의 가슴과 같은 그리움의 언덕임이 분명하나.

장미밭에서

'잠든 영혼이 눈을 뜨는/이른 아침/장미의 뜨락을 거닐면/소록소록/마음을 열며/피어오르는/사랑의 숨결/더러는/눈길로 말하고/더러는/향기로 부르며/삶의 진실과 번뇌를/고백하는/여신의 숲엔/생명의 늪으로 빨려드는/무수한 영혼의/빛과 소리들⋯'

필자의 시 〈장미밭에서 · 1〉의 첫연이다.

세상엔 직업도 여러 종류이고 삶의 모습도 다양하지만, 천명이 무엇인가 헤아려야 할 나이에 이국 산중에서 장미꽃을 길러내는 직업을 맞이하고 보니 그 감회가 유난히 깊다.

이른 아침 온실 문을 열고 들어서면 2에이커의 그린 하우스 속에 5만여 주의 장미나무들이 각양각색의 빛깔과 향기로 도열해 있다. 마치 조회를 하기 위해 남색 교복에 백합같이 흰 컬러를 달고 늘어선 여학생들의 모습을 바라보는 것 같아, 그 청순함과 싱그러움이 비길 데 없이 고귀하고 아름다워 보인다. 장미밭에는 사랑의 향기를 통한 삶의 소중함이 있고 꽃을 바라보면서 그날의 번뇌와 아픔을 미와 바꾸는 기쁨이 있다.

그러나 인간의 삶 속에 생로병사의 윤회가 있듯이, 꽃밭이라 하여 환희와 감동과 희열만이 존재하는 것은 결코 아니다. 곧은 가지 위에 싱싱한 봉오리의 꽃들이 있는가 하면, 보기 흉할 대로 휘고 꺾이어 추한 모습도 있다. 또 매혹적인 진한 향기로 유혹을 감당하지 못하리만치 요염한 꽃이 있는가 하면, 인조로 지어 놓은 것같이 무향무취의 멋없는 꽃도 있다.

마치 이 세상엔 '플러스만의 인생도 없고 마이너스만의 인생도 없는 것'과 같다.

꽃은 바라보는 이의 감정과 감흥에 따라 그 모습을 달리한다. 인생의 꿈으로 가득 찬 소녀들은 백합같이 하아얀 장미꽃을 좋아하고, 결혼의 행복을 바라는 처녀들은 복숭아빛이나 연분홍 장미를 사랑한다. 성공한 중년들은 황금빛 장미를 즐겨 찾고, 연인에게 선물하려는 남성들은 보랏빛이나 붉은 색을 택한다. 그 속에서 보랏빛 인생의 꿈이나 불 같은 정열적 사랑의 열기를 구하려는 듯하다.

가시밭에서 피는 꽃이 이처럼 아름다운가 환호하다가도 사나운 가시에 찔려 피가 흐르면, 아름다움 속에 도사린 가시의 아픔을 새삼 의식하고 봄 하늘을 마음껏 날으는 호랑나비를 쫓다가 발을 헛디뎌 구렁에 빠지는 낭패감을 느끼기도 한다. 꽃밭 속에도 미적 진실이 있는가 하면 냉엄한 현실이 공존하고, 고상한 향기가 흐르는가 하면 텁텁한 땀 냄새와 거름 냄새가 함께한다.

사랑이 있는 곳에는 슬픔이 있고, 만남이 있는 곳에는 이별이 있으며, 기쁨이 있는 곳에는 번뇌가 함께 하고, 삶이 있는 곳에는 죽음이 따르는 것이 우주의 질서요 신의 섭리다. 〈두이노의 비가〉, 〈오르포이스에게 부치는 소넷〉 등 사랑과 고독과 죽음 그리고 실존의 긍정적인 모습이 담긴 명작을 남긴 시인 릴케(Rainer Maria Rilke)는 어느 날 그를 찾아온 이집트 출신 여인에게 주기 위하여 장미가지를 자르다가 가시에 찔린 화농으로 세상을 떠났다.

시인 릴케도 꽃과 여인을 퍽 사랑한 것 같다. 우리 내외는 저녁이 되면 돋보기를 걸치고 바늘을 들고서 손에 박힌 장미가시를 빼주면서 서로를 위로하며, 남에게 사랑을 전하여 주는 직업이니 괜찮은 편이구나 하면서 마주 보고 웃곤 한다. 서구인들이 해마다 발렌타인스의 날이 오면 극성스럽게 장미꽃을 구해다가 연인들에게 바치는 것을 보면, 사랑의 힘이 얼마나 크고 고귀한가를 짐작할 수 있다. 정원에서 장미가지를 다듬다가 찔려 본 사람이면 알겠지만, 가시 하나쯤은 떠나간 옛님의 숨결로 간직하고 싶어도 손끝이 너무 아파서 결국 뽑지 않으면 못 견딘다.

아내와 더불어 6, 7명의 일손들이 장미가지를 고를 때는 저마다 자기 일에 심취되어 순을 치고 가지를 다듬는 가위 소리만 들려올 뿐 모두가 침묵 일관이다. 인간들은 저마다 주어진 자신의 일에 몰두할 때 그 속에서 희열과 행복을 느끼고 수양의 높은 경지를 스스로 깨닫기도 한다. 강철왕 카네기가 사업에 몰입하고 월트디즈니가 뉴월드를 꿈꿀 만큼 인간세계의 일은 신나고 인생의 긍지와 승리를 안겨 주는 삶의 보람이다.

리빙스톤은 '땀은 신경의 보약이다'라고 갈파하였다. 농부인 나는 이 말을 인생의 신앙처럼 간직하고 살아가고 있다. 역사는 일하는 자의 것이다. 수고한 자가 식탁의 상좌에서 앉아 먹고 게으른 자는 그들이 먹고 남은 찌꺼기를 먹는 이반의 바보의 나라를 나는 사랑한다.

할일이 없어서 놀고 먹다니, 하나님께 너무나 죄스러운 변명이다.

'수고에다 땀과 정성을 더해 얻은 열매가 기쁨이요, 보람이요, 행복이다/잠든 영혼이/눈을 뜨는 아침/장미의 뜨락엔/소록소록/가슴을 열며/흘러드는/영원의 숨결.'

〈장미밭에서·1〉의 끝연이다. 이는 내가 장미밭에서 배우는 인생의 아름다운 향기요, 정성이 배인 사랑의 노래다.

행복의 미학

인간들은 하나같이 행복의 파랑새를 좇아서 사는 존재들이다. 불행한 것이 좋다고 말하는 사람이 있다면 이는 청량리 뇌병원에서나 찾아볼 수 있을까. 모두가 행복을 염원하면서 살아가고 있다.

일찍이 우리 민족은 수(壽), 부(富), 강녕(康寧), 유호덕(攸好德), 고종명(考終命)의 다섯 가지를 들어 오복이라 부르고, 늘 발원하면서 부귀와 공명을 낙으로 여기고 살아왔다. 오래 살고 넉넉하고 건강 속에 화평을 누리며 덕을 즐기고 살다가 곱게 죽을 수 있다면 이 얼마나 아름다운 일이겠는가.

우리들이 이 땅에 옮겨와서 일상에 느끼는 일들이지만, 서구인들은 하나같이 '해피'를 갈망하면서 살아가고 있는 것 같다.

해피버스데이, 해피애니버서리, 해피할러데이, 해피뉴이어……매일같이 해피를 연발하고, 그대는 나를 사랑하느냐고 확인을 거듭하면서 살아가고 있다.

인간들은 모두가 어느 천사가 행복을 가져다 주기를 바라고 외적인 요인에서 이것을 구하려 한다. 고대 중국에서 선지식을 찾아 방황하던 젊은 법상 스님이 덕망이 높은 고승 마조대사를 찾아가 부처가 무엇이냐고 물었을 때 스승은, '마음이 곧 부처라(卽心卽佛)'고 일러주었다. 이는 마치 세상의 진리로 인간의 행복을 나 아닌 남에게서 구하려 하고, 안이 아닌 밖에서 얻으려 하는 우리들을 향하여 외친 진리의 말씀과 같다.

이 말씀을 가슴속에 깊이 간직하고 유아독존(唯我獨尊)의 수련을 쌓은 법상은 후일 대매화상으로 많은 인간의 영혼을 구원하는 고승이 되었다.

《성서》에 보면 복이 있는 사람을 구별하여 '마음이 가난한 사람', '슬퍼하는 사람', '온유한 사람', '옳은 일에 주리고 목마른 사람', '자비를 베푸는 사람', '마음이 깨끗한 사람', '평화를 위하여 일하는 사람', '옳은 일을 하다가 박해를 받는 사람'이라고 〈마태복음〉 5장에 기록하고 있다.

이 말씀들이 하나같이 무엇을 갈구하는 사람들, 행해 가는 사람들 속에서 발견할 수 있는 고귀한 덕목임을 알 수가 있다. 세속의 세계 속에 들어와서도 복의 개념을 웃으면 찾아온다고 '소문만복래'의 교훈을 일러주었고, '행복은 감사의 문으로 들어오고 불평의 문으로 나간다'고 제시하여 주었다.

서민 대중들이 복에 관심을 기울이는 동안에 지사(知士)와 인인(仁人)들은 덕에 가슴을 기울여 성현 공자는 지혜와 사랑과 용기를 천하의 삼대달덕이라 일렀고, 맹자는 사랑과 의리와 예의와 지식을 사단의 원리로 세웠으며, 왕양명은 지행합일을 삶의 기준으로 밝혔다.

철인 소크라테스는 이성적 소리를 들을 수 있는 지의 인간, 도덕적 실천 능력이 있는 행의 인간, 종교적 신념이 있는 신의 인간의 아름다운 조화를 통하여 가슴속 깊은 곳에서 들려 오는 신비스러운 양심의 소리 다이모니온을 들어라고 강조하였다. 이를 통하여 월사금을 받고 지식을 파는 소피스트적 지성과, 청년들 스스로가 자기의 마음과 가슴속에서 진리의 아들을 분만할 수 있는 산파술을 일러줌으로써 스승과 제자가 진리 공동 탐구의 길에 나설 수 있는 소크라테스적 지성의 길을 열어 놓았다.

얕고 빈약한 인간들을 향하여 깊은 철학적 의미와 내용을 더하여 양심적인 자각을 하라고 외친 것이다. 그는 지는 덕이요, 덕은 복이다. 지·덕·복의 합일이 최선의 행복이라는 명제를 내렸다.

이를 통하여 인간의 영혼과 정신과 인격을 아름답게 조각하는 것이 그의 철학적 결론으로서, 인격주의와 행복주의를 제시한 것이다. 현대인들의 불행은 영혼의 만족이 없기 때문이다. 아무리 분주하게 육신에 분칠을 하고 외모를 가위질하여 뜯어 고쳐도 부질없는 작난에 불과하다.

여타를 외면한 채 지(知)만을 추구하여 학위를 얻고 난 이후의 허탈감, 이웃과 사회를 향한 자선의 덕만을 외치다가 가정과 자녀가 불행의 늪으로 빠져드는 비극과 창고에 가득히 쌓아 놓은 물질의 만족으로 위장하는 삶들은 하나같이 외발로 선 학처럼 불안한 존재들이다.

대부분의 인간들이 자기 자신이 하고 있는 일들에 대하여 도

무지 자신이 없다. 어느 날 갑자기 창조주가 찾아와서 ‘무엇을 하고 있소?’ 하고 물을 때 ‘이것입니다’ 하는 자신감과 사명의식을 상실한 시대가 오늘인 것 같다.

인간이 인간답기 위해서는 최소한 자신이 지상에 존재해야 하는 까닭을 물을 수 있는 지식과 이웃과 사회를 향하여 무엇을 베풀 수 있을까 하는 덕목과 이를 통하여 스스로 감사하고 기뻐할 수 있는 행복의 감정을 향유할 수 있는 마음의 여유가 있어야 성공한 삶이라 할 것이다.

‘하루가 선하면 하루가 신선 같다’는 자족의 자세로 나날을 살아가자. 지·덕·복의 합일이 얼마나 인간이 인간답게 살라 하는 고귀한 교훈인가.

책을 읽는 마음

마음은 인간의 거울이다. 마음이 맑은 사람은 세상을 밝게 보고 마음이 흐린 사람은 세상을 비관과 허망의 눈으로 바라보기 때문에 그 노래가 슬프다.

일생 일회적으로 주어진 인생을 긍정적인 자세와 적극적인 생활철학과 기쁜 마음으로 살아가고 싶다. 젊음은 인생의 가장 큰 축복이다.

마음이 젊기 때문에 많은 것을 소유하고 싶고 마음이 청순할수록 받아들인 사물의 이치와 삶의 철리가 잘 박힌 못과 같이 깊고 바르게 간직된다.

그러하기 때문에 선인들은 '소년은 늙기 쉽고 배움은 이루기 어려우니 촌음의 시간인들 가볍게 보지 말라'고 가르쳤다.

가을은 독서의 계절이다. 10월을 독서의 달로 정한 것도 이 때문이다. '하늘은 높아 가고 말은 살찌는데 등불을 가까이 하라'고 면학을 권면하는 이유도 여기에 있다.

독서삼매경은 안심입명(安心立命)의 경지이기도 하다. 어려운 환경을 극복하고 학문의 대업을 성취한 사람을 일러 우리들은 형설(螢雪)의 공(功)을 닦았다고 찬사를 보낸다.

형설의 공이라 함은 가세는 비록 가난하였으나 그 사귐이 잡되지 아니하고 탐구심이 강한 손강이 깊은 겨울날 눈덩이를 뭉쳐 마루 위에 놓고 이에 반사되는 달빛을 통하여 글을 읽었으며, 진나라의 차윤은 기름을 구할 수 없어 여름날 밤 성긴 베자루에 반디를 수십 마리 잡아넣어 그 빛으로 밤 깊은 줄 모르고 책을 읽어 성공한 사례를 들어 형설지공이라 하여 후세에 귀감으로 삼은 것이다. 책 속에는 성현들이나 석학들이 담아 놓은 지혜가 서려 있고 지식들이 보고처럼 쌓여 있다.

아무리 현대가 문화와 문명이 발달하여 텔레비전을 통하여 명화를 볼 수 있고 오디오로 명곡을 감상할 수 있으며, 신문을 이용하여 빠른 소식들을 접할 수 있어 편리하기 이를 데 없으나, 독서를 통한 세심의 수련과 정혼의 깊이와 혁피삼절(革皮三切)의 진미를 맛볼 수는 없다.

혁피삼절은 공자가 제자들에게 책의 표지를 쇠가죽으로 싸서 세 번이 닳아빠지도록 읽으라고 이른 말에서 유래한다.

책만 들면 골이 아픈 사람, 오늘 저녁은 어떤 음식으로 입을 즐겁게 할까에 몰두하는 미식가들은 영혼이 고갈된 불행한 사람들이다.

이 세상은 책을 읽다가 식사의 때를 잃어버리는 ‘발분망식(發憤忘食)’의 지사들에 의하여 진보 발전하는 것이다. 학문에는 나의 생업을 위하여 열중하는 위기지학과 이웃과 세계를 위하여 공헌

하겠다고 다짐하는 위인지학의 구별이 있다.

위기지학도 좋지마는 위인지학의 높은 경지만은 못한 차원이다. '부자이면서 교만하지 아니하고 가난하면서 비굴하지 아니하면 어떻습니까'라고 제자가 물었을 때 공자는 '괜찮다마는 부자이면서 베풀기를 좋아하고 가난하면서 배우기를 좋아하는 것만은 못하다'고 일러주었다.

이러한 스승이 있는 나라에 진시황이 나와서 책이 많으면 아는 것이 많아 통치의 어려움이 있고, 유학자가 많으면 말이 많다고 농서와 의서만을 남기고 수많은 책을 불사르고 유학자들을 진흙구덩이에 묻어 죽인 분서갱유(焚書坑儒)의 악례까지 남겨 놓은 것은 역사의 아이러니다.

현대의 고민은 지혜를 사랑하는 사고인이 아닌 행동의 인간 공작인을 양산하려는 데 있다. 신문 가판대에 서 보면 젊은이들이 두툼한 신문 뭉치를 꺼내서, 정치·경제·사회·문화는 내 알 바가 아니고 취미나 살리자고 스포츠란만을 취하고 나머지는 쓰레기통에 즉시 버리고 마는 예를 쉽게 볼 수 있다. 스포츠란을 읽는 것으로 독서를 대신한다고 봐야 될지 걱정스럽다.

우리 한인사회에서도 이국 사회 속에서 고국에 대한 향수를 달래고 이웃과의 단절된 문화 속의 고독을 잊는 방법으로 한국 비디오를 하룻밤에 몇 개씩 보아 눈이 충혈될 정도로 열심인 것을 볼 때 이해는 가나, 기온이 서늘해지고 청량한 바람결을 따라 산과 들에 오곡백과가 영그는 이 가을만이라도 우리의 고전인 《춘향전》, 《심청전》, 《임경업전》 등을 읽는다든가, 《뜻으로 본 한국 역사》(함석헌), 《돌베개》(장준하), 《도산 안창호》(이광수), 《난중일기》(충무공) 등 역사 속의 숱한 전기들을 읽음으로써 고갈되었던 영혼에 살을 찌우고 마음과 정신이 윤택해지는 이 가을이기를 바라는 마음 간절하다.

책 속에는 뜻있게 살아간 선인들의 숭고한 얼이 숨겨 있고, 인생을 바로 사는 예지가 담겨 있고, 내일을 조망하며 걸어가는 지혜가 서려 있기 때문이다. 철인 소크라테스의 말처럼 '성찰이 없는 인간은 살 가치조차 없고', 파스칼의 지적과 같이 '사고성은 인간의 위대성이다.'

이 모두가 책 속에 담겨진 인간의 진리들인 것이다.

낙서와 예술

현대를 가리켜 3S시대라고 한다. 스포츠와 스릴과 섹스를 들어 하는 말이다.

요즈음 아이들을 기르면서 그들의 취향을 섬세히 살펴보면, 어떤 형의, 어떤 색의 스포츠카를 가질 것인가에 관심이 큼을 알 수 있다. 이들은 이를 통하여 경찰이 범인을 급히 추격하듯, 고속 순찰대가 날아가듯 질주하는 모습에서 통쾌함을 얻으려 한다. 근래 미국의 고민 중 하나가 마약의 범람과 성의 문란이다.

일찍이 중국과 영국의 아편전쟁이 있었듯이, 부시 행정부는 콜럼비아를 중심으로 한 중남미 국가들이 미국에 수출하려고 수없이 생산하고 있는 코케인 재배를 방지하기 위하여 회유와 위협과 협상의 모든 방법을 동원하고 있다. 이를 일러 마약전쟁이라 부르고 있다.

근래에는 한국·태국·필리핀 등지에서 히로뽕이 밀반입되어 혼란을 가중시키고 있다. 이로 인하여 인간의 육신이 병들고 정신이 타락하여 사회가 불안하고 혼란하며 불행의 나락으로 빠져들어가고 있다. 이를 극복하기 위해서는 미국뿐만 아니라 세계 각국 정부들과 종교계가 적극 참여해야 할 중대 사건이다.

6학년 때 큰아이가 우먼스클럽 표어 현상 모집에 당선된 일이 있다. 무엇이라고 썼느냐고 물으니, '낙서는 예술이 아니다 (Graffitti is not art)'라고 하였다고 한다. 아이들의 생각이 어른들의 마음을 부끄럽게 하였구나 생각하며 얼굴을 붉힌 적이 있다. 거리의 수많은 빌딩과 간판들 위에 분간할 수 없이 광란하듯 스프레이 페인트로 그려 놓은 낙서들을 보면 정신이 어지럽고 불쾌감을 느끼지 아니할 사람이 없을 것이다.

이것은 하나의 사회문제로 번져서 로스앤젤레스에서는 범시민적으로 낙서 지우기 운동을 벌이고, 우리 한인타운에서도 노인들과 학생들이 낙서 지우기에 봉사하고 있다. 이는 젊은이들의 욕구 불만의 표현이요, 불량배들의 자기 관할 구역 표시라고도 한다. 이유야 어떻든 이 또한 커다란 사회문제의 하나가 아닐 수 없다.

통신위성 접시안테나를 통하여 텔레비전 채널을 잡아 보면 쉽게 2백여 개를 가질 수 있는데, 24시간 뉴스나 일기, 스포츠나 록뮤직, 팝송, 컨트리뮤직 등을 방송하면서 심포나나 오페라 등을 방영하는 방송국이 거의 없음은 심히 서글픈 일이다.

급변하는 시대 조류와 상황 속에서 과연 젊은이들이 무엇으로 정서를 함양하며 인격을 향상할지 의문이다. 어떤 지성이 지적하였듯이 '대중은 빵과 서커스면 족한 것'이 아닌지 모르겠다.

인간의 육신은 정신을 담는 그릇이다. 육신에 고장이 생기면 정신에 결함이 오기 쉽고 마음이 우울하고 불안하고 조급해지며 매사에 소극적이어서 인생을 살아가는 데 자신감을 상실하기가 쉽다. 그런데 현대인들은 이와 같은 귀한 육신을 너무나 경하게 다루고 천하게 굴리는 경향이 강하다. '신체발부(身體髮膚)는 수지 부모(受之父母)'라는 효의 개념이 무너지고 '건전한 신체에 건전한 정신이 깃든다'는 교훈이 퇴색한 까닭인 것 같다.

영화 〈람보〉와 같이 문학성이나 예술성은 찾아볼 것이 없고, 살육과 약탈과 전쟁만을 일삼는 광란의 장면을 바라보면서 얽힌 가슴이 시원히 뚫리는 것 같은 희열을 느끼는 저들을 바라볼 때에, 귀여움보다는 측은한 생각이 앞서는 것은 비단 필자의 생각만이 아닐 것이다.

우리는 서부영화를 즐겨 관람하던 시절의 〈셰인〉, 〈역마차〉, 〈O.K.목장의 결투〉, 〈하이눈〉 같은 영화들의 처절한 투쟁 내면에는 고향과 처자를 지키려는 안도감이 서려 있고, 친구의 죽음 앞에 목숨을 거는 의리가 있으며, 희생된 동료들을 뒷동산에 묻으며 흘리는 뜨거운 눈물이 있었는데, 무참히 살육을 일삼는 가혹한 근래의 영화들을 보면 안쓰러운 마음마저 든다.

영화의 배경 음악마저도 옛날처럼 낭만적이거나 애수가 깔린 선율이 아니고, 오늘날의 것들은 저돌적이고 위협적이고 전율을 느끼게 하는 것들이어서, 감상하기가 즐거운 것이 아니라 불안하기조차 하다. 이 뜻을 아이들에게 전하면 구세대라서 그렇다니 말문이 막힌다.

솔거가 황룡사에 노송 벽화를 그리고 담징이 일본에 건너가

법륭사에 금당벽화를 남기던 그 마음, 그 정성이 그지없이 아름답다는 생각이 든다. 인구 1천만권의 로스앤젤레스 같은 대도시에 클래식 음악이 인기가 없어 방송국들이 록뮤직이나 팝송 전용 방송국으로 방향 전환을 하는 것을 보면 슬퍼지기조차 한다.

그러나 어린 이민 2세의 가슴속에 '낙서는 예술이 아니다'는 생각들이 조용히 자리잡고 있다면, 우리 1세들의 이민생활이 아무리 고달파도 우리들의 후손들을 이 땅에 정신적 지주로 세우는 보람 속에 살면서 새로운 긍지와 사명으로 삼아야 될 듯하다. 피카소나 램브란트의 명화들을 투자를 위하여 사다가 창고 속에 쌓아 두는 투기성의 마음보다는, 선인들이 유업으로 남겨 준 벽돌 한 장, 기와 한 쪽을 원형대로 보존하는 마음이 얼마나 아름답고 고귀한 것인가를 인식할 날이 다가오고 있기 때문이다.

'참은 하늘의 길이요, 참을 드러내는 것은 인간의 길이다'라고 중용이 진실의 정신을 강조하는 까닭이 여기에 있다.

사군자의 덕

2월의 매서운 바람이 창을 스치고 고산준령에는 백설이 가득한데, 창가엔 어느새 난초 한 그루가 청순한 자태를 드러내고 봄이 서리는 하늘을 향하여 눈을 열고 있다.

떨리듯 가냘픈 몸매에 보랏빛 얼굴이 귀엽기 그지없다. 예나 지금이나 인간의 마음은 변하기를 자주 하고, 인과 의, 예와 지를 향하여 지조를 지키지 못하여 이를 슬프게 여기면서, 오탁에 물들지 아니하고 고절을 지키던 고사들은 세한삼우(歲寒三友)의 송죽매(松竹梅)와 설중사우(雪中四友)의 옥매, 납매, 다매, 수선을 사랑하고 기렸던 것이다.

북송의 묵매도가 되살아 꽃을 피우는 듯 언 가슴을 깨워 놓고, 명대의 묵죽도가 마음을 닦고 혼을 씻는 듯 세심정혼(洗心淨魂)의 심금을 울림도 이 때문일 것이다.

매용·난자·국향·죽성은 지혜로운 선인들이 우리에게 남겨 준 아름다운 인생의 향기다.

다른 꽃들이 신비의 가슴을 열기 이전 눈 속에서 휘어진 늙은 가지 위에 고고히 피어나는 설중매나, 차가운 달이 중천에서 홀로 떨며 걸려 있을 때 알 듯 모를 듯 어스름을 밟고 풍겨 오는 한중매의 암향은 송대의 임화정이 아니라도 반함즉하다.

여기에는 고결과 청절이 함께 짝을 하여 우리의 영혼을 사로잡기 때문이다. 진나라에서 문학이 왕성할 때엔 매화가 아름답게 피더니 문학이 쇠퇴하니 그 그림자를 볼 수 없었다 하여 호문목(好文木)이라 불렀음도 그 의미가 심장하니, 가히 시인 묵객의 총애를 독차지할 수 있었음을 알 수 있다.

매화의 용모와 그윽한 향기에 반하듯 지사들은 난의 자태와 향기에 혼을 빼앗긴다. 동양 난은 고아한 품위를 지니고 의젓하며, 서양 난은 화려하면서 요염한 체취를 풍긴다.

우리나라가 원산지인 풍난은 대엽과 소엽의 두 종류가 있는데, 그 모양이 예쁘고 단아하여 많은 사람들의 사랑을 한몸에 지니고 있다. 제주도에서는 그 채취가 너무 심하여 멸종 위기에 있다니 마음 아픈 일이다.

난은 그 잎에 윤기가 흘러 보기만 하여도 생동감이 솟아오르고, 그 꽃은 앙증스러우며 청순하여 선비들의 서가에 창가를 장식하는 귀빈이다. 그리고 거문도나 제주도, 홍도 등 운무 같은 습기가 많은 지방에서는 바윗등이나 나무 등걸에 기생하면서 향기를 말하는 방난으로 예찬을 받고 있다.

국화는 가을을 상징하는 꽃의 대명사인 만큼 우리들의 계절감각에 인상 깊게 뿌리를 내린 꽃이다. 가냘프고 여린 몸매이면서도 하늘과 태양의 모습을 닮은 둥근 꽃을 달고 서리가 내려

쓸쓸하고 차가운 낙목한천에 홀로 서서 맑은 향기와 높은 품위와 곧은 지조를 보여주고 있다.

중국 주나라의 선비 굴원은 국화를 성인 군자에 비유하리만큼 그 향색을 칭찬하였다.

어느 누구도 찾아주지 아니하는 외진 산록에 피어서 향기를 발하는 들국화는 우리 모두의 사랑을 한몸에 받는 가을꽃의 상징이기도 하다. 세상이 병들고 썩기 쉽기 때문에 굴원과 같이 지조 높은 선비를 괴이려 하고 국화와 같이 향기가 그윽한 꽃을 동경하는 것이다.

대나무는 하늘을 찌를 듯이 곧고 사시장철 푸르르며 마디에 분명한 절도가 있어 송죽 같은 절개로 칭송을 받는다. 그 외모가 화려하지 아니하고 요염치 아니하며, 청초와 고귀를 겸비한 군자스러운 덕을 사랑하여 사군자의 반열에 세워 예찬하고 있는 것이다. 그 소리는 그윽하되 야하지 아니하고 글 읽는 선비의 음성 같을지언정 꾸밈이 없으며, 그 잎이 바람에 흔들림에 애조가 있어 정서롭다. 마디가 굵은 참대, 줄기가 검은 오죽, 나부끼는 듯 하늘하늘한 조릿대, 순을 먹는 맹종죽이 있어 보는 이의 감회가 다르다.

대나무는 크기가 단번에 자라서 춘풍추우를 겪으면서 스스로 속을 채우는 여유로운 나무이며, 휘면 굽어지고 놓으면 바로 서서 노자도 그 덕을 칭송한 바 있다.

성인이 세상에 탄생될 때엔 봉황이 오동나무에 깃들고 대나무 열매를 먹는다는 고사가 있으며, 충신이 죽은 자리에선 혈죽이 솟는다는 전설이 있다.

'오동은 천년 늙어도 항상 가락을 지니고, 매화는 일생 추위도 향기를 팔지 않는다'고 어느 시인은 노래하였다. 쇄국정책으로 유명한 대원군은 난을 치는 것을 취미로 삼기도 하였다.

육당이 친일로 기울어졌을 때 이를 가슴 아파한 위당은 그의 대문 앞에 서서 호곡하며 육당은 죽었다고 슬퍼하였다. 선비의 생명인 지조를 팔았기 때문이다.

지조는 삶의 들보이며 인생의 주춧돌이다. 돈의 유혹과 권력의 꾀임 속에 이것이 붕괴될 때 겉으로는 승리하여 화려한 듯하지마는 속으로는 허무해지고 내려앉는 소리가 들리는 것이다. 사군자의 덕을 잃었기 때문이다.

매화의 빼어난 용모, 난의 고귀한 자태는 여성의 아름다움에 비견되고, 국화의 굿굿한 지조, 대나무의 강직한 절개와 늘 푸른 기상은 남성에 비유된다.

오늘은 지조와 덕이 요구되는 세상이다. 우리 모두가 매용·난자·국향·죽성의 고귀한 사군자의 덕을 닮도록 정성을 모으자.

삶의 리듬

삶은 그 자체가 하나의 리듬이다. 나고 늙고 병들고 죽는 것은 생명의 리듬이요, 먹고 배설하고 일하고 쉬는 것은 삶의 리듬이다. 봄, 여름, 가을, 겨울이 변하며 계절이 바뀌고 주야조석 한랭난서가 교차되면서 자연의 질서가 형성된다.

음악에도 '궁·상·각·치·우' 고저·장단·강약이 있어 선율의 리듬이 형성되나 이것이 깨어지면 소음으로 변한다.

이보다 더 무서운 것이 가정과 사회의 리듬이 깨어지는 것이다. 가정은 인생의 첫 출발지요 행복의 샘터인데, 여기에서 리듬이 깨어지면 부부간에 불화가 오고 자녀들의 가슴속에 평생을 통하여 씻을 수 없는 불행의 그림자가 드리워지게 된다. 이 세상에서 가장 고귀한 스승은 부모이기 때문이다.

우리가 병풍처럼 두르고 사는 자연의 세계를 바라다보면 눈발을 헤치고 새싹이 돋았는가 하면, 어느 사이에 꽃이 만개하여 벌과 나비들이 모여들어 향연을 이루고, 녹음이 맺힌 햇과일들을 품어 강한 볕에서 보호하여 준다.

산하에 청량한 가을 바람이 옷깃을 스쳐오면 성숙된 과일들이 나뭇가지를 휘이며 익어 간다. 그 위에 붉게 물드는 노을빛의 단풍들, 낙엽이 사나운 북풍에 몰려가는 조락의 만추가 지나면 눈 덮인 겨울의 혹한 속에서 삼라만상들이 조용히 쉬는 안식을 맞이한다. '생성소멸'은 생명들의 피할 수 없는 운명이며 아름다운 질서의 하나이기도 하다.

낡은 것이 앞을 가리우면 새것이 올 수 없고 고목이 썩은 자리 위에 새로운 싹들이 이것을 밑거름으로 푸르게 돋아오른다.

'소년은 늙기 쉽고 배움은 이루기 어려우니 촌음의 시간일지라도 헛되이 보내지 말라. 섬돌 아래 오동잎이 벌써 가을 소리를 내누나'라고 면학의 시를 선조들이 후손들을 위하여 남겨 주었다.

중국 초나라 시대의 학자 굴원은 〈어부사〉라는 귀한 시를 세상에 남겼다.

사회가 하도 썩고 병들어 비관한 나머지 멱라수에 몸을 던져 세상을 떠났는데 그를 본 어부가 삼려대부께서 '어인 일로 물가에 나오셨느냐'고 물으니, '세상이 너무나 부패하여 하직하려 한다' 했다. 그러자 남이 술을 먹고 취하면 술찌거미라도 먹고 취한 척하며 어울려 살지 어찌 혼자 고상한 척하느냐' 하니 '머리를 감은 자는 모자의 먼지를 털어서 쓰는 법이요, 목욕을 한 자는 옷의 먼지를 털어서 입는 법인데 나는 그렇게 할 수 없다' 했다. 그리고 어부가 말하기를, '나는 창랑에 물이 맑으면 갓끈을 담글 것이요. 물이 흐리면 발을 씻으리로다' 하면서 돌아갔다.

학문의 세계 속에도 정과 사, 진과 위가 있고 선과 악, 시와 비, 허와 실, 직과 곡, 명과 암이 세상을 지배하는 인간사의 한 단면을 보여주고 있다.

《삼국지》에 보면 유비를 도와 촉한을 세운 제갈량은 뛰어난 선견지명과 높은 학식, 그리고 깊은 덕망을 지니고 있으면서도 때가 이르기를 기다리는 마음의 여유를 지니면서 '청경우독(晴耕雨讀)'을 그의 삶의 지표로 세웠다.

날이 맑으면 들에 나가 밭을 갈고 날이 궂으면 서재에 머물며 글을 읽는 것이 그의 모습이었다.

유비가 큰 뜻을 품고 제갈량을 찾아와 삼고초려(三顧草廬)의 예를 치르며 군사로 모실 것을 간청하였을 때, 심사숙고 후에 이에 응하고 진충(盡忠) 갈력(竭力)을 다하며 유비와 더불어 수어지교(水魚之交)의 깊은 관계를 유지하였다.

유비가 자식의 재질이 부족하여 양위를 권면하였으나 이를 사양하고 초지일관 덕고중망(德高重望)을 신조로 삼으며 일생을 바쳤다. 명예를 위하여 지조를 팔고 수령방백의 자질과 경륜도 없는 이들이 통치자의 헛꿈을 꾸며 변절과 배신을 일삼는 오늘과는 너무나 거리가 멀다.

인류의 위대한 스승 공자는 '인무원려(人無遠慮)면 필유근우(必有近憂)'라고 가르쳤다. 인간은 먼 곳에 근심이 없으면 반드시 가까운 곳에 근심이 있다고 한 것이다.

《명심보감》에 보면 '천유불측(天有不測) 풍우(風雨)하고 인유조석(人有朝夕) 화복(禍福)'이라고 일렀다. 하늘에는 헤아릴 수 없을 만

큰의 비바람이 있고 인간에게는 아침 저녁으로 화와 복이 있다고 이른 것이다.

나날이 행복한 인간만 있을 수 없고 불행한 인간만이 있을 수도 없다. 꽃이 피고 지며 날이 덥고 추운 것은 자연의 질서이고, 흥이 다하면 슬픔이 오고 쓴 세월이 가면 단 세월이 오는 것은 인간 삶의 리듬이다.

하나님의 말씀에 순응할 줄 아는 겸손과 자연의 질서 속에 적응할 줄 아는 예지와 사회의 부름에 응할 줄 아는 덕성과 천재지변에 대처할 줄 아는 기지가 인간이 인간답게 살아갈 수 있는 자격의 요인들이다.

하루에 세 번씩 자신을 되돌아 살피며 삶의 지침을 바로 세우는 '일일삼성오신(一日三省吾身)', 분노와 치욕의 순간을 참고 견디며 새날을 기다릴 줄 아는 '인내삼사'의 지혜야말로 시대를 살아가는 우리 모두의 진정한 리듬이 아닐 수 없다.

리듬은 생명체의 맥박이요, 바로 살아가려는 자의 몸짓이며, 깨어 있음을 알리는 호흡 소리다. 우리는 여기에 정성을 다하고 심혈을 기울여야 한다. 리듬이 없는 정치, 리듬이 멈춘 교육, 리듬이 멀어져 간 윤리, 리듬이 변질된 종교, 리듬이 식어 가는 가정을 가지고서는 위대한 미래, 영원한 내일을 구축할 수 없다. 리듬은 살아 있는 자의 율동이요, 살아갈 자의 맥박이며 영원을 꿈꾸는 자의 몸짓이다. 우리는 지상에 한번 주어진 삶을 값지게 향유하기 위하여 나의 삶의 노래가 우리 이웃의 삶에 조화되어 아름다운 합창의 멜로디로 화합을 이루게 한다면, 너와 나, 우리 모두의 삶이 귀생지도(貴生之道)가 될 것이다.

청심화기(清心和氣)

인간은 만남의 존재다. 고대 희랍의 청년들이 아고라(광장)에서 대화를 통하여 소크라테스를 만났고, 그들은 여기서 '나 자신을 알라'는 진리의 말씀을 들을 수가 있었다. 인생의 길에서 고귀한 스승을 만날 수 있다는 것은 큰 기쁨 중에 기쁨이다. 플라톤은 20세의 탐구욕이 왕성한 시기에 소크라테스를 만났다. 그리고 그는 그의 제자가 되어 유명한 대화록 《향연(Sympopsium)》과 《이상국가(Idea)》를 남겼다. 그는 희랍인으로 태어난 것, 자유인으로 태어난 것, 남자로 태어난 것, 소크라테스와 같은 시대에 태어나 그의 제자가 된 것을 항상 감사하면서 살았다고 한다. 이성의 덕은 지혜요, 기력의 덕은 용기며, 욕정의 덕은 절제라는 위대한 명제를 남긴 것도 모두 이 때문일 것이다.

우리의 선조들은 신년이 되면 송구영신(送舊迎新)의 마음을 연하장에 새겨 지난해의 안부를 묻고 새해의 안녕을 빌어 주는 귀중한 풍습이 있었다. 내가 20대의 정의감에 불타던 시절에 이당(怡

當) 안병욱 교수님을 만났다. 그가 《사상계》에 쓴 글에 심취되었고, 그의 철학 강의를 듣고 도산정신을 배우면서 사제지간의 정을 투철히 하였다. 미국에 가서 공부를 하고 오겠다고 인사를 올리러 갔을 때, 가르치고 배우는 데 권태를 갖지 말라(敎學不倦)는 글을 써주셨고, 마음이 맑고 깨끗하면 그날이 곧 신선됨과 같다(一日淸閑一日仙)고 일러주셨다. 그리고 인간의 삶이 마음을 맑게 씻고 혼을 정결케 하여야 한다(洗心淨魂)는 경지를 일깨워 주셨고, 온타리오에서 농장을 경영할 때엔 내외분이 찾아오셔서 하룻밤을 함께 지내시며 장로장립 기념으로 인간의 귀로 듣기가 힘든 진리의 소리, 양심의 소리, 하나님의 소리를 들으라고 장자의 청무성(聽無聲)과 이충무공의 《난중일기》에 나오는 고요하고 무겁기가 산과 같다(靜重如山)는 말을 기념 휘호로 써주셔서 가보로 지니고 있다.

20대엔 마음과 가슴이 청순하기 때문에 이때에 만난 인물과 강산은 그 영상 속에 깊이 투영되어 일생을 간직하게 된다. 제자가 스승을 사숙하고 존경하는 마음, 스승이 제자를 아끼고 사랑하는 마음과 같이 고귀하고 아름다운 마음도 없을 것이다. 스승 이당으로부터 청색은 남색에서 나왔지만 그 빛깔이 더욱 진하다(靑出於藍 靑於藍)는 스승보다 제자가 더 성장하기를 바라는 바람의 일깨움을 받은 것도 이때의 일이다.

지금은 고희를 넘기신 터인데도 민족의 스승으로서 글을 쓰고 강연을 하시면서 국민과 제자들을 지도하고 계신다. '나에게 소원이 있다면 좋은 책을 나의 키만큼 쓰고 훌륭한 제자들을 키우다가 교탁을 붙들고 쓰러져 죽는 것이다'라고 늘 말씀하시고 참의원, 각료, 박사 학위의 손짓에도 초연히 '노' 하시면서 한 길을 걷고 계신다. 정군은 농사를 짓는(農耕人) 이요, 글을 쓰는(文耕人) 이요, 마음의 밭을 가는(心耕人) 이가 되라고 당부하셨다.

금년 초에도 원근 각처에서 100여 장의 연하장을 받았는데, 선생님께서는 '마음이 맑고 화기가 가득한(淸心和氣) 한 해가 되어 자녀 교육에 힘쓰라고 일러주셨다.

안연을 후계자로 사랑하신 성현 공자는 스승의 그림자도 밟지 말라 하시면서, 그러나 '인(仁)을 보거든 스승에게도 양보하지 말'고 가르치셨다. 스승과 제자가 교수 자리를 놓고 비방을 일삼는 비정한 현실을 바라보면서 훌륭한 스승을 모시기도 힘들지만 좋은 제자가 되기도 어려운 시대라는 사실을 새삼 깨닫게 된다.

이해에는 스승님의 당부와도 같이 안으로는 마음을 맑게 하고 집안과 교회 그리고 이웃에는 화기가 넘치는 한 해가 되도록 정성과 노력을 기울여야 될 것 같다. 집안이 편안하면 만사가 형통한다(家和萬事成)는 선인의 말씀은 시대의 흐름에 관계없이 만고불변의 진리이기 때문이다. 호산(好山), 호인(好人), 호서(好書)를 삼호(三好)라고 하시며 '청산은 원래 움직이지 아니하고 흰 구름이 오고 갈 뿐이다(靑山元不動 白雲自去來)'를 목표로 정하고 일생을 정진하는 스승의 덕이 그립다. 지상에 태어나서 덕이 있는 스승을 만난다는 일은 좋은 부모를 만나는 일처럼 행복한 일이다. 복된 스승과 제자의 대화 속에는 지성과 정신과 사랑의 고귀한 만남이 있다.

청경우독_(晴耕雨讀)

유비를 도와 촉한을 세운 제갈량이 학문을 깊이 연마하고 뜻
을 펼 날을 기다리면서, 산광수색이 찬연한 산천에 조용히 은거
하여 날이 맑으면 들에 나가 밭을 갈고 날이 궂으면 서재에 들
어 등촉을 밝혀 글을 읽던 고결한 삶의 모습을 일러 선인들이
청경우독이라고 불렀다. 인간이 건강하려면 영혼과 육신이 균형
과 조화를 이뤄 보기에 아름답고 대하면 훈훈한 인품의 향기가
흘러나와야 한다. 그런데 오늘날에는 머리만 크고 육신은 텅 비
어 있어 불안정한 시대가 되었다.

오랜만에 친구를 만나면 겉치레의 안부는 잠시뿐 남의 칭찬보
다는 흉을 즐겨 보거나 안된 일들에 열을 올리기가 일쑤다. 철
학자요, 수학자이며 돈독한 신앙인이었던 파스칼은 '사고성은 인
간의 위대성이다'라고 갈파하였다. 생각이 결여된 삶의 현장은
자아의식과 주체성 상실의 허망한 세계일 뿐이다. 한문에 보면
일일삼성오신(一日三省吾身)이란 말이 있다. 하루에 세 번씩 자기

자신을 회개하는 기도를 올리라는 뜻이 될 것이다.

독서의 습관을 잊어버린 현대인, 참회의 기도가 없는 종교인, 속은 비어 있으면서 겉만 화려하게 꾸미기에 급급한 대중들이 붐비는 오늘이기 때문에, 사회가 늘 부평초와 같이 떠다니는 기분들이고 안정을 잃어버리고 불안 속에 살아간다. 신은 인간에게 두 개의 눈을 부여하였다. 눈앞에 나타난 사물을 사실 그대로 직접적으로 파악케 하는 직관의 눈과 개념·판단·추리의 과정을 통하여 깊이 생각하게 하는 사유의 눈이 그것이다. 직관을 따라 행동하다 보면 삶이 가벼워지기가 쉽고 사유만을 고집하게 되면 정체되기 쉬워 이 둘의 중용적 융화가 필요하다.

사(思)·언(言)·행(行)은 인간 삶의 중추적 신경이다. 이 중 어느 하나라도 부족하거나 빗나가게 되면 이웃이나 사회에서 인정받는 인간이 되기가 어렵다. 사유의 체로 걸러지지 아니한 거친 언어들이 홍수처럼 범람하고 자기 실존의 세계를 아득히 잊고 타인만 존재하는 속빈 강정과 같은 시대가 오늘인 성싶다. 세계 도처에서 독가스가 살포되고 건물이 폭파되고 여객기가 납치되는 등 비인간적인 만행이 연일 발생하고 있다. 우리의 생명을 보전해 주는 것은 산소인데, 이를 파괴하는 오존층이 날마다 더욱 두꺼워지고 있는 것이다. 신앙인에게서 하나님과 나와의 은밀한 대화가 단절되어 가고 있고, 지성인에게서 자아를 발견할 수 있는 사유가 고갈되어 가고 있고, 정치인들에겐 파당의식만 팽배해 가고 있기 때문이다.

오늘 우리가 살아가고 있는 사회는 이런 일들 때문에 늘 소란스럽고 불안하다. 은혜, 은혜 하는 사람들에게선 진정한 은혜를 찾기가 힘들고, 전화를 습관적으로 자주 하는 사람에게서 참평화를 발견하기가 어렵다. 가슴속에 깊이 뿌리를 내리지 못한 나의 신앙이 이웃을 괴롭히고 말이 말을 낳아 시비로 변하기 쉽기 때문이다.

제갈량은 때를 기다리고 있으면서도 유비의 초빙에 바로 응하지 아니하였다. 사양의 예의와 인내의 은인자중(隱忍自重)을 잊지 아니하였기 때문이다. 이에 맞서서 유비 또한 학식과 덕망이 높은 제갈량을 군사로 삼기 위하여 삼고초려(三顧草廬)의 예를 갖추었다. 이들 두 사람 사이에는 깊은 존경과 신뢰, 그리고 심사숙고의 행동이 함께하여 깊은 인간관계가 형성되었다. 세상에선 이들의 우정을 보고 수어지교(水魚之交)라고 부른다. 물이 고기를 얻고 고기가 물을 얻은 상관관계의 축복된 모습이다.

요즈음 북한에서는 식량난으로 일본·이집트 등에 구호의 손길을 호소하고 있다. '쌀밥과 고깃국을 인민에게 먹여 주겠다'던 김일성 주석, 이것이 곧 공산주의였지만 그도 이루지 못하고 떠나갔다. 식량이 남아 돌아가는 남한, 주겠다 해도 받는 방법이 문제인 현실, 차일피일 지연되고 있다. 위정자들의 빗나간 고집과 권력 유지욕 때문에 죄없이 선량한 백성들이 고통 속에서 생활이 아닌 생존의 고통을 당하고 있다. 진정한 사랑을 선포하는 신앙인, 마음의 밭을 가는 지성인, 빈민 속에 뛰어들어 그들과 더불어 국토의 밭을 가는 위정자가 필요한 오늘이다.

청경우독, 이는 이 시대를 살아가고 있는 우리 모두의 삶의 목표가 되어야 할 것이다. 우리가 갈아야 할 신앙의 밭, 민족의 밭, 조국통일의 밭이 오늘도 우리를 기다리고 있다.

삶의 3대 원리

인간이 일회적으로 주어진 지상의 삶을 바르고 아름답고 고귀하게 살아가기 위해서는 천(天)·지(地)·인(人)의 균형 있는 조화가 형성되어야 한다. 선천적으로 받은 천품이 뛰어난 사람도 후천적인 노력이 부족하여 그 삶이 실패로 끝나는 경우가 허다하고, 부모의 몸을 빌어 태어날 때에 탁월성이 부족하였다 하더라도 뼈를 깎는 자신의 노력이 이를 성취시키는 경우가 많이 있다. 하늘의 뜻과 인간의 꿈과 자연의 환경이 일맥으로 상통하여 화합을 이루는 것은 행복의 위대한 탄생이요 신의 크나큰 축복이다.

나는 불운한 시대에 태어나서 아무것도 받은 것이 없다고 자조하고 자탄하는 사람은 불행한 사람이다. 기독교에서 믿음·소망·사랑의 3대 원리가 주축이 되어 인간 삶의 핵심으로 연결되는 것과 같이 인간이 자신에게 주어진 운명의 벽을 스스로 뚫고 승리하기 위해서는 실력과 능력과 저력의 세 가지 힘이 균등하게 갖추어져야 한다.

실력은 창조의 어머니가 낳은 아들이요, 능력은 절차탁마(切磋琢磨)하는 수고의 소산이며, 저력은 부단한 자아 개발의 원동력이다. 옛날 중국이 위, 오, 촉의 세 나라가 서로 버티고 섰을 때 이 광경을 삼국의 정립이라고 하였다. 세 개의 다리가 없이는 바로 설 수가 없음을 뜻한다. 오나라가 국난의 위기에 처하였을 때 제갈근을 촉에 보내어 위기를 면하려 하였으나 실패하고 돌아왔다. 그때 낙담한 손권은 어찌할 바를 모르고 방황하였다. 이때에 코가 납작하고 키가 작달막한 조자가 감히 위나라 조비를 만나 담판해서 국가의 위기를 면하기를 자청하였다. 위급의 때라 손권은 외모가 부실한 조자를 궁여지책으로 조비에게 보냈을 때 한심하게 바라다보는 조비와 대신들 앞에 당당하게 맞서서, 자신의 군주 손권은 총명과 인지와 웅략이 있는 명군이라고 설득하여 국난의 어려움을 극복한 일이 있다. 총명과 인지와 웅략 또한 실력과 능력과 저력에 버금가는 인간의 지혜요, 덕목에 속한다.

우리 민족의 위대한 스승 도산 안창호 선생께서도 조국을 일본에 빼앗기고 거국가를 남긴 채 미주 땅에 건너와서 실지 회복을 위한 구국 방략으로 신민회를 구성하고 공립신보를 발간하고 흥사단을 조직하였다.

국민 각자가 스스로의 힘으로 설 수 없이는 조국이 독립할 수 없다는 것이 그의 구국관이었다. 이를 위해서 그가 주창한 것이 덕·체·지 삼육의 동맹 수련이었다. 덕이 없는 체는 스스로 오만 방자에 빠지기 쉽고 체를 결여한 지는 나약자의 불평으로 흐르게 되기 때문에 4H 클럽이 부르짖는 지·덕·노·체와는 달리 덕·체·지 삼육의 순으로 수련의 중요성을 제시하였다.

그 후 상해에서 독립운동 중 왜경에게 체포되어 대전감옥에서 4년의 옥고를 치르고 난 후 주거가 평양 근교 송태산장으로 제한되어 그곳에서 우거하였을 때 주위에 쓰러져 있는 모든 돌들을 세워 놓았다는 교훈은 너무나 감동적이다. 민족 하나하나가 스스로 설 수 있을 때에 조국이 독립할 수 있다는 도산의 애국 염원이었던 것이다. 지난 3월 10일은 그의 순국일이다. 참으로 감회가 깊다. 남만 알고 나를 모른다는 것은 수치스러운 일이요, 모든 잘못은 남에게 돌리고 영광만 차지하려는 생각은 어리석은 자들의 망상이다.

성현 공자가 지혜와 사랑과 용기를 천하의 달덕으로 일러준 것도 의미심장한 덕목이다. 실력은 부단한 자기 성찰과 끝없는 자아 혁신과 진리 탐구에 몰두하는 집념이 없이는 성취할 수가 없다. 심리학에서 지능을 학습 능력이나 환경 적응능력으로 해석하는 연유도 여기에 있다.

삶 자체가 성실한 노력의 일터인 것처럼 능력은 인간이 인간답게 살아갈 수 있는 근본의 힘이다. 탁월한 창조성을 지니고 태어나지 못한 사람은 부단한 후천적인 노력이 필요하다. 선천＋후천, 타고난 재능＋노력은 부족한 자신을 성공으로 끌어올리는 활력소에 해당된다.

인생을 살아가면서 능력 이상으로 중요한 것이 저력이다. 저력이 부족하여 실력과 능력을 갖추었으면서도 중도에 그치고 마는 실패의 사례를 우리 주위에서 얼마든지 발견할 수 있다. 저력은 지구력이요, 인내심이요, 성취 욕망이다.

또 저력은 신념과 확신의 소유자가 낳는 산물이다. 자신이 스스로를 의심하는 자, 돌다리도 두드려 보고 건너는 소심인에게서는 저력을 발견하기란 불가능하다. 아무리 좋은 성능과 설계로 완성된 로켓이라도 강인한 추진력이 없으면 목표점에 도달할 수가 없다.

성공한 사람의 뒤에는 실력과 능력과 저력의 세 가지 힘이 기둥처럼 버티고 있음을 알 수가 있다. 정립, 이것은 올바른 신앙인이 믿음·소망·사랑의 기틀 위에 든든하게 서는 것과 같은 원리이다.

기무치

우리의 하루 세 끼 식탁에 오르지 않으면 안되는 김치를 '기무치'로 일본
상품화시키려는 저들의 저의 앞에 국내외 동포 모두는 정신을 바로 차려야 한다.

세계 속에는 인류 종족의 다양성만큼이나 문화와 풍속, 언어
와 음식도 다양하다. 1988년 한국에서 서울 올림픽이 개최되면
서부터, 은자의 나라 한국이 세계화로 열리기 시작하였다. 그리
고 우리 민족의 상징적 고유 음식인 김치 또한 올림픽 식단에
국제적 음식으로 자리를 잡기 시작하였다. 간장·고추장·된장
과 함께 김치는 우리 민족의 대표적이요 상징적 음식이다. 이는
마치 놀이에서 징·꽹과리·북·장고와 같이 식단의 사물놀이와
같은 것이다.

그 민족을 이해하고 다른 민족에게 종교나 문물을 알려 서로
의 교류를 이룩하려면 가장 빠르게 그들과 접근할 수 있는 방법
이 음식의 교류다.

비근한 예로 '미군이 가는 곳에 코카콜라 간다'는 일화가 이를
증명하고도 남는다. 미국인들은 코카콜라와 맥도날드와 디즈니
랜드를 이들의 트레이드 마크로 내세운다.

인간은 같은 식탁에 둘러앉아서 먹고 마시고 대화하는 가운데 정이 솟고 너와 나를 가장 바르게 이해하는 지름길이 생긴다. 한문에 보면 '향연(饗宴)'이란 말이 있다. 정든 고향땅에 모여서 음식을 나누면서 옛 이야기로 뜻을 나눈다는 의미다. 문학인들이 모여서 서로의 작품을 논하고 대화를 갖는 모습을 문학의 향연이라고 하는 것도 의미가 심장한 일이다. 같은 학문과 이상, 같은 신앙과 취미의 동아리 모임이 성행하고 의미를 지니는 것도 보람된 일이다.

오래 전 농토를 찾기 위해 L.A. 동쪽 온타리오를 찾았을 때 이곳의 담임 목사이신 김익환 목사님과 동국대학교 농과대학 교수를 은퇴하신 김종희 박사님을 만나뵙게 되었다. 두 분 다 낙향해서 노년의 정열을 불태우고 계신 분들이었다. 이런 분들의 만남이 인연이 되어 온타리오에다 농장 정착의 짐을 풀고, 날이 맑으면 들에 나가 밭을 갈고 날이 궂으면 서재에 들어가 독서삼매경에 젖어 미국생활의 닻을 내릴 때 마을 주위를 둘러보던 중, 그린하우스(온실)가 있기에 무엇을 기르는 곳인가 호기심이 생겨 구경이라도 할 겸 문을 두드렸다. 그런데 백인 매니저가 나오더니 당신은 일본 사람 같은데 들어올 수 없으니 당장 나가라는 것이었다. 그래서 쫓겨나오면서 얼핏 건너다 보니 접시에 꽃을 여러 종류 심어서 바구니를 만드는 Dish Garden이었다. 저들은 내가 동양인이기에 모방의 명수인 일본인으로 착각하고 매도하였던 것이다.

아무리 '모방은 창조의 어머니'라 하였더라도 남의 피나는 노력과 땀의 결정체로 이룩한 창조물에 일시의 얕은 꾀를 보태서 만든 모방은 또 하나의 죄악임에 틀림없다. 하늘과 땅 그리고 그 가운데 인간을 창조하시고 '보시기에 좋았더라' 하시던 하나님의 기쁨과 감동과는 그 거리가 너무나 멀기 때문이다.

우리의 엄연한 영토인 독도를 죽도라 우겨 대면서 영해를 넓히려는 일본인들의 얕은 속셈, 일본인들은 백제인들이 건너가 이룩한 자체를 스스로 부인하며 광개토대왕의 비문을 교묘하게 변조하고, 일시 우리나라를 강점하여 세계 역사상 그 유례가 없었던 창씨개명과 언어 말살정책으로 내선일체를 강행하였다.

저들이 이제는 상혼에 눈이 멀어 아리랑과 흰옷과 김치는 한 민족의 상징인데, 이를 저들의 돈벌이로 상품화하여 '기무치'를 세계 시장에 내놓겠다니, 그 발상과 행실이 서글프고 괘씸하기 그지없다.

민족이 강대국이 되려면 확고한 의식의 정착이 필요한데, '밖에서 잃은 것을 안에서 찾자'던 덴마크인들, '물질에서 잃은 것을 정신에서 찾자'던 독일인들의 슬로건이 모두 이것이다.

미국낭에 뼈를 묻을 각오로 이민을 왔으면 작은 것온 몰라도 자동차 정도는 미국산을 구입하여 이 나라 경제에 도움을 주어야 할텐데, 일제가 아니면 정신을 못 차리는 우리 동포들과 2세들도 자중해야 할 것이다. 물질에 눈이 어두워 정신을 빼앗기면 주인으로서의 자리를 누릴 수가 없기 때문이다.

일제의 식민지 시대에 민족이 겪은 뼈아픈 과거의 역사를 아득히 잊어 가고 있는 기성세대들의 망각 증상도 크나큰 문제 중에 문제다.

우리 7천만 한인 겨레들이 하루 세 끼의 식탁에 오르지 않으

면 안되는 김치를 '기무치'로 일본 상품화시키려는 저들의 저의
앞에 우리 국내외 동포 모두는 정신을 바로 차려야 될 것 같다.
김치는 우리 조상들이 후손들에게 물려준 민족 얼의 상징적인
음식이기 때문이다.

가을 비 소리

지난 2, 3일간 서늘한 바람이 계곡을 채우더니 감알들이 누른 빛을 더하며 익어 가고, 초저녁이 되면서부터는 가을 비가 내리기 시작하였다.

소슬한 가을 벌판에 계절이 저물어 가고 창가에 앉아서 산천이 조용히 가을 비에 젖어드는 모습을 바라보노라면 향수 같은 그리움이 엄습해 온다.

따갑고 싱그러운 여름이 젊음에 비유된다면 아름다운 빛깔로 영글어 가는 가을은 곱게 늙어 가는 노안을 대하는 것 같은 안도감과 고적감을 느낄 수 있다. 어릴 때 함께 뛰놀던 벗들의 모습이 삼삼오오 뇌리에 떠오르고 잠자리를 쫓으며 자라던 시골길들이 그리워진다.

가을은 인간의 생각들을 차분히 가라앉히고 그 깊이를 더해 주는 계절이다.

이때에 우리들은 생각의 깊이가 더해지고 마음의 맑기가 가을 강과 같이 투명해진다.

가을은 회상과 사념 그리고 성숙의 계절임이 분명하다. 이러한 가을에 빗소리를 듣고 있노라면 고전 음악을 대하는 것 같아서 쫓기던 마음이 평화로워지고 불안하던 마음에 안정이 오며 증오하던 모두를 용서하고 싶어진다.

가을 비 소리는 생명의 창을 노크하는 추억의 멜로디다. 소년 시절의 아름다운 꿈, 청년 시절의 뜨거운 피, 장년 시절의 진한 땀에 비하면 가을은 노년 시절의 원숙한 인품과도 같다.

봄에 싹이 돋고 여름에 성장하고 가을에 완숙하며 겨울에 침묵하는 것은 인간의 세계에 있어서도 다를 바가 없다.

서예의 대가 추사(秋史) 김정희 선생은 여러 개의 아호를 가진 것으로 유명하다. 그가 늙어서는 노과(老果)라는 아호를 즐겨 썼다. 자신의 꿈과 성장을 넘어선 원숙의 경지를 염원하는 심정의 표현이요, 바램이었을 것이다.

계절이 시월로 접어들면서부터는 찌는 듯 무덥던 여름의 기후가 변하여 밤에는 차갑고 조석으로는 쌀쌀하며 한낮에는 콩이라도 볶듯 따가운 햇빛이 쏟아진다. 이것은 마치 한없이 뻗어만 가려는 생명들을 향하여 안으로 모아들이고 성숙을 통한 풍만으로 마무리할 줄 알라는 창조주의 명령과도 같다.

대개 봄비는 안개와 같이 뿌옇게 내리거나 실비로 언 땅을 조용히 달래듯 생명을 일깨워 주는 데 비하여, 가을 비는 이와 다르게 피아노의 건반을 두드리듯 소리를 높이고 재촉하듯 성급히 내린다. 완숙을 향한 자연의 섭리일 것이다.

봄이 오면 많은 사람들이 동요 작가가 되고 여름이 되면 작곡가가 되어 〈한여름 밤의 꿈〉 같은 명작을 남기고 싶어한다.

가을로 접어들면 모두가 시인이 되어 자연의 아름다운 정경을 시로 남기고 싶어하고, 함박눈이 산천을 덮는 겨울이 되면 화롯불 옆에서 깊은 사랑의 소설을 쓰고 싶은 충동을 느낀다.

우리가 조석으로 메뉴를 달리하고 계절에 따라 입맛이 변하듯, 인간이 자연을 바라보며 생각하는 모습도 달라진다.

긴 겨울 얼음 속에 묻혔다가 언 강이 풀리고 흘러드는 봄의 강물이 사랑을 밀어오듯 그리움을 안겨 주는 데 비하여, 유리알 같이 투명하면서도 손이 시리도록 차가운 가을 강의 모습을 바라보면 쓸쓸하고 슬픈 생각들이 떠오른다.

가을 피리 소리가 유난히 애상적이고, 징용을 떠나 돌아오지 않는 아들을 부르며 통곡하던 외조모의 얼굴이 잊혀지지 아니하고 떠오르는 것도 이 때문이리라.

봄이 얼굴의 계절이라면 가을은 가슴의 계절이다. 3, 4월 파릇파릇 새싹이 돋고 풀과 나무들이 아름다운 꽃으로 장식하는 것에 비하여 가을 비를 맞은 후의 산천초목들은 겨울의 긴 잠을 생각하면서 한 해의 삶을 마무리하며 서둔다. 봄이 사명의 계절이라면 가을은 천분과 지족의 계절이다. 단풍으로 곱게 물든 잎새들은 낙엽으로 흩어지고 덜 익은 과일들은 완숙으로 향한 걸음으로 바쁘다.

같은 꽃을 뜨락에 심어도 봄보다는 가을에 더욱 빠르게 개화 결실하는 것도 계절의 섭리일 것이다. 장장하일 길고 긴 여름날엔 밭에 나가 땀흘려 일하고, 잠든 영혼을 깨우듯 창밖에 가을비가 내리는 추야장장 긴긴 밤에는 등촉을 밝히고 독서삼매경에 이를 수 있다면 얼마나 건강한 삶의 모습이겠는가.

이 조용한 가을이 저물기 전에 우리 모두의 가난한 가슴속에 풍만한 삶의 열매가 영글기를 기원해야겠다. 창에 와 부딪히는 가을 비는 한여름 메말랐던 흙의 가슴을 소리없이 적셔 주고 또 하나의 새로운 봄을 잉태하는 자연을 향하여 생명의 수혈을 가해 주는 아름다운 손길이다.

지루한 땡볕을 비탈에 서서 목이 갈하던 나무들도 가슴이 후련토록 목을 축이고, 한적한 들길에는 회귀의 인연을 부르며 떠나가는 그리움의 강물, 애달픈 물결 소리가 들려 오는 듯하다.

낙엽이 지는 소리

가을은 상념의 계절이다. 한여름 내 풍성하던 울타리 나무들
이 몇 번의 서리를 맞고 난 이후부터는 하루가 다르게 수척하였
고 진하게 물든 단풍잎 수가 부쩍 늘었다. 소슬바람이 옷깃에
스며드는 만추가 되면 까닭없는 외로움이 엄습해 오는 것은 나
만의 감상만은 아닐 것 같다.

어느새 창밖의 하늘은 가을 강같이 깊어져 있고 마을을 둘러
선 산들은 흑갈색으로 선이 분명해져 있다. 뜨락 감나무의 감알
들이 노을빛으로 익어 가는 모습도 아름답지만 서리를 맞은 감
잎들은 주홍 물감을 풀어 놓은 것같이 곱고 진하다. 산길을 걸
어 본 사람이면 비 개인 후의 속속들이 들여다보이는 산경의 깨
끗하고 홀가분함을 기억할 것이다.

풍성한 반면에 텁텁하고 지루한 것이 여름의 특징이라면, 바
람이 몰려 지나가는 허허벌판을 바라보면서 애상적인 생각에 잠
기는 것이 가을의 특색이다. 해마다 이맘때가 되면 한여름 동안

땀흘려 지은 곡식들을 곳간에 가득히 추수하여 놓고, 고향 산천을 찾아가 조상들께 시제를 드리고 이웃 친지들을 만나서 옛날을 회상하는 우리 선열들의 귀한 추억도 아름다운 풍속의 하나다. 늦가을 사립문을 열어 놓고 텅 비어 시야가 넓어진 들길을 바라보면 옷갖을 하고 천지를 찾아오는 하이얀 두루마기의 길손의 모습이 하나의 화폭처럼 떠오른다.

이러한 심정들을 시인 김삿갓(병연)은 '산도 깊고 물도 깊고 나그네의 수심도 깊은데 달도 희고 눈도 희고 하늘과 땅이 모두 희구나(山深水深 客愁深 月白雪白 天地白)'라고 읊었다.

봄의 낭만과 사춘(思春)의 아픔에 비하면 가을은 우수와 사색이 깊어 가는 계절이다.

봄에는 젊은이들이 마음의 병을 앓고 방황하나, 가을에는 중년 늙은이들이 가슴에 병을 얻어 고뇌와 번민 속에서 삶을 재조명해 보는 계절이다. 봄의 병이 겉이 화려한 병이라면, 가을의 병은 속이 침울한 병이라야 옳을 것이다. 나고 늙고 병들고 죽는 것은 인간들의 어쩔 수 없는 운명이라 하지만, 복되게 나서, 곱게 늙고, 병 없이 살다가, 만추를 맞이하여 조용히 그리고 사뿐사뿐 지는 낙엽과 같이 지상을 떠나고 싶은 것이 인간 모두의 간절한 염원일 것이다.

이 시간에도 무지갯빛으로 물든 계곡의 단풍잎들이 하나 둘 소리없이 지고 있다. 자연은 우리들의 고귀한 스승이요, 정성스러운 안내자다. 봄에 게으른 자들을 깨우는 종달새들의 맑고 청아한 노래 소리, 한여름에도 쉬지 아니하고 꿀을 모으기에 바쁜 벌들의 행렬, 서리 내리는 청명한 공간을 향하여 손을 흔들기라도 하는 듯 몸을 비벼대며 서걱이는 억새풀들의 모습, 고생과 수고를 다하고 또 하나의 생명을 부여받기 위하여 허영과 가식의 옷을 훌훌히 벗어 던지고 눈밭에 선 나목들의 준수한 모습 속에서 우리는 새로운 삶의 진지성을 깨닫는다.

자연이 인간을 일깨워 주는 가장 귀중한 방법은 소리를 통해서이다. 봄은 훈풍 속에서 실비로 산천을 적셔 주어 꽃신을 신고 찾아드는 여인의 신발 소리로 다가오고, 여름 하늘의 우레 소리는 개선장군의 우람한 나팔 소리와 같이 당당하다. 그리고 겨울 밤 초가지붕을 덮으며 쌓이는 눈소리는 할머니가 아가에게 들려주는 옛날 이야기 소리같이 감미롭고 은은한 데 비하여, 우수수 낙엽이 지는 가을의 소리는 따가운 찻잔을 앞에 놓고 사랑을 나누다가 인연이 다해 떠나가는 발소리와 같이 고적하고 허전하다.

고엽(古葉)을 즐겨 부르며 세인들의 마음을 흔들어 놓았던 이브 몽땅이 떠나간 이 가을, 불란서 사람들은 마치 구국의 영웅 드골을 잃은 것처럼 허탈에 젖어 있다고 한다. 탄생의 고고성으로 울고 왔다가 이웃들의 비통의 울음 소리로 막을 내리는 것이 인간의 운명인 듯하다.

창밖에는 소리없이 낙엽이 쌓이고 있다. 자기에게 주어진 소임을 다하고 새로운 임무가 기다리고 있는 곳으로 미련없이 떠나는 영화 〈센〉의 주인공 아란랏드와 같이 가을은 떠나가고 있다. 그러나 그 속에는 영원을 약속받은 생명의 숨결이 흐르는 소리가 있고 또 하나의 탄생을 예언해 주는 소생과 윤회의 섭리가 함께 하는 듯하다.

늦가을 소리없이 흩날리는 낙엽의 모습을 바라보노라면 뿌리로부터 영양을 공급받아 성숙한 열매를 안고 어머니에게로 돌아가는 아들의 당당한 모습과 같은 벅찬 감회가 서려 있다.

낙엽귀근(落葉歸根)의 철리가 바로 이것이다. '범도 죽을 때엔 자기가 태어난 굴 쪽으로 머리를 둔다'는 속담의 의미심장함도 이와 같은 뜻이리라. 정든 고국을 떠나와 이국의 산천에서 또 하나의 가을을 맞이하는 우리 모두의 감회가 유달리 깊은 것도 모두 이 때문이다. 서릿발이 영그는 늦가을, 소리없이 지고 있는 낙엽을 바라보고 있노라면 말년을 맞이하여 자신의 감회를 티없이 술회한 '나는 훌륭하게 싸웠고 달릴 길을 다 달렸으며 믿음을 지켰습니다. 이제는 승리의 월계관이 나를 기다리고 있을 뿐입니다…'라는 사도 바울의 음성이 조용히 들려오는 듯하다.

가을은 분명히 명상과 사색의 계절이다.

초겨울 풍경

가을은 거두어들이는 계절이고 겨울은 감추어 두는 계절이다.

산길을 걷다 보면 낙엽이 다 진 상수리 나무와 밤나무 아래서 입이 볼록 나오도록 도토리와 알밤을 물어 나르기에 바쁜 다람쥐들을 본다. 다람쥐는 눈이 유난히 반짝이고 이빨이 날카롭고, 털이 윤기가 흐르며 희고 노란 줄이 등을 곱게 장식하여 많은 사람들의 사랑을 받는디. 쳇바퀴를 잘 돌리는 재주가 있어 산골 아이들의 귀여운 벗이기도 하다.

민담에 의하면 숫다람쥐는 늦가을이 되어 알곡들이 가득할 때엔 많은 부인을 얻어 굴 속 가득히 밤·도토리·콩 들을 채운 후 지루하고 추운 겨울이 다가오면 눈 뜨고 말 많은 부인들은 모두 다 내쫓고, 눈 멀고 순한 부인 하나만 남겨 자기는 밤알과 깨금을 갈그며 달공달공하고, 눈먼 여인에겐 떫은 도토리만 주어 쓸공쓸공 하면서 기인 겨울을 함께 난다고 한다.

에스터 수양관이 있는 하이마운틴이나 유카이파수양관 부근에 가보면 키가 하늘을 찌르는 소나무와 전나무 등걸에 수백 개씩 홀을 파고 도토리를 하나하나 박아 놓은 것을 쉽게 볼 수 있다. 딱따구리들이 눈 덮이고 차가운 겨울 양식으로 모아 놓은 것들이다. 한갖 가냘픈 동물이나 조류들이 충실한 삶을 위하여 수고하는 모습을 바라보노라면 가슴 가득히 차오르는 감격이 있다.

구라파인들이 특히 한국의 다람쥐와 뱀을 애완용으로 좋아해서 많이 수출하고 있는데, 지난 가을에는 방역이 안 되었다 하여 파리 공항에서 6백여 마리의 다람쥐가 굶어 죽어 소동이 일어난 일이 있다.

계절은 이렇게 조용히 타이르듯 자연을 통하여 인간들에게 지혜와 교훈을 주곤 한다.

우리들은 이맘때가 되면 거리에서 참새와 알밤을 굽는 모습과 메밀묵과 호떡장수의 기인 메아리가 골목길을 채우는 추억 속에서 살아온 사람들이다. 초겨울이 되면 화롯가에서 옛 이야기를 들려 주시던 할머니의 모습이 그리워지고 사랑하는 연인에게 편지를 쓰고 싶은 충동이 솟아오른다.

봄은 사랑의 싹이 돋고 꽃이 펴서 향기가 흐르는 계절이요, 여름에는 건강미가 넘치는 성장을 하고, 가을엔 아름답고 탐실하게 열매로 성숙하지만, 겨울은 내면으로 가득히 고여 속마음에 차오르는 인내와 내실의 계절이다.

봄이나 가을보다 차가운 겨울 눈발 속에 사랑의 데이트가 더 포근하고 아름다우며 귀족적인 것도 여기에 있다. 겨울이 되면 나무의 몸을 가리웠던 낙엽들이 그를 자라게 도와준 뿌리로 돌아가는 '낙엽귀근'의 모성애가 눈앞에 나타나고 영적으로 성숙한 음성을 들을 수가 있다.

연인과 꿈길을 거니는 동안 초가지붕과 싸리울가에 하아얀 눈이 가득히 쌓이면, 사슴과 노루들이 먹이를 찾아 마을로 들어서고, 새떼들도 처마 밑으로 몰려드는 인정과 사랑 그리고 그리움의 계절이 된다.

시인 서경덕은 이 정경을 '마음이 어린 후니/하는 일이 다 어리다/만중 운산에/어느 님이 오리마는/지는 잎 부는 바람/행여 건가 하노라'라고 읊었다. '미가 사랑을 낳는 간판인 것처럼' 그리움 또한 사랑을 솟게 하는 아름다운 샘물이다.

잊어버리고 지내왔던 이웃과 사회에 눈길을 돌리고 고아와 병자를 위문하고, 가득히 쌓아 둔 창고의 빗장을 풀어 곡식을 나누어 주는 것도 초겨울의 훈훈하고 정겨운 모습들이다.

겨울은 또한 인내의 계절이다. 풀섶에서 밤을 엮던 개구리들이 흙 속에 들어가 기인 겨울 잠에 빠지고, 곰이 동굴 속에서 발바닥을 핥으며 인고하며 권토중래(捲土重來)를 다짐하는 것은 보다 나은 삶, 새로운 삶, 행복한 삶을 임원하는 인내가 있기 때문이다.

남보다 좀더 벌겠다고 가짜 상표의 위조를 남발하고, 하루 아침에 일확천금을 꿈꾸며 히로뽕을 숨겨 들여오고, 거짓 광고로 남을 기만하는 헛된 삶 속에, 차갑고 순수하고 포근한 눈발이 가득히 쌓여 낙엽이 뿌리로 돌아가 새로운 생명의 힘이 되듯 거듭나는 삶이 새봄에 우리 모두의 가슴속에 자라나기를 기원하는 마음 간절하다.

남북한과 해외의 동포들이 애국애족의 순수한 마음으로 역사 앞에 설 때에, 얼어붙은 임진강이 풀리고 우리들이 밤마다 꿈속에서 건너던 돌아오지 않는 다리를 돌아오고 갈 수 있는 현실이 눈앞에 열릴 것이다.

40여 년의 동족 분단을 가름하던 베를린 장벽이 헐리듯, 헝가리의 녹슨 철조망이 걷히듯, 프라하의 검고 암울한 하늘에 재생의 봄이 다시 찾아오듯, 우리 민족 모두에게도 통일의 봄이 올 것이다. 저마다 편의를 따라 변신을 일삼으며 달공달공, 쓸공쓸공 외쳐대던 불협화음이 달공달공의 한목소리로 조국 강산에 울려 퍼질 그 아침을 향하여 자세를 가다듬자. '겨울이 오면 봄이 머지 않으리' 하지 아니하였는가.

겨울 과원에서

겨울 가뭄으로 메말랐던 산과 들에 촉촉한 단비가 밤을 새워 내렸다. 문앞을 지나는 시내에 물 흐르는 소리가 들리고 머언 산에는 흰 눈이 가득하다. 밤에 내리는 빗소리는 건반을 두드리는 피아노 소리 같기도 하고 텅 빈 영혼을 일깨워 주는 소생의 노크 소리 같기도 하다.

우주의 원리는 천·지·인의 아름다운 조화로 형성되었다. 무한한 하늘은 이상의 세계를 상징하고, 광활한 대지는 현실의 세계를 의미하며, 그 가운데 선 인간은 중용의 덕으로 우주를 지배하는 특권을 누리는 존재다. 하늘은 무한히 주고 땅은 끝없이 받아들이는 곳으로, 그 중간에 인간과 온갖 생명들은 무한히 갈망하는 자세로 선다. 인간은 종교적인 동물이기 때문에 영혼의 평안을 하늘에 맡기고 육신의 안식을 땅에 위탁하며 살아가는 것이다.

성서나 희랍 신화에 의하면, 인간은 흙으로 빚어진 운명적인 존재들로서 잠시라도 흙을 떠나면 그 영혼이 외롭고 정신이 혼미해진다. 흙에서 난 소산을 먹고 흙을 밟으며 살 때 그 육신이 강건하여 자연과 투쟁하고 사나운 동물들과 싸워서 이길 수 있었음도 모두 이 때문이다.

인간들이 고향을 떠난 이후 그곳을 못내 그리워하는 것은 어려서부터 눈에 고이고 몸에 배인 산천의 빛과 흙 내음 때문이다.

어린시절 인간의 마음은 청순하기 때문에 자연 본래의 모습을 투명하게 받아들였고, 세월이나 나이에 구분 없이 항상 생기발랄하게 재생되기 때문이다. 우울하고 답답한 듯하나 잿빛 하늘, 낙엽이 모두 져서 앙상한 나뭇가지들, 바위마저 정물같이 침묵으로 서 있는 것 같은 산 마을에 가득히 내려앉은 까마귀떼들, 이런 것들을 생각하면 머언 산을 하얗게 덮은 흰 눈을 빼고는 어서 봄이 오기를 기다리는 마음뿐이다.

아직도 나뭇가지를 지나는 바람이 윙윙 소리를 내는 삼동의 깊은 겨울철인데, 농촌에서는 정월밥만 먹으면 거름짐을 지고는 논밭길로 향하기 시작한다.

새벽마다 들길섶에 서리가 하얀데 벌써 개나리가 피고 자목련이 가슴을 열기 시작한다.

어제는 정원에 장미 가지를 다듬어 주었고, 오늘부터는 감·사과·배나무 들의 전지를 시작하였다. 창가에서 바라볼 때엔 마른 것 같던 나뭇가지들이 어느새 물이 오르기 시작하여 윤기가 돌고 눈망울에 생기가 어리고 있다.

향긋한 봄내음이 서리는 보드라운 흙을 밟고 과목의 가지들을 고르노라니, 울 앞을 지나는 시냇물 소리가 베토벤의 〈전원〉과 같이 아름답게 흘러들고, 산새들이 둥지를 틀 가지들을 눈여겨 보듯 분주히 날아든다. 올봄도 새로 칠한 처마 끝에 제비떼들이 몰려와 마구잡이로 집을 지어 놓을 것을 생각하니 걱정이 앞선다. 더불어 사는 것이 삶의 윤리라고 강조하면서, 처마 끝은 좀 더럽겠으나 함께 살자고 덤비는 제비떼들을 몰아낼 수는 없으니 말이다.

봄길을 걸어 본 사람이라면 그 햇살이 포근함을 알 수 있듯이, 밭의 흙을 밟아 본 사람이면 지열의 따스함과 흙의 포근함을 알 수 있을 것이다. 그래서 생명들은 지상을 떠나면 억만 년을 땅 속에 누워 있어도 지루한 줄 모르고 있는 것 같다.

지난해 과목 주위에 군데군데 달래씨를 묻어 두었더니 어느새 새싹들이 파릇파릇 돋아올랐다.

몇 뿌리 뽑아 아내에게 주었더니 달래 된장찌개가 저녁 식탁에 올라왔다.

달래와 냉이는 봄을 타는 사람들의 구미를 돋우는 전령이기 때문에 사랑을 받는다. 열대여섯 살에 집을 쫓겨나오듯 경비병들의 눈을 피해 이 땅을 찾아온 멕시칸들을 자식처럼 여기면서 20년 가까이 농촌에서 살다 보니, 그들도 어느덧 장년이 되어 힘든 일은 저희 것이라고 나선다. 10여 종 5백여 과목들을 다듬으면서 하늘을 바라보면 금빛 햇살이 과목 가지마다 나래를 접고 또 하나의 싱그러운 삶의 꿈이 눈망울로 돋아 생기가 돈다. 무에서 유가 창조되는 역사의 진리를 아는 사람은 마른 나뭇가지에서 싱싱한 싹이 돋고 향기로운 꽃이 피며 탐실한 열매가 맺히는 힘을 안다. 그래서 그들은 흙을 사랑하면서 그 속에 인생애의 꿈을 심는다.

'남으로 창을 내겠소/밭이 한참갈이/괭이로 파고/호미론 풀을 매지요./구름이 꼬인다 갈 리 있소. /새노래는 공으로 들으려오/강냉이가 익걸랑/함께 와 자셔도 좋소/왜 사냐건 웃지요.'

월파 김상용의 〈남으로 창을 내겠소〉를 읊조리면서 사과에 맛이 들고 단감이 익거들랑 도시 속의 문인들이라도 불러서 함께 먹으며 서로를 격려해야 하겠다. 그래도 남들은 풀섶에 숨고 갈대밭에 은신하며 살길을 찾는다는데, 지조밖에 모르는 마음이 가난한 저들과 찬란한 햇살과 흐르는 물결, 그리고 고향 내음 가득한 흙을 딛고 자란 능금 하나 못 나누랴.

산 속의 겨울

산 속에는 겨울이 찾아오기 한 발 앞서 적막이 찾아든다. 한 여름 무성하였던 잎들이 뿌리로 돌아와 가득히 쌓이고, 밤나무와 상수리나무 밑에서 다람쥐들이 바쁘게 가을걷이를 하더니, 요즈음엔 그 모습이 잠잠하다. 개구리가 부드러운 흙 속에 들어 깊은 겨울잠에 빠지고, 곰이 눈 덮인 동굴에서 발바닥을 핥으며 기인 밤을 엮을 때 다람쥐 굴에서는 달공달공 쓸공쓸공 노래 소리가 들려온다. 거칠고 힘센 수놈이 계곡에 가을이 들면 숱한 여인들을 불러모아 밤·도토리·개암·콩알 등을 굴 안에 가득히 모아들이고, 눈발이 서기 시작하면 눈빛이 빛나고 말이 많고 욕심이 있어 보이는 놈들은 모두 다 내쫓아 버리고 눈먼 암놈과 지당대신들만 남겨 자신은 귀하신 몸이라 밤·개암 등 고소한 놈만 골라 먹으며 달공달공하고, 눈먼 놈과 복종형들에겐 도토리나 먹게 하여 쓸공쓸공하면서 기인 겨울을 함께 난다. 천당과 지옥, 극락과 연옥, 부귀와 빈천이 공존하듯 동물의 세계 속에서도 약육강식의 원리가 하나의 규칙으로 존재한다. 만물의 영장이라 자칭하는 인간의 세계 속에도 기업주와 노동자 사이의 노사문제가 극심한데, 힘만이 능사인 동물의 세계 속에서 무엇을 구하랴.

그래서 겨울은 춥고 맵고 떨리고 서러운 것이 가난한 자, 약한 자의 설움이다.

그러나 이러한 겨울 속에도 아름답고 부드러운 소식과 정경이 있다. 모두가 잠든 사이에 어지러웠던 천지를 빈부귀천 가림 없이 하아얗게 수놓은 서설은 백의의 천사와 같이 순결하고, 따가운 가을 하늘을 숨쉬며 피어오르는 목화송이같이 청순하고, 어두운 그늘에 초롱불을 달아 밝혀 주는 달빛같이 안온하고 부드럽다.

눈이 하아얗게 쌓인 앞마당을 할아버지 등에 업혀서 바라다보던 세살박이 김삿갓이 '일야(一夜)에 송두백(松頭白)'이라고 읊었을 때 할아버지가, '애야, 그러면 단명해진다' 하시니, '일출(日出)에 갱소년(更少年)'이라고 답하던 김립 신동의 시심이 부럽다. 겨울은 인내하는 기간이요 명상하는 계절이다. 동면하는 동물과 나무들, 얼음을 덮어쓰고 잠든 대지, 얼음 속으로 숨죽여 흐르는 겨울 강들이 하나같이 밖으로 나서기보다는 안으로 감싸는 특징이 있다. 그러나 얼음 속에 살아 숨쉬는 지온과 코끝이 찡하도록 매서운 겨울 바람 속에서도 꽃눈을 잉태하는 벗은 가지들의 저항 의지가 살아 있으므로 다시 봄이 오고야 마는 것이다. 기인 침묵의 터널을 지난 후 새로운 빛의 세계로 펼쳐지는 자연계의 리듬 속에서 우리는 침묵의 중요함과 인내의 값진 모습을 발견하게 된다.

발명왕 에디슨이 '나의 창조는 99%의 노력과 1%의 영감에 의하여 탄생되었다'고 술회한 것도 이를 뒷받침하고 있는 명언인 것이다.

겨울엔 이와 같이 눈이 값지고 아름답지만 겨울 비 또한 우리에게 많은 것을 남겨 준다.

여름내 메말랐던 대지 위에 가을 바람이 불어오면 과일들이 다투어 향을 발하며 성숙하고, 만추가 되면 그늘마다 낙엽이 쌓인다. 숨죽은 낙엽 위를 마치 어루만지기라도 하듯 조용히 그리고 줄기차게 내리는 겨울 비는, 갈한 인간의 심령을 씻어 주듯 박토로 변한 땅을 깊이 스며들어 막힌 체증을 뚫어 주고 박테리아의 활동을 도와 토양이 다시 부드럽고 기름지게 해준다. 또 하나의 새로운 탄생을 예고해 주는 봄의 전령 같은 깃발을 휘날리며 잠든 산천을 찾아오는 것이다.

인간이 지상에서 인간다운 삶을 영유하기 위해서는 인간 자신의 힘만으로는 불가능하다. 하늘과 땅과 인간, 즉 천·지·인의 조화가 이룩되어야 한다는 뜻이다. 자연 또는 우주를 활동무대로 삼으면서 봄의 낭만과 여름의 활동, 가을의 성숙과 겨울의 침묵이 교차되는 속에서 보람과 행복을 느낄 수 있는 존재가 바로 인간이기 때문이다.

현대인들은 머리만 크게 발달하고 육신이 나약해져서 불행한 존재들이다. 자연계에 봄, 여름, 가을, 겨울의 사계가 있어서 그 속에서 주야 한랭난서가 교차되면서 리듬이 형성되고, 그 리듬에 발이 맞을 때 우리의 삶이 신나고 아름답고 값진 인생이 되는 것이다.

 미주사회도 우리 한인들의 이민 숫자가 급격히 증가하면서 청소년 문제, 가정 문제, 사업 문제 등 복잡다양한 사회상이 나타나고 있다. 과거엔 무작정 미국엘 가기만 하면 된다고 생각들하여 가출 소년 소녀들처럼 무계획한 이민들이었지만, 이제는 우리 모두가 이 땅에 정착의 뿌리를 스스로 내리고 우리의 후손들이 이 대륙의 주인이 되도록 밑거름이 되어야 할 것이다. 그래야 이들이 조국통일에도 일익을 담당하게 될 것 아닌가? 잠든 겨울 산이 봄을 맞이하기 위하여 기지개를 켜는 소리가 들려오고 있다.

제2부

·

사랑이 그리운 계절

사 랑

그대는 누구이길래
고요히 앉아 있어도
속마음에 가득 차오르고

문을 닫아 걸어도
가슴을 두드리는가.

내가 찾지 못하여
서성이고 있을 때
그대 마음도 그러하려니

차가운 돌이 되어
억년 세월을 버티지 말고
차라리
투명한 시내가 되어
내 앞을
소리쳐 지나가게나

골목을 지나는 바람처럼
바람에 씻기는 별빛같이

그대는 누구이길래
이 밤도
텅 비인 나의 마음을
가득 채우는가.

얼 굴

인간의 얼굴은 마음의 창이다. 마음이 맑고 착한 어린아이들의 얼굴을 대하면 천진난만성과 순진함이 가득히 흐르고, 인생의 모가 닳을 대로 닳아 이순(耳順)의 경지에 달한 노인들의 얼굴을 대하면 인자와 근엄의 모습이 풍겨나올 때 스스로 가슴을 여미게 된다.

어린이는 웃음과 재롱으로 말하고 노인들은 침묵과 인내 그리고 관용으로 말한다. 철모르는 어린아이들을 만나 보면 그들에겐 두려움이 없고 물불을 분별할 줄 모르며, 이루어질 수 없는 일들 앞에서도 생으로 억지를 부려 소기의 목적을 달성하곤 한다. 그래서 '억지가 사촌보다 낫다'는 속담이 생긴 성싶다. 그들의 순수성 앞에 실망을 안겨 줄 수가 없기 때문이다.

그러나 학처럼 백발이 성성하고 담담히 늙으신 어른들을 대하면 바라만 보아도 고고한 청산을 우러르는 듯하고, 대하 앞에서는 겸손이 생기며 무언의 철리 속에 심중을 조용히 흐르는 물

소리가 들리는 것 같은 심정에 접할 수가 있다.

어렸을 때 명절을 맞이하여 먼곳에서 친지가 찾아와 아버지께서 어서 들어와서 생면(生面)을 하라고 이르시면, 그 앞에 넓적 엎드려 절을 올린 기억이 생생하다.

처음 대하는 친척과 친지들 앞에서 자신을 낮춤으로써 서로간에 겸손과 우의를 돈독히 하는 예식인 것이다.

평소에 우리들이 사람을 대할 때 얼굴이 미욱한 사람을 보면 조심을 해야겠다는 생각이 앞서고, 얼굴에 칼집이 커다란 흉터를 가진 사람을 대하면 자신도 모르는 사이에 경계심을 품게 되는 것도 그들의 과거나 경력을 읽을 수가 있기 때문이다.

인간은 누구나가 자신의 복된 미래를 갈구하면서 살아가고 날마다 행복을 염원하면서 인생의 행로를 걸어간다.

하나같이 자기 자신의 미래와 운명에 대하여 궁금해 하고 호기심을 품는다.

이에 대해 어떠한 해답을 얻을까 해서 곧잘 찾는 곳이 관상소인데, 이곳에서는 그 사람의 인상을 보고서 운명을 판단해 준다. 그 사람의 골격, 이목구비, 걸음걸이, 음성 등을 보고서 판별해 주는데, 사실 여부는 누구도 가늠할 수 없다.

그러나 한 가지 분명한 것은 얼굴은 인간 역정의 공과가 분명하게 그림자 드리워지는 간판이라는 것이다.

슬픔을 당한 자에게 드리워지는 어두운 그림자, 기쁨을 맞이한 자의 환희와 감격, 몸이 불편한 자의 침울 등의 명암이 얼굴이란 거울을 통해 명확하게 드러난다.

지조를 지닌 자의 확고 부동한 표정, 결심 있는 자의 확신에

찬 모습 등이 긍정적인 방향인 데 비하여, 비굴한 자의 이즈러진 모습, 죄진 자의 불안한 형상은 부정적인 단면들이다.

인간의 얼굴 속에서 아름다움이나 추함으로 나타나는 외적인 세계도 중요하지만, 양심의 거울 앞에 스스로 서는 자세와 신 앞에 홀로 서는 단독자의 실존이 더욱 중요하다.

학교에 입학을 하거나 회사에 입사를 하게 되면 면접시험을 거치게 되는데, 이는 그 사람의 밖으로 나타난 용모를 통한 대인관계의 중요성과 문답을 통하여 자질을 발견하고자 하는 의미가 담겨져 있다.

인간의 얼굴은 그가 걸어온 행적의 실체요, 그가 살아온 과거의 흔적이며, 참과 거짓, 밝음과 어두움의 단면들이 상세히 기록된 이력서와 같은 것이다.

진정한 우정 관계란 면식과 사랑의 교류요, 인정과 지혜의 만남이기 때문에 서로가 서로를 신뢰하는 마음과 진실한 대면과 대화 속에 이루어진다.

인간이 스스로 마음의 창을 닫아 걸면 교류의 발길이 끊기고, 반면에 마음의 창을 활짝 열어 놓으면 아름답고 고귀한 대화를 통하여 위대한 만남을 이룩하게 된다. 유비와 제갈량의 수어지교(水魚之交), 관중과 포숙아의 관포지교(管鮑之交), 괴테와 실러의 빛나는 우정들이 얼굴과 얼굴의 만남이요, 가슴과 가슴의 만남이며, 신뢰와 존경의 만남을 통하여 이루어진 교분들이다. 우리가 어떠한 일들을 의논할 때에 전화를 통하여 해결이 아니 되면 대면을 통한 대화로 대책의 실마리를 찾고 문제를 해결하는 것은, 서로의 얼굴을 마주 볼 때 전화나 서신으로는 발견할 수 없었던 상대방의 표정을 바로 읽을 수 있기 때문이다. 인간이 모체로부터 받아 가지고 나오는 얼굴은 천부적이라서 어찌할 수가 없지만(요즈음 성형수술로 뜯어 고치기도 하지만) 자신의 부단한 노력과 성실한 생활태도 그리고 극기 자제하는 수양인의 자세로 변화시킬 수가 있다.

하나님으로부터 십계명을 받아 가지고 내려오는 모세의 얼굴에서는 광채가 났다는 《성서》의 기록은 의미심장하다.

현실에만 눈이 밝아 꿩의 병아리처럼 이리저리 빠져만 다니다가는 재주를 잘 부리는 광대는 될 수 있어도 천품이 인(仁)한 덕인의 모습은 이룩할 수가 없다.

얼굴은 이성과 감정의 표현이 분명하게 드러나는 마음의 창이다.

인생의 마무리를 앞둔 성실하고 준엄한 노인의 얼굴을 대할 때 우리 모두가 로댕의 '생각하는 사람'을 연상하듯 진지해지는 것은 모두 이 때문이다.

일생 일회의 주어진 삶 앞에 저마다 저다운 책임의 얼굴을 만들기에 전심전력을 다하자. 신 앞에 홀로 서는 단독자의 경건한 자세, 이것이 곧 숨길 수 없는 자기 자신의 얼굴이다.

자화상

'산모퉁이를 돌아 논가 외딴 우물을/홀로 찾아가선/가만히 들여다봅니다./우물 속에는 달이 밝고 구름이 흐르고 하늘이/펼치고 파아란 바람이 불고 가을이 있습니다./그리고 한 사나이가 있습니다./어쩐지 그 사나이가 미워져 돌아갑니다./돌아가다 생각하니 그 사나이가 가엾어집니다./도로 가 들여다보니 사나이는 그대로 있습니다./다시 그 사나이가 미워져 돌아갑니다./돌아가다 생각하니 그 사나이가 그리워집니다./우물 속에는 달이 밝고 구름이 흐르고 하늘이/펼치고 파아란 바람이 불고 가을이 있고/추억처럼 사나이가 있습니다.'

저항 시인 윤동주의 시 〈자화상〉의 전문이다. 자화상이란 자기가 자신의 모습을 그린 초상화이다.

자신의 모습을 삶의 화폭이나 영혼의 세계나 이상의 캔버스 속에 수시로 그리고 지우면서, 사랑하고 증오하고 번민하면서 육신이 자라며 지혜가 성장하고 자신의 영혼이 풍성해지는 것이다.

'외로움 없는 날의 나의 생활은 물 없는 물고기의 생활과 같다'고 하우프트만이 그의 심정을 술회한 것도 이 때문일 것이다.

《명심보감》에 보면 '화호화피(畵虎畵皮) 난화골(難畵骨)이요 지인지면(知人知面) 부지심(不知心)'이란 말이 있다. 범을 그리면 가죽만 그리지 뼈를 그릴 수 없고 인간을 알면 얼굴만 알고 그 속을 알기가 어렵다는 말이다.

인간은 때때로 거울 앞에 설 필요가 있다. 그 속에 투영된 자신의 외모를 통해서 아름다움과 추함을 발견할 수가 있고, 밖으로 나타난 미와 내면 속에 감추어진 자신을 깨달을 수 있기 때문이다. 신 앞에 홀로 서는 단독자의 준엄한 삶이 인간들에게 주어진 명령이요 운명이기도 하다.

거울 앞에 서서 자신의 의미에 자족하고 그 속에서 자만에 빠진 나머지 황홀을 느끼는 것은 나르시즘이요 자기 도취다. 이는 자신을 자기도 모르는 사이에 불행과 파멸의 길로 이끌어 가는 요인이다. 인간이 올바로 서기 위해서는 자기 울안의 소형 거울을 벗어나 명경지수(明鏡止水)와 같은 양심의 거울, 사회와 세계의 거울을 볼 수 있어야 한다. 인간이 자신의 외모를 아름답게 꾸미려는 노력은 생의 본능이다. 육신이란 영혼을 담는 그릇이요, 육신의 그릇이 일그러지면 그 속에 담긴 정신과 영혼도 일그러지기 쉽다. 건강한 육신과 아름다운 영혼의 조화, 이는 인간 모두의 고귀한 염원이다.

우리 모두는 이것을 가꾸고 성숙시키기 위하여 열과 성을 다해야 한다. '고뇌를 넘어서 환희에 도달하려는' 노력이 없는 인간은 불행하다는 베토벤의 지적이 바로 이것이다. 자신의 고뇌를 내면 속에서 스스로 승화시키지 못한 채 외부 세계 속에 뛰어들 때 부딪치는 충격은 너무나 큰 것이다. 시내에 맑은 물이 흐를 때면, 사나운 계곡을 지나고 돌여울을 거치고 서늘한 솔바람이 불어가는 산간에 공기가 맑고 청신한 것도 이 같은 연유이다.

현대는 자기 성찰의 시간을 갖기가 힘든 시대다. 눈만 뜨면 몰려드는 일과들, 머리가 어지러울 정도로 쏟아지는 매스컴의 물결, 별로 필요가 없는 인쇄물들의 범람은 우리들의 영혼을 혼란시키고 있다. 선인들이 일러준 '일일삼성오신(一日三省吾身)', 즉 하루에 세 번씩 자기 자신을 되돌아보며 성찰할 수 있는 기회를 누리기가 힘든 것이다. 자신을 정화시키지 못한 채 이웃과 사회 속에 합류하기 때문에 소음과 악취를 발하고 사회문제를 일으키는 원동력이 되고 있다.

인격의 도는 수련을 통하여, 학문의 도는 연마의 길을 통해서, 지도자의 길은 수신제가 이후에 누릴 수 있는 영광이다. 인격 도야와 실력 양성과 정서 함양이 없이 자신의 영웅심리 하나만으로 뛰어들기 때문에 사회가 늘 소란하다. 이들은 항상 앞좌석에 앉아야 되고, 일등을 해야 되고, 칭찬을 받아야 하고, 우쭐대며, 잘못이 지적되면 변명과 항변에 열을 올리고, 목적을 위해서는 수단과 방법을 가리지 아니한다.

국내에 숱한 지도자들이 이렇고 해외 교포사회의 리더들이 대부분 닮은꼴이다.

자신의 거울을 통하여 겸양과 양보의 미덕을 발견하지 못하고 소유와 탐욕과 강경 일변도가 자신을 망치고 사회를 혼란의 도가니 속으로 몰아넣는다.

인간 40세가 되면 남을 속여서도 아니 되고 자신을 속여서도 아니 되는 불혹(不惑)의 나이요, 50이 되면 하늘의 뜻을 가늠하고 이웃과 사회가 무엇을 자신에게 원하는가를 탐지할 수 있는 지천명(知天命)의 연령이다.

이 진리를 모르기 때문에 중구난방이요 좌충우돌이다.

남의 지도자가 되려면 자신을 알고 남을 알고 사회의 요청을 깨달아야 한다. 겸허한 자세로 자신의 거울 앞에 서서 양심과 진리의 소리를 듣고 자기의 초상화 속에서 성실한 인간의 얼굴을 발견할 수 있어야 한다.

이때에만이 나도 행복하고 너도 행복하고 우리 모두가 행복할 수 있다. 인간은 저마다 저다운 마음의 자화상을 지녀야 한다.

　　너는
　　가장 고요한 시각에
　　네 영혼의 소리에
　　귀 기울이라
　　그리고
　　네 삶의 지침을
　　바로 세우라

　　세상은 병들고
　　썩기 쉬운 곳
　　언제나

아름다운 너 자신은
고독한 시간에만
생성되느니

너는
가장 엄숙한 순간에
자화상을 그리라
그리하면
네 인생은
늘 풍만해지리라.

　필자의 시 〈자화상〉을 여기에 옮겨 놓는다. 우리 모두는 성실한 노력과 땀 배인 정성으로 그려 놓은 자화상 속에서 행복한 일생을 살아가야 할 것이다.

자유인의 행복

인간은 누구나 하나같이 행복을 염원하면서 살아가는 존재들이다.

우리 이민자들이 낯설고 산설은 미국땅에서 살아가고 있는 것도 운명이라고 말하지만, 엄밀히 말해서는 행복을 위한 어려운 선택이라고 답해야 할 것이다.

만물의 영상인 인간들이 그의 능력과 지혜와 정열을 쏟아서 찾아 헤매는 행복이라 할지라도, 진정한 행복이란 자유와 결혼해야 낳을 수 있는 아들 딸이다.

행복의 여신이 자유의 남성을 만나야 기쁨의 딸과 용기의 아들을 낳을 수 있다.

태어남의 기쁨을 누리며 자란 딸이라야 아름다운 미를 간직할 수가 있고, 용기를 지니고 자란 아들이라야 역사의 주역으로 성장할 수가 있다. 추한 여인의 번민과 나약한 남성의 모습이란 인간 비극의 시작이요, 끝이기 때문이다.

이러한 행복의 샘터와 보금자리는 근면한 아버지, 그리고 현명한 어머니의 품속에서 자녀들이 근심 없이 자랄 수 있는 가정의 환경 속에서만 가능하다.

우리들이 세상살이에 지쳐 심신이 피곤하고 영혼이 목말라 생기가 없을 때에 새로운 삶의 활력소를 찾기 위하여 여행을 떠나는 것도 모두 이 때문이다.

백설이 뒤덮인 빅베어 산장을 찾아서 하룻밤을 조용히 쉬면서 자녀들과 더불어 대화를 나누고, 요세미티 국립공원을 찾아가서 싱그러운 자연과 접할 때 인간은 보다 더 순수해질 수가 있다.

주위를 둘러보아 맑은 물이 흐르는 아름다운 계곡, 근심없이 자란 나무숲 사이를 유유자적하게 거니는 사슴의 무리들을 만날 때에 자신의 영혼의 창 또한 맑게 씻기게 된다. 자연 속에는 순수와 순리가 있다. 춘하추동의 변함없는 계절의 맥박, 소생의 아픔과 성장의 고통과 성숙을 향한 인내 그리고 동면의 기나긴 기다림이 존재하기 때문에 굳은 땅을 가르고 솟는 열기와 싱그러운 녹음과 따가운 햇살을 받으면서 성숙하는 가을의 풍만이 있다. 이 모든 것들은 조락의 서글픔을 견디면서 눈 덮여 차가운 기나긴 겨울 동안을 기다리는 인내의 산물들이다.

고국을 떠나 이민을 와서 자녀들을 키우는 과정 속에서, 동양의 유대인 소리를 들어가면서 흑인과 백인들 사이에 끼어들어 생존을 위협받고 폭동의 피해자가 되고 언론의 지탄을 받으면서도, 우리 한민족들이 좌절하지 아니하고 기사회생하는 용기 있는 백성의 자리를 지킬 수 있는 것은, 우리의 조상들이 자연스러운 순응과 끈기로 도전하는 두 가지 지혜를 우리들에게 유산으로 물려주었기 때문이다.

미국은 신과 자유와 번영을 깃발로 내세우면서 청교도들의 기찬 숨결과 맥박 위에 세워진 건전한 국가였다.

그런데 오늘날에 와서는 이 고귀한 정신들이 퇴락해 가고 있다. 이등국가로 전락해 가고 있는 현상들이다.

기업이 쇠잔하여 일자리가 줄어들고, 교육비가 삭감되어 배울 기회가 적어지고, 외제 물품들이 판을 치는 외국산 홍수의 시대를 맞이한 것이다. 자유가 방종으로 흐르면 맨 처음 나타나는 현상이 애국심의 퇴락 현상이요, 그 다음이 사랑의 질서가 무너지는 것이다.

가장 안타까운 것은 행복의 샘터요, 요람인 가정이 수없이 파괴되는 모습들이다. '문제아의 배후에는 문제의 부모가 있다'는 지적이 실상으로 나타난 사회가 우리가 정착의 꿈을 안고 살아가는 미국의 현실이다. 우리 한인들의 가정도 많이 파괴되어 가는 기사를 보고 슬픔을 금할 수가 없다. 너나 없이 자유를 찾아서 행복을 누리려고 찾아온 땅인데 본말이 전도된다니 이런 비극이 어디 있겠는가?

아내는 남편의 사랑을 받고 싶어하고 남편은 아내의 이해를 기대하면서 살아간다. 서로 주고받고 싶어하는 것이 인정이요, 이것을 갈망하는 것이 상정이다.

자녀들이 대학을 가기 이전의 감수성이 예민한 나이들을 부모 밑에서 자라게 된다.

이들은 자신들의 심정을 자세히 말하지는 아니하지만 생각하고 말하고 행동하는 일거일동을 자신도 모르는 사이에 부모에게서 배우게 되고 부모를 닮게 된다. 자녀들을 부모의 분신이라고 까지 일컫는 의미가 여기에 있다.

그렇기 때문에 부모들은 언제나 자녀들의 거울인 동시에 스승이다.

오천 년의 역사를 자랑하기보다, 역사 속에 위인들을 들먹이기에 앞서 아이들에게 보여줄 것은 사랑하는 마음과 이해해 주는 정성이다. 사랑이나 정성 앞에 고개를 숙이지 아니할 자는 하나도 없다.

부모들의 아름다운 삶 속에서 아이들은 깊은 산중에서 근심 없이 자란 나무처럼 건강하고 늠름하게 자랄 수가 있다. 그래야 이들이 바로 성장해서 정신적으로, 물질적으로, 도덕적으로 퇴색해 가고 있는 이 나라를 바로 세울 수가 있고 조국을 빛낼 수가 있다. 우리 모두가 기대하고 이민짐을 짊어지고 왔던 자유인의 행복을 우리의 후손들이 길이길이 누리게 하기 위해서는 부모들의 희생과 솔선수범이 밑바닥 깊게 깔려 있어야 할 것이다.

행복은 만인의 원이지만 행복을 누릴 수 있는 기쁨은 자유인에게만 주어진 특권이기 때문이다.

나를 향한 물음

현대는 나를 잃어버리고 살아가는 시대다. 자주정신과 주체의식과 자아 개념이 상실되어 스스로 불안한 나머지 자기 과시와 허세와 허영으로 내면의 공허와 허탈감을 위장해 보려는 인간들의 몸짓이 강하게 일고 있다. 나를 향한 내실을 다지려는 각오, 내면의 세계를 추구하려는 탐구성의 결여로 인하여 속은 강정과 같이 텅 비고 겉만 화려하게 가꾸려는 내허외화의 모습들이 역력히 드러나는 것이다.

고국에서는 가진 자가 더 가지려고 땅투기가 결사적이고 인기품의 사재기가 횡행하며, 이로 인하여 하루아침에 졸부가 된 사람들이 물질의 과잉에 넘쳐 국내에서는 물론 동남아를 비롯한 해외여행을 통해서도 중진국의 예의를 벗어난 추태를 연발하고 있다. 일찍이 철인 소크라테스는 행복의 기준을 지·덕·복의 합일의 상태로 지적하였다. 행복이란 인간이 인간답게 살아가는 모습이요 기쁨이며 누림인데, 지와 덕의 자리는 비어 있고 복의 자리에 돈만이 넘쳐서 주체를 못하는 양상들이 꼴불견으로 등장하고 있다. 요즈음은 해외 일부 교포들이 골프나 당구를 치면서도 돈내기에 열을 올리고, 가정주부들이 모여서 도박판을 벌이고 계놀이를 하면서 남의 흉이나 늘어놓기에 바쁜 퇴폐풍조가 만연하고 있다. 선비의 양심이 마비되고 기사의 도가 상실되고 인격의 질이 저하된 시대가 오늘날인 것 같다.

중동에서는 이라크를 중심으로 세계대전의 전운이 감돌고, 고국에서는 물난리의 참상을 겪어 혼돈과 무질서가 판을 치는 오늘에, 우리 모두는 정신의 일치와 마음의 안정을 이룩하여야 할 때에 이른 것이다. 제자와 동행하던 예수께서 '세상 사람들이 나를 누구라 하더냐?'라고 물음을 던지신 일이 있다. 자신이 인간들의 죄에 희생물이 되어야 할 중대한 사건을 앞에 놓고 제자들의 자질과 능력을 시험해 보고 주와 객의 위치가 바로 놓여 있나를 확인하여 보고 싶은 물음이었다.

시대가 혼탁하고 사회의 물결이 흉흉할수록 내가 누구인가를 자신에게 되묻는 간절한 물음이 필요하다. 유유히 흘러가는 구름 위에 이상이 서리고 고요히 굽어가는 강물 속에 청산이 모습을 드리우듯, 역사의 흐름 속에서 민족의 내일을 읽어내고 시대의 조류를 파악하는 지혜가 요구된다.

친구들 몇몇이 오랜만에 모여서도 남의 이야기들, 전화기를 손에 들어도 주관이 빠진 객관의 이야기들, 덕담이 아닌 흉보는 일로 소란스럽다. 흉을 보는 데는 신이 나고 시간을 길게 끌 수 있어도 칭찬을 오래 하기는 힘들기 때문인 것 같다. 현대인들은 영혼의 포켓이 얕아져서 무엇을 들으면 가슴속 깊이 오래 간직하지 못하고 급히 쏟아 버려야 직성이 풀리는 악습이 있다. 그래서 그들은 용광로 속에서 고열로 용해하여 만든 정금을 얻지 못하고 합금으로 만족할 수밖에 없다. 산천에는 가을바람이 스며들기 시작하고 있다. 면화 구름 같은 속대를 뽑아 올려 푸른 하늘을 향해 손을 흔드는 억새풀들의 손짓이 눈에 띄게 드러나고, 정물처럼 서 있는 감나무 가지의 감알들에 단물이 고이기 시작하는 계절이다. 동면의 겨울을 앞둔 가을 햇볕이 살갗을 파고들 듯 따가운 것은 성숙의 아픔을 통하여 결실을 이룩하려는 창조주의 섭리일 것이다. 벌들이 모여와 후지사과에 구멍을 뚫고 단물을 빨아 꿀로 저장하기에 발길이 분주하고, 속살을 드러낸 가을 연못의 물고기들이 뜀박질을 계속하고 있다. 한여름 내 자란 자신의 능력을 과시해 보고 싶은 충동인 것 같다. 뒤뜰에 서 있는 들깨대도 툭 치기만 하면 알알이 영근 깨알들이 우수수 쏟아질 것 같고 고소한 내음이 뜨락을 가득 채운다.

가을은 나를 향한 물음을 지녀야 하는 달이다. 알곡을 성숙시킨 곡식과 나무들이 계곡과 광야에 서 있는 모습 그대로 투명한 하늘 앞에 서듯 우리 인간들도 자신의 지나온 한 해를 회개하고 반성하는 마음으로 신 앞에 홀로 서야 하는 계절이다. 그리고 자신의 실과 허, 선과 위, 득과 실을 냉엄하게 가늠해야 되는 시간이다.

외아들을 둔 어느 부자가 하라는 공부는 아니하고 동리, 이웃을 다니며 말썽을 부리기에 큰 절로 데리고 가서 마음을 고쳐먹고 사람이 되라고 보냈는데, 학업 정진에는 마음이 없고 중들의 참선만을 방해하다가 술에 취한 나머지 잠에 빠졌다. 그런데 이를 괘씸히 여긴 중 하나가 면도칼로 머리를 빡빡 깎아 놓고 중은 행각을 떠나고, 다음날 늦잠에서 깨어나 거울을 보고, 중은 여기에 있는데 나는 어데를 갔나 하고 독백을 하였다는 일화가 있다. 이는 허상에 쫓겨 실상을 망각하고 살아가는 우리 자신들을 꼬집은 일화의 한 토막이다.

청심사달(淸心事達)의 덕과 각고면려(刻苦勉勵)의 수고가 뒷전으로 외면당하고 현실에만 급급하기 때문에, 이성의 그릇이 작아지고 극단과 과격으로 치닫는 감성의 세계가 눈앞에 전개되기 십상이다. 안심에 의하여 몸을 천명에 맡기고 생사이해에 당면하여 태연할 수 있는 '안심입명'의 고귀한 삶을 살아온 선철들의 가르침을 외면하고 임기응변의 모습으로 살아온 것이 송구스럽다.

예수의 앞날을 걱정해서 슬퍼하는 제자들에게 예수께서는 '나를 위해서 울지 말고 너희 자신을 위하여 울라'고 격려하였다. 나를 잃어버리고 그날그날을 엮어 가는 불안 속에 비전을 발견하지 못하고 고민하는 인간들의 삶이 자연이 주는 가을의 교훈처럼 성숙하기 위해서는, 나를 향한 간절한 물음이 있어야 한다. 헛것을 쫓아다니다 지친 육신의 포도나무 가지 위에는 영혼의 단물이 고인 싱그러운 포도를 맺을 수 없기 때문이다.

야누스신

야누스신은 대문을 지켜주는 신이다. 로마에서는 정월이 되면 야누스 신상을 대문 앞에 세워 두고 지키게 하였다.

그는 얼굴이 두 개가 달려 있는 양면 신인데, 하나는 앞을 향하고 다른 하나는 뒤를 향하고 있다. 손에는 열쇠를 쥐고 있어 문을 열고 닫아 주는 역할을 담당하고 몽둥이를 들고 있어 나쁜 자를 쫓아 버리는 것으로 되어 있다. 그 직책이 성문의 안팎을 살피고 출구와 입구를 담당하며 출발과 귀환을 알리는 직분을 담당하는 신인 것이다.

우화와 전설이 많은 민족일수록 머리가 우수하다. 게르만 민족이 그렇고, 이스라엘 족속이 그렇고, 로마와 그리스가 그러하다. 우리 민족도 이 범주에 속하는 민족이다. 야누스신에 얼굴이 둘 달린 것은 지나간 과거와 다가올 미래를 회상하고 조망하는 상징적 의미가 내포되어 있다. 정월인 January가 여기서 유래한 것이다.

우주의 원리는 음과 양, 밤과 낮, 허와 실, 과거와 미래, 선과 악, 천과 지, 물과 불, 빛과 어두움, 생과 사, 춘하추동과 같이 양면 역학의 원리로 창조되고 형성되었다.

앞을 바라다보는 얼굴은 미래를 지향하는 얼굴이요, 비전을 제시하는 얼굴이며 성장과 발전을 의미하는 얼굴이다. 새로운 역사는 이 얼굴의 의미 속에서 진보 발전하는 것이며, 뒤를 바라다보는 과거지향형 속에서는 아름다운 추억과 선인들이 남겨 준 고귀한 유산과 문화적 배경을 더듬을 수 있는 계기가 되는 것이다.

우리는 역사의 새로운 장 앞에 서 있다. 장승처럼 건장하고 꿋꿋하게 서서 새해의 눈부신 햇살을 바라보는 우리들은 미래를 향한 꿈과 민족을 향한 염원과 세계를 향한 비전과 하늘을 향한 기도가 있어야 한다. 일찍이 케네디 대통령은 '국가가 국민들에게 무엇을 해주기를 바라기 이전에 국민이 국가를 위해서 무엇을 해줄 수 있을 것인가를 물어라', '비전이 없는 국민은 망한다'는 위대한 두 개의 명제를 미국 국민과 세계를 향하여 남겨 놓고 떠나갔다. 한번 지상에 왔다 가는 것은 삶의 질서이지마는 위대한 민족은 위대한 역사를 창조하여 그 민족과 신 앞에 바치고 떠난다.

나는 매해 첫 아침이 되면 아내와 아이들을 데리고 주위의 높고 아름다운 산을 오른다. 빅베어, 발디, 팜스프링, 팔로마 마운틴 들이 모두가 좋은 산들이다. 청신한 아침 공기를 마시며 아내와 아이들의 새해 꿈을 들으며 산상에 올라서, 창조주가 완성한 자연 앞에서 새해의 소망을 기원하고, 가족의 건강을 간구하

고, 너의 조상의 나라가 저쪽에 넘실거리는 태평양을 건너 푸르
게 솟아 있다고 일러준다. 꿈은 인간이 인간다울 수 있는 최대
의 희망이기 때문이다. 산속에는 천년의 굳센 바람 소리와 풀잎
들의 그윽한 향내와 하늘을 우러러 돋움하는 나무들의 끝없는
의지 그리고 자연을 노래하는 새들의 합창이 있다.

새해 첫날부터 텁텁한 방 속에 모여 북새질을 칠 것이 아니
라, 우람하고 고요한 산정에 올라 그 기상을 배우고 광막한 벌
판이나 대해에 이르러 큰 뜻을 염원하는 기회를 갖는 것은 너무
나 귀한 일이다. 더구나 눈 덮인 설원을 거닐며 솔바람 소리를
듣는 기쁨은 너무나 감동적이고 순수하기 때문이다.

우리 민족들도 음력 정월 보름이면 수숫대에 나이 숫자대로
끈을 묶어 불에 태우며 새해 첫 보름달을 향하여 소원을 드리우
던 망월이 있어 아름다운 추억으로 간직되고 있다.

우리가 첫달을 정월이라 부르고 있음은, 사악하지 아니하고
바름과 도리에 맞는 삶을 살아가는 새해가 되기를 바라는 염원
의 발상이다. 여기에 원조나 원단을 붙이는 이유 또한 같은 것
이다. 역사 속에서 영국이 위대한 것은 과거의 영광을 고이 간
직하려는 노력이 강하기 때문이요, 게르만 민족이 우수한 것은
핏줄은 칼로 끊을 수 없고 벽돌 담장으로 막을 수 없다는 미래
지향적 정신의 실례를 행동으로 보여주었기 때문이다.

근래 일본을 비롯한 외국의 자본들이 미국의 정신이라 하는
콜럼비아 영화사나 부의 상징이라 일컫는 록펠러 빌딩을 마구
사들여도 까딱 않는 것은, 너희들이 이것을 영원히 소유하고 싶
거든 미국 시민권을 받고 이 땅에 뼈를 묻는 각오가 있어야 한

다는 저력이 있음이요, 누가 섣불리 칼을 들고 왔다가는 이 땅에 고철로 남는 전설을 이들은 강한 신앙처럼 믿고 있기 때문이다.

 1989년도에 동구라파에 넘쳐나던 자유의 물결이 새해에는 우리 민족에게도 충일될 것인데, 마음의 준비를 다하고 통일의 그날을 맞이해야 할 것이다. 과거에 도취되지 아니하고 현재에 자족하지 아니하고 미래를 향해 도전하고 창조하고 정성과 사랑을 다하는 우리 민족일 때 우리들은 승리할 것이다.

2월은 사랑의 달

2월은 사랑의 달이다. 해마다 2월 14일이 되면 붉은 장미 꽃다발을 가슴에 안고 하트형의 발렌타인 카드와 함께 많은 사람들이 사랑을 전하기 위해 손길이 바빠진다. 이날은 성 발렌타인의 숭고한 사랑의 정신을 기리자는 뜻에서 시작되었다고 한다.

'박꽃같이 소박한/눈송이들이/언 가지 위에/꽃으로 피어나는/이월 열나흘/발렌타인스의 날이 오면/상수리나무에/햇잎 돋듯/그리운/생각들이/가득히 번져/사랑하고픈 그를 위하여/사랑하는 임을 위하여/사랑하였던 옛날을 회상하며/못 가눠/가슴 터지는 석류같이/붉은 장미 꽃다발을/건네주면서/내일을 약속하는/그리움의 손길들…/사랑은/낭랑한 물결이라/눈을 감아도 흘러들고/사랑은/은빛 햇살이라/창을 닫아도 새어드네/사랑은/귀를 막아도/낯익은 음성으로/살아 되돌아와/문을 두드리는/영원의 메아리/이제 나는/너를 향한/한 그루의 따가운 장미이려니/너는 내게로 와서/한 떨기 꽃이 되렴/그윽한 향이 되렴/거리엔/차가운

가슴 가슴 찾아가/사랑의 불을 지피는/발렌타인의 후예들/그리운 발소리.'

필자의 〈발렌타인스 데이〉란 시의 전문이다.

우리 한국 사람들은 한 사람의 이성을 만나면 죽자살자 혼신의 힘과 열을 기울여 남에게 빼앗길세라 바쁘게 뛰며 감싸고 혼자 독차지하려 안간힘을 쏟는다. 세계를 그대 품에 안겨 주겠다든지, 그대는 나의 태양이라든지 등 온갖 찬사와 수식어를 총동원해서 그 이성을 독차지하려 하고, 일이 빗나가거나 배신을 당하면 스스로 목숨을 버리거나 해악을 퍼부으며 난동을 부리기도 한다.

여자가 귀한 중국의 영향을 받아서이거나 단일민족으로서 폐쇄사회의 봉건사상에 젖어서인지 첫눈에 반하면 동서남북을 분간 못하고 사족을 못 쓰는 버릇이 있고, 일단 소유하고 나면 덥지도 차지도 아니한 상태로 덤덤하게 검은 머리가 파뿌리가 되도록 아웅다웅하면서 살아간다.

그런데 우리가 이민의 닻을 내리고 사는 이 땅의 사람들은 사랑의 모습이 영 다르다. 이성간에 만나게 되면 수많은 대화의 시간들을 거친 후에 저스트 프렌드(Just Friend)로 생각하고 스스로 서로의 삶에 공통점을 발견한 이후에야 보이 혹은 걸프렌드란 칭호를 쓰고 결혼으로 연결된다.

고대 신화에 보면 사랑의 신은 눈을 가리고 있다. 사랑은 맹목과 호기심에서 출발한다는 상징성이 내포된 것이다.

우리 동양인들과 같이 주인이 없을 때 무조건 소유하고 보자는 무주물 선점 의식이 아니라 옥수수 껍질을 벗기듯 서로의 숨겨진 이상을 발견하고 둘만의 초점을 맞추는 것이다. 연애와 사랑에 우리가 감정을 앞세워 서두르는 데 비하여, 이들은 철저히 계산적이고 분석적이며 이성적이다.

그러나 이들에겐 우리가 소유하고 있는 은근과 끈기 그리고 인내가 부족한 성싶다. 그래서 이들은 아이 러브 유(I Love You)를 연발하면서도 이혼을 수시로 해댄다. 만날 때엔 이성적이다가도 헤어질 때엔 감정적인 것 같다. 우리는 이런 것을 무조건 서구적인 것, 진보적인 것이라고 생각하고 따라서는 안 된다.

마을에서 아이들끼리 싸움이 잦으면 이웃간에 불화가 오고, 집안에서 부부간에 의견이 엇갈리면 가정에 평화가 깨어지고, 정치가들 사이에 적대 감정이 쌓이면 국태민안에 금이 간다. 가정은 평화의 보금자리다. 사회의 불행이 가정으로부터 시작된다.

'문제아 뒤에 문제의 부모가 있다'는 지적이 바로 이를 증명하고 있다. 역사 속에서 민족이 민족다우려면 전통과 풍속이 후손들에게 바로 전해져야 한다. 미풍양속이 바로 그것이다. 행동이 습관을 낳고 습관이 성격을 형성하고 성격이 운명을 지배한다는 진리가 민족 고유의 전통과 풍속을 만든다.

부부간에 다투고 나서 집으로 꽃다발을 배달시키면 얼었던 서로의 감정이 봄눈 녹듯 사라지고 저녁에 만날 때 웃음의 대면과 식탁의 풍요를 누릴 수 있다. 꽃의 향기가 번지는 저녁 식탁에 마주 앉아서 와인을 한잔 들면서 서로의 가슴을 연다면 이곳이 곧 낙원이 아니겠는가.

상혼에 속아서라도 사랑하는 사람과 선물을 나누는 것은 아름다운 일이다. 이런 점에서 근래 한국사회로 번지는 선물 나누기의 발렌타인스 데이의 풍속도 심히 긍정적이다.

2월과 12월은 사랑의 달이다. 2월이 사람과 사람, 여인과 연인들이 사랑 속에 만나는 에로스의 달이라면, 12월은 하나님과 인간들이 만나는 아가페의 달이다. 모습은 달라도 사랑의 형상은 둘 다 진주같이 둥글다.

그런데 우리의 삶이 윤택해지려면 사랑 하나만으로는 좀 부족하다. 그래서 페스탈로치는 명철과 사랑을 함께 강조하였다. '명철한 두뇌와 따뜻한 심장', 발렌타인스 데이를 맞이하는 우리 모두에게 훈훈한 2월이 되기를 기원한다.

벨렌타인스 데이

서구 사회에서의 2월은 사랑의 달이다. 해마다 2월 14일 성 발
렌타인 순교의 날이 되면 그의 숭고한 희생정신을 기리며, 이를
계기로 사랑하는 연인에게 마음의 선물을 보낸다.

인간은 하나같이 누구의 사랑을 받고 싶어하고 또다시 누구에
게 사랑을 주고 싶어하는 기브 앤드 테이크의 관계로 창조되었
다. 이것이 너와 나와의 관계요 이웃과 이웃, 이웃과 사회, 국
가와 국가의 세계로 연결된다. 이 관계 속에서 사랑의 싹이 자
라고 행복의 꽃이 피고 성공의 열매가 맺힌다.

사랑의 생명을 지닌 인간 모두의 간절한 염원이며 살아 있는
동안의 기도의 제목이 된다. 그렇기 때문에 사랑이 인간의 꽃이
요, 삶의 향기며 싱그러운 열매라고 부르는 것도 여기에 기인하
는 것이다.

시인 김춘수 씨는 〈꽃〉이란 시에서 '내가 그의 이름을 불러
주기 전에는/그는 다만/하나의 몸짓에 지나지 않았다./내가 그

의 이름을 불러 주었을 때/그는 나에게로 와서/꽃이 되었다./내가 그의 이름을 불러 준 것처럼/나의 빛깔과 향기에 알맞는/누가 나의 이름을 불러다오/그에게로 가서 나도/그의 꽃이 되고 싶다./너는 나에게 나는 너에게/잊혀지지 않는 하나의 눈짓이 되고 싶다'고 인간의 청순한 바램을 노래하였다. 산이 고요히 둘러서 있고 시내가 조용히 흐르고 솔바람이 소리를 달리하며 지날 때마다 계절의 옷을 갈아입는 산촌에서 원정이 되어 장미꽃을 심고 가꾸노라면, 결혼하는 자녀의 행복을 원하며, 아내의 출산을 축하해 주기 위하여, 입원한 친구의 쾌차를 빌며, 졸업하는 자녀의 영광을 기원하며, 거룩한 삶을 다 끝내고 모토로 돌아가는 선친을 향하여 모두들 갖가지 장미꽃을 원하며 문을 두드린다. 특히 애인에게와 아내의 생일 선물로 들고 갈 때엔 콧노래를 부르며 기뻐해 하는 모습을 바라볼 때 손에 찔린 가시의 아픔을 아득히 잊고 나도 기쁨에 싸인다.

문호 톨스토이는 '개조차 리듬을 갖고 짓게 하는 것이 사랑'이라고 하였다. 서구인들은 사랑도 고요하고 부챗살을 펴듯 조용조용 그리고 떨리는 가슴으로 문을 노크하는 동양인들의 사랑과는 달리 신나해 하고 뜨겁고 정열적이다. 그런데 툭하면 헤어지기도 잘하니 그 깊이는 한국인들에 비하지 못하는 듯하다.

사랑의 감미롭고 아름다움만 취하고 오래 참는 인내가 부족한 것 같아 안타깝기조차하다. 이들은 발렌타인스 데이가 되면 사랑하고 싶은 사람에게, 사랑하는 사람에게, 사랑하였던 사람에게 붉은 장미 꽃다발을 선물한다. 적어도 이날만은 과거와 현재와 미래가 자리를 함께하는 아름다운 하모니를 형성한다. 남의

사랑하는 마음을 놓고 이러쿵저러쿵 따지는 것은 금물로 되어
있다. 사랑의 독단과 독점이 인정되는 셈이다. 스템이 긴 것을
받을수록 더욱 기뻐서 날뛴다.

꽃을 키우면서 느끼는 것은, 사랑은 주는 것이란 마음에 절실
함을 배우는 점이다.

어떤 사람은 결혼 10주년 파티를 위하여 3천 6백 50송이의 장
미꽃을 6개월 전에 주문하여 다짐에 다짐을 거듭하기도 한다.

이때가 되면 우리도 아이들 담임 선생에게 1다즌의 장미꽃을
선물하는데 이를 받고는, 나는 여지껏 남편으로부터 초콜렛만
받아 왔는데 하면서 감격해 한다. 그리고 옆의 선생은, 나는 언
제 제임스나 조셉의 담임을 맞느냐고 부러워한다.

정월 초하루에 열리는 패사디나의 로즈 퍼레이드를 필두로 발
렌타인의 날이 되면 전국적으로 꽃이 딸려 남미는 물론 네덜란
드, 이스라엘 등 구라파에서까지 대량 수입되어 사랑하는 사람
들 품에 안긴다.

산에 신달래와 철쭉이 불을 당기듯 붉게 피어오르면 두견새의
애절한 전설을 생각하면서 머얼리 서서 바라보며 망설이던 우리
들의 연정에 비하면, 서구인들의 사랑의 열풍은 뜨겁고 강렬해
보인다.

고금동서를 막론하고 사랑과 같이 아름답고 고귀한 것은 없는
듯하다. 주고 싶은 마음이 그 핵심이기 때문이다. 우리 한국의
연인들도 올해부터는 이 비싼 것을 왜 사왔느냐고 되묻지 말고
사랑에 넘치는 마음으로 장미 꽃다발을 가슴에 안는 감격을 맞
이하기 바란다. 인생에 있어서 수고는 삶의 뿌리요, 정성은 삶

의 줄기며, 사랑은 삶의 아름답고 향기롭게 피어나는 꽃이다. 건강한 몸과 땀흘리는 수고와 남을 아끼는 착한 마음이 있는 곳에는 지상의 낙원이 건설될 수 있을 것이다.

과거엔 영국 국화이던 장미가 1988년부터 미국의 국화로 지정되었다. 이를 볼 때 이들이 얼마나 이를 사랑하는가를 짐작할 수 있다. 이민 개척으로 뒷전에 밀렸던 우리들의 사랑을 다시 불러모아 거칠어진 아내의 손을 어루만지면서 붉은 장미 꽃다발을 안겨 주는 발렌타인의 날이 한인 타운에도 찾아오기를 기원해야겠다.

'사랑하는 것은/사랑을 받느니보다 행복하니라.'

청마 유치환의 노래가 조용히 들려오는 이 아침에.

오월의 향기

시인 윌리엄 워즈워드(William Words Worth)는 언 땅을 가르고 솟는 생명의 힘을 바라보면서, 사월은 잔인한 달이라고 노래하였다. 봄의 계절은 꽃들이 다투어 미를 발하고 향을 토하는 백화난만(百花爛漫)의 계절이다.

울 밑을 장식하던 개나리와 자목련이 지고 나면 뜰에 장미꽃이 청초롭고, 야산에는 진달래에 이어 철쭉꽃이 불타오르듯 찬란하게 피고, 복숭아·오얏·앵두꽃과 배·사과꽃 들이 과원을 가득 채운다.

이조년은 달빛 아래 흐드러지게 핀 배꽃을 향하여 '이화에 월백하고 은한이 삼경인제, 일지춘심을 자규야 알랴마는, 다정도 병인 양하여 잠 못 들어 하노라'라고 그의 깊은 심경을 시로 읊었다.

캘리포니아의 오월은 참으로 아름답다. 높은 산에는 아직도

잔설이 달빛처럼 빛나고, 시골길을 달려 보면 오렌지와 레몬의 향기가 차창을 통하여 가득히 흘러든다.

늦비가 멎은 신록의 청신함, 둥지를 틀기에 분주한 새들의 몸짓, 고요한 바람으로 가득한 호수 같은 하늘, 계곡을 흘러내리는 물소리들이 정겨운 계절이다. 자연의 세계 속에서는 굳은 땅을 들추고 솟아나는 새싹들은 예정이요, 그 위에 향기롭게 피어나는 꽃들은 약속이며, 뒤이어 맺히는 열매는 완성이다.

그리고 단풍이 곱게 들고 조락의 계절이 다가와 낙엽이 지는 것은 모두를 끝내고 돌아가는 죽음이다. 이것이 하나같이 아름답고 고귀한 자연의 섭리요, 질서다. 여기에는 한결같이 거부의 손길이 안 통하고 반항의 몸부림이 먹혀 들어가지 아니한다. 신의 뜻 앞에 조용히 순종하는 인내가 있을 뿐이다.

사람이 하나님으로부터 창조되어 맨 처음 거처한 것이 아름다운 자연 속의 에덴동산이었다고 《성경》은 일러주고 있다.

인간들이 자연의 품안을 잠시라도 떠나서는 존재할 수 없음을 상징적으로 일러주는 진리인 것이다.

오월은 사랑의 달이다. 5일이 어린이날이요, 8일이 어버이날이며, 15일은 스승의 날이다. 어린이, 아버지, 어머니, 스승 모두가 하나같이 사랑과 존경의 대상이다.

우리들의 가슴이 답답하고 일들이 잘 안 풀릴 때엔 끝없는 모랫벌, 무한한 황야의 모하비나 애리조나 사막을 마음껏 달려 보면서 심신을 씻어 보기도 한다. 하지만 계속해서 그곳에 살기엔 힘든 일이다. 인간들은 본능적으로, 그리고 운명적으로 자연과 더불어 살아가게 지음받았기 때문이다.

우리 한국 사람들은 오월이 되면 어린이들의 생명의 향기와 어머니들의 사랑의 향기와 스승들의 원숙한 인품의 향기를 그리워한다. 아무리 아름다운 자연이라 할지라도 꿈틀거리는 생명이 없을 때엔 메마른 사막과 다를 것이 없다.

꽃의 향기를 찾아 날아드는 나비와 벌들의 행렬, 싱그러운 나뭇가지 위에서 노래하는 새들의 합창, 흐르는 물 속에서 분주하게 노니는 고기떼들, 그리고 자연의 미에 시와 노래를 보내고 영탄과 찬사를 띄우는 인간들이 없다고 하면 영원한 침묵이 있을 뿐이기 때문이다.

천과 지, 음과 양이 우주의 핵심이 되는 연유도 여기에 있다. 고산준령 태산을 오르다 보면 장강대천의 물줄기를 접하게 되고 무한한 사막을 달리다 보면 끝없는 지평선을 발견하게 된다.

'될 성싶은 나무는 떡잎부터 알아보고, 싹을 보면 열매를 알 수 있다'는 뜻이 모두 여기에서 나온 것이다.

눈빛같이 맑은 꽃에서 탐실한 열매가 맺히고 청명한 가을하늘에 서릿발이 영글면 원숙한 과일로 완성된다.

오월은 꽃의 향기로 자연의 세계가 가득하고 인간의 세계 속에는 인정과 사랑의 향기가 넘치는 달이다. 우리 모두는 닫힌 마음의 빗장을 풀고 가슴가슴마다 오월의 향기로 채우는 기쁨을 맞이하자. 어린이들의 티없이 맑고 샘물처럼 순수한 그 마음은 인류의 미래요, 영원에 잇대어 살 수 있는 위대한 선물이다. 어린아이의 마음 앞에 천국의 문이 열림이 약속되는 것도 이 때문이다.

어른들의 이기주의적 욕망으로 인하여 동심에 상처를 안겨 주고 병들게 하는 것처럼 큰 불행은 인간사에 다시 없다. '여자는 약하나 어머니는 강하다'는 빅토르 위고의 지적이 어머니는 인류들의 영원한 고향임을 말해 준다. 고향에서는 찬밥을 먹고 헐벗은 채 가난하게 살았어도 따사로운 부모와 친지 그리고 좋은 이웃들의 인정 어린 눈길들이 가슴 깊이 아로새겨져 있기 때문에 머언 후일에도 길이길이 그리움 속에 간직되나, 타향의 설움은 두고두고 잊혀지지 아니한다.

모든 스승들은 우리들의 정신의 어머니요 아버지들이다. 그들에 의하여 고귀한 지성을 만나고 덕망을 배우고 사명을 깨달으며 내일을 인식하기 때문이다.

오월 한 달 속에 어린이와 어버이와 스승의 날이 함께하여 우리들이 조그마한 정성이나마 베풀며 반길 수 있는 것은 인생의 그윽한 향기요, 고귀한 삶의 지표가 아닐 수 없다.

오월은 분명히 자연과 인간의 마음이 하나의 사랑으로 조화를 이룬 향기의 달이다.

정성·사랑·은혜

5월은 사랑의 달이다. 5일은 어린이날이고 8일은 어버이날, 15일은 스승의 날이다. 이 모두가 사랑의 끈으로 연결된 축제일이다. 믿음이 없는 구원은 있을 수 없다고 강조하는 기독교에서는 믿음·소망·사랑 중에서 그 중에 제일은 사랑이라고 가르치고 있다.

사랑은 모두가 원하지만 그 실천이 어렵기 때문이다. 어린이는 부모의 몸을 빌어서 이 세상에 태어난 신의 선물이요, 내일을 이어 갈 후예들이며 우리의 분신이요, 미래 역사의 주역들이다. 그러기 때문에 신이 가장 아름답게 생각하고 사랑하는 모습은 어린아이의 천진난만한 웃음이다. 이는 티없이 맑은 하늘이요, 갓 태어난 아름다운 숨결이요, 바위틈에서 방금 솟아오른 청결한 샘물이다.

할머니의 웃음이 세파에 부딪치고 닳아 모가 없는 둥근 웃음이라면 어린아이의 웃음은 싱싱하고 파릇파릇한 순수무잡의 진실한 웃음이기에 우리 모두는 그 앞에서 가슴을 기울이고 침묵하며 행복을 느낀다. 어린아이를 씻길 때 손을 먼저 씻어 주면 자라서 재주가 있고, 얼굴을 먼저 씻기면 명예를 얻는다고 항상 얼굴을 먼저 씻기시던 어머니, 비뚤어진 숟가락이나 이 빠진 그릇에 음식을 담아 먹으면 성격이 비뚤어진다고 가려서 올려 주시던 어머니, 그러한 어머니의 정성을 알려면 적어도 결혼을 해서 자기 자식을 낳아 보아야 된다. 정성은 분명히 부모가 자식에게 쏟는 사랑의 표현이요, 아름다운 선물이다.

'아버님 날 낳으시고 어머님 날 기르시니 이 두 분 곧 아니면 이 몸이 살아시랴. 하늘 같은 은덕을 어디에 갚사오리.'

송강 정철의 시조다. 위의 어른들은 그 머리털이 학의 깃털처럼 희어 천수를 누리시고, 슬하의 자녀들은 만대에 이르도록 영화를 누리기를 바라는(당상학발 천년수 슬하자손 만대영) 우리 선조들의 간절한 바램이었다. '효는 만행의 근본'이라고 임금에 대한 충에 이어 부모에 대한 효를 강조한 것은 가정의 평화를 통해서 사회의 윤리를 세우고 국가의 기강을 견고히 하려는 생각에서였을 것이다.

우리의 선조들은 '군사부일체'라 해서 임금과 스승과 부모를 같은 반열에 놓고 섬길 것을 강조하였다. 그런데 오늘날은 학생도 많고 스승도 많이 있다 보니 스승이 제자들을 성희롱했다는 기사도 나오고 스승을 가해했다는 기사도 생기는 시대가 되었다. 과거엔 스승의 그림자도 밟지 아니하고 훌륭한 스승의 문하에 들어가서 그의 덕과 학문을 이어받는 것을 최대의 기쁨과 최고의 행복으로 여겼다.

포은과 퇴계·율곡·다산·정암 등 위대한 학자들 앞에는 수많은 제자들이 모여들었고, 이들은 스승이 사화로 피해를 입거나 유배를 당하면 운명을 함께 하기도 했다.

성현 공자는 '인을 보거든 스승에게도 양보하지 말라'고 가르쳤다. 교수 자리를 놓고 스승과 제자가 서로 헐뜯고 다투기도 하는 오늘의 현실과는 격세지감이 있다. 존경과 사랑이 오가야 할 사제지간에 성적을 사이에 두고 성관계가 오가는 타락한 사회로 전락하였으니 가슴 아픈 일이 아닐 수 없다. 오늘날 인류 사회가 불행으로 치닫는 가장 큰 이유들은 자녀들에게 향하는 정성이 부족하고, 부모에게 향하는 사랑이 모자라고, 스승에게 향하는 존경심과 은혜의 마음이 없기 때문이다.

잔인한 달이라는 4월이 지나가고 마른 나뭇가지마다 속잎 피는 5월 훈풍이 계곡을 가득 채운다. 시대가 진보하고 문명이 발달하고 인간의 생각들이 앞서가지만 우리의 마음은 늘 쫓기면서 답답하고 우울하다. 날아가는 산새들은 그의 고향인 자연을 향해 나아가기 때문에 힘들고 벅찬 줄 모르지만, 이를 흉내내며 쫓아가는 인간들은 그 가슴속에 진실이 아닌 허망이 가득하여 숨이 가쁘고 발을 헛디딜까 불안정한 것이다.

우리가 이민의 닻을 내리고 살아가고 있는 미국도 근래 대량으로 몰려온 히스패닉이나 동양계 이민자들을 향한 눈매가 곱지 않다. 그리고 과거엔 후하던 대접이 갖은 제약과 규제로 공공연하게 나타나고 있다. 시민권자의 가족들조차 초청을 막아야 한다고 야단들이며, 각종 사회보장 기금이 줄어들고 소수민족을 보호하던 특혜들도 얇아져 가고 있다. 어퍼머티브 액션의 폐지, 웰페어 삭감 등이 그 실례들이다.

흑인 시장이 백인 시장으로 바뀌고, 흑인 경찰 총수가 밀려나고, 한국계 하원의원이 끈질긴 자금 추적 수사를 받고, 작은 마켓에선 푸드스탬플을 사용할 수 없게 제도화를 추진하고, 백인 우월주의 대기업 중심사회로 서서히 방향을 선회하고 있는 모습이 역력하다. 우리의 2세들도 부모들의 우수 성적 강요로 소위 명문고교에서 성적 위조 집단 과제물 부정으로 물의를 빚고 말썽을 부리는 사태가 자주 발생하고 있다. 또한 갱 단원이 되는 청소년도 늘어나고 동포 가정을 침입, 절도와 납치를 하는 등 불행한 소식들이 우리 이민자의 가슴과 마음을 어둡게 하고 있다. 우리가 당당히 내세우고 온 자녀 교육을 위하여라는 목표가 흔들리고 있는 것이다.

이 땅에 이민을 왔으면 우리 조상들이 전해 준 슬기와 역량을 백분 발휘하고 이들의 강하고 바른 점들을 제대로 배워서 이 땅의 주인이 되어야 할 터인데, 소란을 피우고 있음은 우리의 영육이 빈 수레와 같기 때문이다. 고국을 떠나와 살고 있는 우리들로서는 장차 이 땅에 뿌리를 내리고 정착할 후손들을 위해 온갖 정성을 쏟는 부모가 되어야 하며, 자녀들에게 민족혼과 역사관을 가르쳐 주는 스승의 자리에 서야 하는 무거운 책임도 함께 지니고 있다. 과거 이 땅을 개척하고 스스로 신앙인으로서의 본이 되어 주인으로서의 자리를 지킨 청교도들의 사명과 책임이 바로 우리에게 있기 때문이다.

'힘이 있는 나무는 꺾어지지 아니하고 공든 탑은 무너지지 않는다'고 가르쳐 주신 조상들의 가르침을 잊어서는 안 된다. 자칫 오늘 우리 앞에 주어진 정성과 사랑과 은혜를 망각한다면, 우리 모두에게는 갖은 수고와 피나는 노력으로 쌓아올린 이민의 탑이 하루아침에 무너지는 뼈아픈 공허를 느껴야 하기 때문이다.

5월은 가정의 달이다. 어린이와 어버이와 스승들이 함께 모여 정성과 사랑과 은혜를 나누면서 행복을 창조해야 하는 기쁘고 아름다운 달이다.

산의 철학

인간에게 있어서 산은 아버지의 위엄과 어머니의 자비와
절대자의 신성불가침의 경지를 일깨워 주는 영원한 스승이다.

산에는 장중과 정적과 고독이 있다. 태고로부터 끝없는 시간
과 공간의 세계 속에서 부동하는 자세와 청정한 모습으로 하늘
에 귀를 기울이는 듯한 겸손의 모습이 흘러 넘치기 때문에, 선
인들은 예로부터 산정사태고(山靜似太古)를 음미하고 청풍명월이
깃을 펴는 영원의 고향 속에서 참선의 도와 인내를 배웠다.

인간들은 예부터 자신의 나약과 부족을 절대자 앞에 의지하려
는 마음을 앞세우고 기암과 고목, 폭포와 절벽이 어우러져 산경
을 이룩하고 춘풍추우 폭풍한설 속에서도 고고한 자태와 지존한
의지를 굽히지 아니하는 산을 찾아서 그 속에서 간구하고 기도
하며 명상하는 습성을 키워 왔다.

억년의 세월 속에서 내 여기 쉬어 가겠노라고 웅자로 버티는
도도한 자태, 무수한 생명들이 산을 찾아왔다가는 그 깊은 속마
음에 심취되어 산이 되고 만다. 산의 모습을 멀리서 바라볼 때
엔 교만한 것 같고 잠들어 있는 것 같으나, 일단 그 품에 안겨

보면 봄의 빛과 여름의 힘과 가을의 향기와 겨울의 소리에 이내 반하여 종래에는 침묵하게 된다. 무궁한 세월을 같은 모습으로 버티고 섰는 거대한 뚝심과 무뚝뚝한 것 같은 외모와는 달리 새들의 울음과 나비의 몸짓과 맹수들의 포효, 그리고 천년을 소리 내어 울어 가는 물소리를 들어주는 무한한 도량이 있다. 하늘을 찌를 듯 솟은 곧은 의지, 모든 것을 수용할 듯 우람한 능선, 차가운 솔바람 소리도 종래에는 깊은 잠으로 머무는 그윽한 계곡이 있다. 한순간 속에서도 열두 가지 온갖 생각에 잠기는 범부라도 산길을 오르다 보면 세심의 염이 생기고 정혼의 마음이 솟으며 수신의 도가 떠오르는 듯하다.

산 자체로서는 변하는 바가 없으나 사계를 도는 자연의 질서가 철을 달리하며 행장을 풀려 하기에 그 모습이 주야, 춘하추동으로 달리 느껴진다. 같은 산을 가지고도 봄에는 금강산, 여름에는 봉래산, 가을에는 풍악산, 겨울에는 개골산이라고 다르게 이름을 부르는 그 멋과 풍미도 여기에 있다.

산이 첩첩한 곳에 물은 굽이굽이 흐르는 '산중중 수곡곡'의 철리와 산자 수명의 우아미야말로 산을 사랑하는 사람들이 빼놓을 수 없는 정경들이다. 세속을 떠나 산사를 찾아서 하루를 쉬고 둘러선 산을 바라보며 심호흡을 하노라면, 가슴 가득히 안겨 오는 풍만과 향긋한 천년의 흙 내음, 그리고 청신한 솔바람의 가락이 스미고, 다시 저녁이 되면 잔월효성(殘月曉星)의 고요한 대화가 열린다.

인간에게 있어서 산은 아버지의 위엄과 어머니의 자비와 절대자의 신성불가침의 경지를 일깨워 주는 영원한 스승이다. 산은 그 자체가 청순하기 때문에 공해가 없고, 그 마음이 가난하기 때문에 허욕이 없고, 그 모습이 단아하기 때문에 가식이 없다. 산이 좋아서 산을 찾는 인간들의 발길이 오히려 산과 인간들에게 공해가 되는 연유도 여기에 있다.

산은 선과 통하는 길이요, 도와 통하는 길이고, 시와 통하는 길이며, 예(재능)와 통하는 길이다. 시인 김삿갓(병연)은 기암절벽 바윗등에 홀로 웃고 섰는 한 떨기 꽃을 바라보면서 감동을 금치 못하였고, 세속을 떠난 인간의 마음을 산중문답으로 달래며 세진을 털고 행운유수와 같이 동가식 서가숙할 수 있었으니 뛰어난 도인임이 분명하다. '산심수심 객수심 월백설백 천지백(山深水深 客愁深 月白雪白 天地白)'을 읊으며 음풍농월(吟風弄月)을 노래한 것도 한운야학(閑雲野鶴)과 풍찬노숙(風餐露宿)의 무집념과 해탈 속에서의 고고한 경지로 받아들여야 할 듯하다.

고요히 서 있는 산에는 웅변의 빼어남을 넘는 침묵의 고귀함이 있고, 자존망대의 교만을 넘는 은인자중의 철학이 있으며, 일확천금을 꿈꾸며 좌충우돌하는 인간들을 향하여 지성이면 감천이라는 계명을 일러주는 위엄이 있다.

성현 공자의 '인자요산(仁者樂山) 지자요수(智者樂水)'의 권면은 청산에 어리는 고고한 정기를 받아 폭넓은 인간관을 지니고 망망한 대해를 바라보면서 삶의 슬기와 덕을 배워 고결한 인생관을 지니라는 연유에서일 것이다. 태고로 움직이지 아니하고 불변하는 청산은 고결한 인품의 상징이요, 준령 위에 청개롭게 머무는 한 줄기 맑은 구름은 덕망을 흠모하여 찾는 문하생에 견줌도 의미심장한 비유의 하나이다.

'청산원부동 백운자거래(靑山元不動 白雲自去來)', 이는 학문을 사랑
하고 예술에 도취된 자들의 고귀한 경지가 아닐 수 없다. 산고
수장(山高水長)의 영원한 대화, 여기에 우리의 마음이 산으로 끌리
는 신비의 손길이 숨겨 있을 것이다. 1960년대에 대학생 10여
명이 설악산 등반을 하다가 폭설로 조난당하여 목숨을 잃은 일
이 있었다. 이들을 양지바른 설악산 기슭에 묻고 그들 무덤 앞
에 비를 세워 '나 산이 좋아 영원히 여기 쉬노라'고 적었다.

  산은 살아 있는 우리들의 마음을 빨아들이듯 이끌지마는 죽은
후에도 무한한 안식처를 우리들에게 제공한다. 쫓기는 세사를
잊고 잠시라도 산의 덕에 마음을 쏟고 귀를 기울인다면 각박한
세정 속에서도 우리의 마음은 안심입명의 기쁨을 얻을 수 있을
것이며, 산광수색의 미를 느낄 수 있을 것이다. 오늘도 산은 인
자한 모습으로 머얼리 서 있다.

마음의 여유

마음의 여유는 행복의 척도다. 마음의 여유가 크면 행복의 여유가 그만큼 크고 마음이 협소하면 마음이 그만큼 작아진다. '유심소작(唯心所作)'이라든가 '일체유심조(一切有心造)'와 같은 심성만을 행복을 재는 자로 보는 선인들의 가르침도 이와 같은 것이다.

돈암동 미아리 고개를 오르는 길에 '여심'이라는 다방이 있었다. 그 이름이 하도 마음에 들어서 자주 찾아 음악도 듣고 차도 마시면서 삶의 생각들을 가다듬던 추억이 있다. 세상이 하루가 다르게 인정이 메말라 가고 인간관계가 살벌해지는 것은 너나 할 것 없이 닫힌 마음, 굳은 마음, 좁은 마음의 탓이다. 자신이 마음의 창을 열지 아니하면 아무리 사랑하는 연인이라도 그 마음속에 들어갈 수가 없다. 여기에 내면의 깊은 고독이 생기고 군중 속에서도 외로움을 느낄 수밖에 없는 고통을 당하게 된다.

밖에는 문고리가 없는 대문에 홀로 서서 '들어라. 내가 문 밖에 서서 문을 두드리고 있다. 누구든지 내 음성을 듣고 문을 열면 나는 그 집에 들어가서 그와 함께 먹고, 그도 나와 함께 먹게 될 것이다'라고 말씀하신 예수 그리스도의 말씀이 곧 이를 뒷받침하고 있다. 마음이 맑고 깨끗해야 그의 눈에 비치는 사물의 세계가 맑고 밝으며 긍정적이게 된다. 마음을 맑게 씻고 혼을 정결하게 하라는 '세심정혼(洗心靜魂)'의 경지를 일깨워 주는 이유도 여기에 있다. 인간의 마음은 자연 세계의 기후 변화만큼이나 희로애락이 천태만상으로 변한다. 이러한 인간의 모습을 바라보면서 상대방을 일시에 선과 악, 미와 추, 참과 거짓으로 분류하게 되는데, 한 단면만을 바라다보면 선할 수도 있고 약해 보일 수도 있다. 그렇기 때문에 그 사람의 평상시의 모습을 보고 그 인간의 품성을 평가해야 오류를 면할 수가 있다.

인간 자체를 놓고 맹자는 성선설을, 순자는 성악설을 주장했다. 그리고 성악혼효설을 주장한 학자도 있었다. 상대방의 진면목을 바르게 평가하기 위하여 '평상시의 마음이 곧 도이다'라는 위대한 진리가 나왔을 것이다. 인간은 얼굴이 저마다 다르듯 성품 또한 상이하다. 나와 같아야 된다고 강요하는 획일성은 불화를 낳고 나와 같지 아니함을 용인치 못하는 습성은 분열을 동반하게 된다. 인간의 인품과 능력을 바로 알려면 그 사람에게 책임을 지워 보면 안다. 말로만 그럴듯하게 허풍을 떠는 사람에게 중책을 맡기면 단체도 망하고 개인도 불행해진다.

인물의 위대함은 책임을 끝내고 다른 지도자를 세웠을 때 모습을 보면 알게 된다. 과거의 자기와 같지 아니하다고 사사건건 시비를 걸고 말을 전하고 간섭을 하고 비판을 일삼는 것은 몰지성인이 할 일이다.

경동교회를 창립하고 성공적으로 목회를 하신 장공 김재준 목사님은 교회를 지성교회로 성장시켜 놓고 그 후임자로 강원용 목사를 정한 후 '내가 그 교회에 나타나면 교회도 강목사도 어렵게 된다'고 하고는 그 방향을 비켜서 다니셨다는 일화는 너무나도 유명하다. 그는 한국신학대학을 창립하여 유능한 목자를 양성하는 인격자로서, 조국 민주화를 위하여 헌신하는 학자로서의 양심적인 삶을 살다 가신 분이다. 남을 진정으로 아끼고 사랑하는 방법으로 무관심이 참된 유관심이 될 수도 있다.

겉으로는 평화를 내세우면서 불화를 조성하거나 사랑을 표방하면서 비방을 일삼는 오늘날의 세태를 우리 믿는 사람들은 본받지 말아야 할 것이다. '너희는 이 세상을 본받지 말라'고 예수께서도 경고하셨다. 자녀를 키우다 보면 부모의 핵우산을 떠나 경쟁의 마당에 설 때 당당함을 잃고 패하게 되는 것도 가슴에 새겨 두어야 할 일들이다.

《논어》에 보면 '마음이 어진 자는 염려하지 아니하고, 지혜가 있는 자는 유혹에 빠지지 아니하고, 용기가 있는 자는 두려워하지 아니한다'고 가르치고 있다.

지혜의 서(書)로 말하면 《성서》를 빼놓을 사람이 하나도 없을 터인데, 오늘의 기독교인들은 아집과 편견과 독선이 너무 강한 것이 아닌가 크게 걱정이 된다. 진정으로 자기 자신과 이웃과 교회를 사랑하는 마음의 여유가 결여된 때문일 것이다. 모두가 크게 자성해야 할 일이다.

명예와 돈

‘나무도 병이 드니 정자라도 쉴 이 없다./호화히 서신 제는 올
이 갈이 다 쉬더니/잎 지고 가지 꺾은 후론 새도 아니 앉는다.’
 송강 정철이 남긴 시조다.

 지난 한동안 국내외의 뉴스의 초점은 노태우 전 대통령 일가
의 비자금 문제로 비상한 관심들이 쏠려 있었다. 소문이 소문의
꼬리를 물고 서석재 장관의 4천억 발설부터 1조 원을 오가고 있
고, 본인이 박영훈 비서관을 통해 제출한 ‘수사 참고 자료’에는
5천억 원의 통치자금을 조성하여 쓰고 남은 돈이 1,857억이라고
발표하였다. 그러나 문제는 이것이 사실이라고 믿는 사람이 하
나도 없다는 것이다.

 우리의 조상들은 삶 자체를 빈손으로 왔다 빈손으로 돌아가는
‘공수래 공수거’라고 가르쳤다. 벼슬 후 3년 안에 새 집을 지으
면 민중의 원한에 망한다고 일러주었다. 액톤이 지적한 것과 같
이 ‘절대적인 권력은 절대적으로 부패한다’는 역사적 사실 앞에

150

세계인이 비웃음을 던지고 우리 국민들이 땅을 치고 있다. 인간사에서 덕은 근본이요, 재주는 말단인데 정치를 하겠다는 지도자가 염불에는 관심이 없고, 잿밥에만 정신이 빠져 기네스 북에 오르게 되었으니 기가 막힐 노릇이다.

소녀 가장이 허기에 지쳐 잠든 모습을 생각하면 자다가도 벌떡 일어날 지경이다. 대통령쯤 되었으면 자신의 명예와 가문의 영광과 국민의 존경쯤은 생각했어야 할 일이 아닌가? 겉으로는 보통 사람이라고 실실 웃으면서 속으로는 국고를 사재로 긁어모은 노대통령은 대통령을 대도령(大盜領)으로 착각한 것이 아닌가 궁금하다. 그 명예로운 대통령을 역임하고 깡통을 들고 거리를 헤맨다면 국민들이 그 광경을 보고만 있을까. 이름 그대로 크게 어리석은 사람임에 분명하다.

범을 잡으려면 범의 소굴에 들어가야 한다고 삼당 합당의 변을 역설하던 김영삼 대통령도 이번 일에 사정의 고삐를 늦추고 칼등을 대고 어물어물 덮어 두려 하다가는 퇴임 후 전두환·노태우 전임 대통령들과 같이 그의 치적에 흠집이 남게 되고 다시 한번 국민들의 냉엄한 심판을 받게 될 것을 명심하지 않으면 안 될 것이다. 자신의 선거자금도 명명백백하게 밝히고 국민 앞에 옳고 그름을 분명히 해야 할 것이다. 차제에 전두환 대통령의 축재도 재론되어야 할 것이고 근묵자흑(近墨者黑)이라 이들 옆에서 슬금슬금 훔쳐 쌓아 둔 주위의 종범들도 가차없이 처단하여 법의 공정함과 국민의 냉혹함과 지도자 윤리의 정당함을 확실히 보여주어야 할 것이다.

참으로 분하고 원통한 일이다. 우리 국민들이 어쩌다 이런 사람을 지도자로 세웠는가? 이들은 안빈낙도의 즐거움과 마음을 비운 자의 평안함과 청한의 삶의 고귀함을 들어 보지도 배워 보지도 못하였나, 온 국민이 자성해야 할 일이다. 병든 나무가 어떻게 역사의 토양 속에 뿌리를 내릴 수 있겠으며, 거짓으로 웃는 자가 일생을 떳떳하게 파안대소할 수 있겠는가. 사명 위에 자식을 세우지 아니하고 돈 위에 자식을 세우면 무능하여 멸문지환(滅門之患)을 당하게 된다. 그 많은 돈을 어디에다 쓰려고 그 짓을 하였는가.

'어리석은 부자가 곳간을 늘려 가득히 쌓아놓고, 내 영혼아 여러 해 먹고 마실 물건을 많이 쌓아 두었으니 평안히 쉬고 먹고 마시고 즐거워하자' 하니 하나님이 이르시되, '어리석은 자여, 오늘 밤에 네 영혼을 도로 찾으니 그러면 네 예비한 것이 뉘 것이 되겠느냐'고 물으셨다. 아무리 불교 신자라도 한 번쯤은 되새겨 보아야 할 말씀이다. 허욕으로 국고를 탕진하고 국민을 우롱한 어리석은 부자를 위하여 우리 모두는 기도해야겠다. 돈과 명예를 동시에 소유하려는 욕심은 천국과 지옥을 함께 차지하려는 어리석음과 같다.

중세 유럽의 기사들에겐 금과 옥조와 같은 기사도가 있었다. 이것은 그들의 명예요 생명과도 같은 것이었다. 과거 우리나라 왕조에도 왕도가 있었다. 왕이 될 사람에게는 왕이 가야 할 길을 가르쳤던 것이다.

성현 맹자는 참된 지도자상으로 대장부를 들었다. 부하고 귀할지라도 음란에 빠지지 아니하고, 어떠한 위난과 무력 앞에서도 굴하지 아니하며, 가난하고 어려운 생활 속에서도 돈의 유혹으로 그를 옮겨 놓을 수 없는 자제력과 용맹심과 초연성을 지도 자의 근본으로 본 것이다.

문관의 대쪽 같은 선비정신, 무관의 일사불란한 기사도가 있었다면, 대통령으로서 국헌을 준수하고 국민의 복리를 증진하며 국가를 보위하여, 대통령의 직무를 성실히 수행할 것을 국민 앞에 경건하게 지킬 수가 있었을 것이다.

보국의 이념과 확신, 안민의 도량과 기술도 섭득하지 못한 채 하루아침에 욕망의 칼을 들고 안하무인의 빗나간 출발을 하였기 때문에 문치나 덕치와는 거리가 멀고 치부에만 눈이 멀었을 것이다.

대통령 재선 실패의 불운을 딛고서도 가난한 이웃들의 집을 지어 주고 수리해 주는 목수로서, 주일학교 어린 생명들에게 그리스도의 복음과 사랑의 정신을 일깨워 주고 그 가슴 깊이 심어 주는 선생으로서, 대화의 막힌 곳을 뚫어 세계 평화에 기여하려는 사자로서 동분서주하는 지미 카터 전 미국 대통령을 볼 때마다 저절로 고개가 숙여진다. 더 할 수 있는 대통령의 기회를 얻지는 못하였으나 값진 인생의 더할 나위 없는 여러 보화를 그는 얻었고 이웃에게 나누어 줄 수 있기 때문에 그 여생이 얼마나 값지고 귀한가. 대통령, 영부인 그리고 자녀와 인·친척까지 재벌들과 토합하여 황금의 노예가 된 노씨 일가의 비극이야말로 우리 국가와 민족의 영원한 비극이 아닐 수 없다.

돈은 편리를 위한 수단적 가치이지만 명예는 인간의 자존심 그 자체인 목적적 가치이다. 인간이 생을 살아감에 있어서 주객이 전도되어서는 안 된다.

민주주의 교육을 맡을 인사들이 하수인이 되었다는 사실과 부정 부패를 제도적으로 차단할 수 있는 장치가 없었다는 것도 가슴 아픈 일이다. 법의 가차없는 심판이 내려지기를 온 국민이 기대할 뿐이다.

우리나라는 과거엔 불교와 유교가 민중신앙의 근간을 이루다가 오늘날에 와서는 기독교가 중심이 되어 민족을 이끌어 가고 있다. 과거부터 우리 민족은 종교심이 강하고 신앙심이 두터운 민족임을 분명히 알 수 있다. 그러나 우리 민족에겐 이스라엘의 시온주의, 미국의 청교도 정신과 같이 민중이 가슴속에 깊이 뿌리를 내리고 민족과 국가를 바로 세우는 빛을 발하고 힘을 더하고 혼을 불어넣는 힘이 부족하였던 것 같다. 불의 앞에 목숨을 걸 수 있는 용기와 불의와의 타협을 거부할 수 있는 저항정신과 물욕의 탐심에 당당한 모습을 지니지 못하였기 때문이다.

국가를 대표하는 원수가 파렴치범으로 썩고 타락할 때에 우리 국민들은 속수무책으로 방관하거나 어쩔 수 없이 말려 들어가는 공동 정범일 수밖에 없었음에 비극이 있는 것이다. 진정한 신앙인이란 자기를 비우고 그 속에 기독교인은 예수 그리스도를 모시는 일이다.

도산 안창호 선생이 그의 가슴속에 민족을 모셨을 때 그는 조국을 사랑하는 애국자로 만인의 존경을 받았다. 내 속에 자신의 신이나 진정한 나를 모시지 못하고 남을 모셨을 때 나는 허수아비가 되고 남의 춤사위에 놀아나는 꼭두각시가 된다. 과거 불교가 염불에는 관심이 없이 잿밥에만 마음을 두었을 때 쇠퇴하였고, 유교가 사색당쟁으로 파당을 일삼았을 때 외세의 침략을 겪었으며, 기독교가 그 지도자들이 독재자들 앞에서 침묵했을 때 우리나라는 독재자들의 독무대가 되었다. 근대 한국사의 불행은 전적으로 권력에 절하는 교육과 종교 지도자들의 책임이 큰 것임을 깨달아야 한다. 교육과 종교는 인간의 나 됨과 바로 됨과 가치 있음, 즉 명예로움을 일깨워 주는 핵심이요 열쇠이기 때문이다.

젊음의 꿈

젊은이에게는 머리 속에 번득이는 예지와 가슴속을 흐르는 뜨거운 피와 그칠 줄 모르고 용솟음치는 야망이 있다. 그들의 혼은 청순한지라 불의의 균이 침범치 못하고, 그들의 힘은 강하기 때문에 부정한 간교가 통하지 않으며, 그들의 생각은 바른 고로 굽은 것이 감히 그들과 겨눌 수 없다. '운명아 길을 비켜라. 내가 나아간다.' 강인과 불굴과 투지가 조화를 이뤄 민족과 인류의 내일을 떠메고 나아간다.

젊음은 인류의 미래요, 우리들의 희망이다. 그렇기 때문에 부모들은 자식들이라면 자신의 뼈라도 깎아 먹이려 하고 꿈결에서도 그들의 내일을 염원한다. 우리들은 푸른 꿈으로 자라나는 저들에게 강인한 인격이 되는 용기의 길을, 옳은 인격이 되는 공정의 길을, 깊은 인격이 되는 성실의 길을, 넓은 인격이 되는 조화의 길을 사랑과 정성으로 권면하며 하늘과 땅을 향하여 기원한다.

독일의 철혈 재상 비스마르크는 '너희 나라의 청년을 내게 보여다오. 너희 민족의 내일을 점쳐 주겠다'고 역설하였다. 이러한 민족성이기 때문에 통일의 메아리가 울려 퍼진 것이다.

우리 국내외 동포들은 지난 3월 24일과 25일 양일간에 걸쳐 보스턴 지역에서 63개 대학 1천 8백여 명의 교포 대학생들이 참석한 가운데 〈우리 세대〉란 주제를 가지고 민족의 통일과 우리 세대의 역할 등을 집중적으로 토론한 것을 기억할 것이다. 이 젊음의 축제에 환호와 찬사를 아낌없이 보낸다.

이들에게는 스스로 찾아 할 일이 있기에 젊음의 존재 의미가 강하게 부각되는 것이요, 이들에겐 민족통일의 의지가 팽배하기 때문에 우리들이 고된 이민의 삶을 살아갈지라도 힘이 솟고 희망이 보이고 미래가 약속되는 것이다.

이제 우리 모두는 이들이 우리들의 영원한 꿈이요 위대한 내일임을 한결같이 확인하였다. 땀과 눈물과 감동이 없이는 어느 누구도 역사의 주역이 될 수 없음은 자명한 일이다. 일찍이 미주땅에서 해외 동포들에게 민족혼을 불러일으켜 준 도산 안창호 선생은 우리의 젊은이들을 향하여, '낙망은 청년의 죽임이요, 청년이 죽으면 민족이 죽는다'고 강조하였다. 청년은 내일의 비전이요 무한한 잠재력이기 때문이다.

도산은 우리 민족이 나라를 일본에 빼앗긴 것은 힘이 없었기 때문이라고 지적하고 우리 모두가 지식의 힘, 도덕의 힘, 금전의 힘을 축적하자고 제창하였다. 그리고 온 국민이 다같이 인격 훈련과 단결 훈련, 그리고 공민 훈련에 힘써서 힘이 부족하여 잃은 나라도 되찾고 세계에서 제일가는 우수민족으로 성장하자고 역설하였다. 그가 젊은이들의 교육에 기본으로 덕·지·체 삼육의 부단한 수련을 강조한 것은 덕이 결여된 힘이란 용기가 아닌 만용으로 흐르기 쉽고, 덕이 없는 지란 남을 이용하거나 속이려는 얕은 지식에 머물기 쉽기 때문에 힘과 지식에 앞서서 덕이 우선하여야 한다는 높은 생각이었다. 힘에 덕을 제공하고 지식에 덕을 부여하는 일은 힘에 정의를 더해 주고 정의에 힘을 배양해 주는 것만큼이나 중요하다. 이민 1세들은 고국에서 쌓은 학력과 경험에 관계없이 서툰 언어와 급격히 변화된 환경 속에 서 그날그날을 살기에 여념이 없었고, 정착의 고된 나날 속에 자녀들을 제대로 돌볼 겨를이 없이 힘겹게 지내왔다. 그러나 한 가지 분명한 것은 자녀들의 교육과 환경 적응에 심혈을 기울여 온 것이다.

이제 과거의 어려운 고난을 딛고 솟은 우리들의 2세들이 스스 로 자신들의 사명을 발견하여 이민 1세대와 자녀 세대간의 갈등 과 대화를 스스로 논하고 세대간의 대화에 관한 새로운 장을 열 고, 통일문제 세미나를 개최하는 등 능동적인 결과를 볼 때 가 슴 흐뭇한 마음을 금할 수 없다. 더구나 캐나다의 학생들까지 참석한 것은 더욱 고무적인 사례라 하겠다.

이들이 과거 선배들의 무력을 탓하지 아니하고 가난을 딛고 서서 중진국으로 발돋움한 것을 감사하며, 그 위에 선진국의 명 패를 붙일 각오를 보이며 조국통일을 향하여 열과 성, 슬기와 용맹을 보여준 것에 대하여 격려와 박수를 보내는 마음 간절하 다.

젊음은 민족과 인류의 무한한 자산이요, 미래의 희망이라는 청신한 충격이 우리 모두를 환호와 감격의 도가니로 몰아넣는다.

선배들의 부족한 생각과 삶의 오류를 벗어나, 자유롭고 부강되며 넓고 푸른 대륙에서 힘찬 웅지를 길러서, 마약과 이혼과 성적 문란으로 병들어 가고 있는 이 사회와 국가에 정신적 지주들이 되고, 동구권에서 불붙고 있는 자아의식의 발견, 민족정신의 단합 속에서 조국통일을 성취시키는 디딤돌이 되길 당부한다. 지존할수록 자족하며, 고결할수록 겸양하며, 애기할수록 애타하는 정신이 소중하다. 인류 역사의 창조와 성장은 젊은 혼의 기백이 아니고서는 성취할 수 없다.

젊음은 꿈의 계절이다. 그들의 세계에서는 향기로운 꽃이 피어오르고, 싱그러운 열매가 맺히며, 성숙의 풍만한 내일이 약속된다. 여기에 성장의 아픔을 견디는 기쁨이 있으며 승리를 염원하는 이웃들의 기대가 함께 한다. 이것은 그대들이 상록수처럼 젊고 굳세기 때문이다. 부단한 건투를 빈다.

사제의 도

5월 15일은 스승의 날이다. 날이면 날마다 어린이날이요, 어버이날이며, 국민들의 날인데 구태여 특별한 날을 잡아서 스승의 날이라 명명하고 제자가 스승을 찾아뵈옵고 그 노고에 감사하고 스승이 그 정성을 치하하며 기뻐하는 것은, 지상에 인간들의 숫자가 늘어가고 급격한 문명과 문화의 변화가 일어나고 있기 때문이다. 그리고 가치관이 변모하고 존경과 사랑의 도가 얕아져서 이를 바로잡아 보려는 의도에서일 것이다. 고대에서는 군·사·부 일체라 하여 임금과 스승과 어버이를 같은 반열에 세우고 국기를 바로잡고 사회에 윤리를 밝히며 가장의 위엄을 보호하여 덕을 세우며 나라에는 군위신강을 두어 임금과 신하와의 강령을 세우고, 사회에는 부위부강을 두어 부부간의 예로 삼으며, 가정에는 부위자강의 율례를 두어 존경의 계율을 이으려 했던 것이다.

'사람 위에 사람 없고 사람 아래 사람 없다'는 새로운 시대 조류 앞에서 이것이 다 무슨 낡아빠진 사고방식이요, 뒤떨어진 구습이냐고 외면하여 버린다면 재론의 여지가 없다. 그러나 인류 사회 질서 속에는 무용지용이 있어서 겉으로 보기에는 쓸모가 없는 것 같으나 반드시 필요한 것으로 진보 발전해 나아가는 것이다.

과거 희랍에서는 지성을 구분하여 소크라테스적 지성과 소피스트적 지성으로 나누었다. 소피스트(sophist)들은 박학과 지식을 자랑한 나머지 교만에 빠져서 궤변론자의 칭호를 받고 월사금을 받으며 지식을 파는 불신과 혐오의 대상자로 낙인이 찍혀 있었다. 이들은 소크라테스 지성(philo socrates)에 반하여 스스로 필로소피스트(philo sophist)라고 칭하고 극단적인 개인주의와 허무주의 및 회의주의에 빠졌는데, 프로타고라스(protagoras), 고르기아스(gorgias) 등이 이 부류에 속하였다. 소크라테스적 지성으로는 소크라테스의 뒤를 이어 플라톤(platon), 아리스토텔레스(aristote-ls)가 대표적 인물이었다. 소크라테스가 소극적 방법(socraticiro-ny)으로 항상 무지를 가장하여 상대방의 약점에 이론적인 화살을 던져 무지의 지를 스스로 인식하게 하였던 점과 적극적 방법(maieutics)을 이용하여 청년들 스스로가 자기의 마음과 가슴속에서 진리의 아들을 분만할 수 있는 산파술의 방법으로 유도하여 너 자신을 알라고 경각심을 불러일으켜 준 것에 비하여, 플라톤은 관념론과 이상주의를 기초로 하여 이성의 덕은 지혜요, 기력의 덕은 용기이며, 욕정의 덕은 절제라고 제시하였다.

아리스토텔레스에 이르러서는 이데아를 강조한 플라톤에 비하여 경험적 현상의 세계에 역점을 두는 존재에 관한 이론적 학문으로 정착하였다.

플라톤은 자기 운명의 신에 대하여 희랍인으로 태어난 것, 자유인으로 태어난 것, 남자로 태어난 것, 소크라테스와 동시대에 태어나서 그의 제자가 된 것을 항상 감사하였다고 한다. 《논어》에 보면 후계자로 지목하여 기대하던 제자 안연(안자)이 병사하였을 때 '하늘이 나를 망쳤다'고 통곡하는 스승 공자의 모습이 나온다. 공자는 '학불염(學不厭)하고 교불권(敎不倦)하라'고 제자들에게 일렀다. 배움에 있어서 싫증을 느끼지 아니하고 가르침에 있어서 권태를 갖지 말라는 뜻이다. 청색은 남색에서 나왔지마는 그 빛깔이 더 진하다는 '청출어람 청어람(靑出於藍 靑於藍)'의 교훈이 자신보다 더 위대한 제자가 나오기를 바라는 스승의 염원이다. 덕망과 고고의 높은 인품과 자세로 태산과 같이 버티고 섰는 스승을 찾아 흰 구름과 같이 티없이 맑고 순수한 제자들이 몰려오기를 바라는 '청산원부동 백운자거래(靑山元不動 白雲自去來)'가 동양 선비의 이상향이었다. 사람은 많으나 스승이 적고 소피스트적 품꾼은 많아도 소크라테스적 지성이 적은 것이 오늘날의 비극이다.

오늘의 미국 사회 상황을 주시해 보면, 학생들이 마약과 권총을 소지하여 심각한 문제가 되고 십대의 미혼모가 늘어나서 불행이 만연하고 있다. 인격자가 학자의 길을 거부하고 실력자가 스승이 되기를 꺼려한다. 유능한 인물들을 사기업에 빼앗겨 낙제점의 경험이 있는 이들이 교단을 지키려 하는 것과 과밀교실을 없애기 위하여 학교 신설을 계획하여 주민 투표에 붙이면 세금 내기를 싫어하여 부결되기가 다반사이고, 사행심의 조장을 부채질하는 복권의 이익금으로 교실을 증축하는 아이러니가 이 사회의 현실이요, 미래의 고민이다. 현재의 교육제도 아래서는 장차 미국이 2등 국가로 전락하리라고 염려하는 이유가 여기에 있다. 유능한 스승 아래서 능력 있는 제자가 배출되고 덕망 있는 교육자의 그늘 속에서 지혜 있는 후예가 탄생된다.

　학문의 길은 원대하고 방대하고 지대하기 때문에 스승이 못다 완성한 것을 제자가 완결하여 위대한 역작으로 역사 앞에 내놓는 경우가 허다하다. 그 스승에 그 제자, 이것은 역사 속의 인류들이 갈망하는 간절한 염원이다. 스승이 제자들을 참맘으로 사랑하고 제자들이 스승을 가슴 기울여 존경하는 품위 높은 사회가 형성되기 위하여 이 시대를 살아가는 우리 모두가 도의적 책임을 져야 할 것 같다.

　군·사·부 일체의 예우, 스승의 그림자도 밟지 아니하는 겸손과 존경심이 자유만능주의로 흘러가는 이 시대를 바로 이끌어 가는 지름길이기 때문이다.

눈의 철학

눈은 세상을 바라보는 생명의 거울이다. 우리는 눈을 통해서 미와 추를 만나고 아름다움을 발견하였을 때 그것을 사랑하고 싶고 소유하고 싶어진다. 그래서 선인들도 '미는 사랑을 낳는 간판이다'라고 설파하였다. 미목이 수려한 인물을 만났을 때 가슴이 뛰고, 안목이 높은 인품을 접했을 때 자신도 모르는 사이에 고개가 숙여지는 것은 눈을 통해서 아름다운 미와 고귀한 덕을 만날 수 있었기 때문이다.

지상에 존재한다는 것은 만나는 데 큰 의의가 있다. 너와 내가 만나 친구가 되고 남자와 여자가 만나 부부가 되고 애정 관계 속에 후예가 탄생한다.

일찍이 마틴 부버는 만남의 철학을 통하여 '너는 내 길 위에 있고 나는 네 길 위에 있다'고 인간의 연계성을 강조했다. 세상의 사물을 있는 모습대로 바라보는 것이 안목이요, 무의식 속에서 불성실하게 바라보아 현실과 동떨어진 것이 맹목이다. 그리고 육안으로 볼 수 없는 사물을 꿰뚫어보는 천안(天眼)이 있다.

그러나 사물의 외모는 물론 그 깊이까지도 진리에 도달할 수 있도록 직관과 사유를 통하여 명철하게 파악하는 지혜의 눈이 혜안이다. 인물이 좋은 사람을 만나면 이목구비가 훤칠하다고 한다. 귀와 눈과 입과 코가 자리할 곳에 제대로 잘 앉았다는 뜻이다.

진리를 들을 수 있는 귀, 사물을 바라볼 수 있는 눈, 양심에 입각해서 말할 수 있는 입, 싱그러운 것과 썩은 것을 분명하게 구분할 수 있는 코를 지녔다면 무엇이 문제이겠는가.

세상 사물을 바르고 정확하게 보기 위하여 창조주는 두 개의 눈을 주었고, 귀에 거슬리는 참말씀이 듣기에는 싫으나 몸에는 이로우니 듣고 또 들으라고 두 개의 귀를 부여하였으며, 많은 것을 보고 들을지라도 그것을 직선적으로 바로 내쏟지 말고 자기 가슴의 깊은 용광로에 용해시키고 걸러서 삶의 덕이 되는 말만을 내놓으라는 의미심장한 뜻으로 입은 하나만을 부여하였다.

이를 뒷받침이나 하듯 선인들은 '일신천금이면 일월이 구백냥'이라고 인간 몸값의 대부분을 눈에 할애하였다. 눈을 감으면 아무리 아름다운 자연이나 미라도 볼 수 없고, 관심이 있는 곳에는 눈길을 돌리며, 갖고 싶은 것엔 눈독을 들이고, 거슬리는 미운 자에겐 눈총을 보낸다.

반가운 사람을 만나거나 떠나 보낼 때엔 눈시울을 적시고, 눈으로 아름다움을 보아서 가슴과 머리로 느끼게 되는 것이 인지상정이다.

인생을 길고 원대하게 보는 형안이 있는 반면, 사리에 눈앞을

분별 못하는 맹목이 있고 낫 놓고 기역자도 모르는 목불식정(目
不識丁)이 있는가 하면, 눈으로 차마 볼 수 없는 목불인견(目不忍
見)의 추태도 수없이 우리를 괴롭히고 있다.

'겉볼안'이란 말이 있다. 인간의 외모를 유심히 바라보면 그가
어떤 생각을 가슴에 지니고 어떠한 모습으로 그 인생의 행로를
걸어왔는가를 짐작할 수 있다. 우리는 이러한 삶의 식견을 가지
고 평생을 함께 할 배우자를 찾고 일생을 약속하기도 한다.

먼데서 일어나는 일을 직감적으로 터득하는 능력의 천리안이
있는 백성이라야 지상에서 승리할 수 있다.

민족에게는 오늘을 바로 보는 안목이 있어야 하고, 인류에게
는 세계를 정확히 파악하는 탁견이 있어야 하고, 역사 앞에서는
미래를 긍정적으로 조망하는 식견이 있어야 한다.

《성서》는 '믿음은 바라는 것들의 실상이요, 보지 못하는 것들
의 증거다'라고 가르치고 있고, 성현들은 해와 달과 두 바위는
하늘과 땅의 눈이요, 시서 만 권의 책 속에는 성현들의 깊은 마
음이 서려 있다고 '일월양륜 천지안과 시서만권 성현심(日月兩輪 天
地眼 詩書萬券 聖賢心)'의 천리를 권면하였다. 성현들이 남긴 유업 중
에서 우리는 책을 빼놓을 수 없다. 글은 곧 인간이기 때문이다.

자신의 정성과 지혜를 다해서 조각해 놓은 책 앞에 서면 마음
이 숭엄해지고, 놀기만 하던 학생들이 도서관에 들러 독서에 열
중하는 동료들을 만나면 충격을 받고 게으름을 자책하게 된다.

소리를 내어 읽는 음독, 눈으로 조용히 대화하듯 읽는 목독,
깊이를 생각하면서 읽는 숙독 속에서 우리 인간들은 삶의 깊이
를 배우게 된다.

독서삼매경의 높은 경지, 주경야독의 근면한 삶의 태도, 설안형창(雪案螢窓)의 부단한 인격 수련은 자아 개발의 아름다운 귀감이다.

저마다 총명한 눈으로 세상을 밝고 정의롭게 보며 진리를 통찰하는 능력을 지니자.

이것은 미래를 바로 조망하는 시금석이요, 위대한 역사를 창조하는 원동력이다.

분명히 눈은 신이 인간에게 부여한 진리와 양심의 빛나는 두 별이다.

산거_(山居) 일기

산속에서 사는 생활이란 번잡하고 소란하여 복잡 다양한 도시 인들이 견디기란 참으로 어렵고, 적응하기엔 시일이 요구되는 삶이다.

사방이 능선으로 둘러싸이고 물이 흐르며 숲이 울창한 곳에서 지내다 보니 벗들이 종종 찾아와서 하는 말이 '고독해서 어떻게 사느냐'고 묻곤 한다. 엄밀히 살펴보면 인간은 누구나가 고독한 존재이다. 그래서 철학에서는 인간을 정의하여 단독자라 하였고, 단자(monad)라고까지 극소화한 사람도 있다.(라이프니쯔) 내 운명의 신 앞에 필연코 내가 서서 의무를 다하는 삶, 이것이 곧 인생이다.

그래서 예수는 '너의 십자가를 지고 나를 따르라' 하였을 것이고 '정업은 불능면_(定業不能免)'이라고 석가는 설법하였을 것이다.

이렇게 외진 데서 어떻게 사느냐고 물으면, 나는 수양이 부족하여 수양을 하러 왔다고 하며 파안대소하는 일이 한두 번이 아니다.

산에서 조용히 귀를 기울이면 생명의 소리가 들려온다. 이른 아침까지 찬이슬에 덮여 있던 싱그러운 장미꽃 봉오리가 어느새 화사하게 피어오르는 소리, 솔잎을 스치며 계곡에 향기를 채워주는 솔바람 소리, 알에서 갓 깨어나온 병아리를 부르는 어미새 소리, 짝을 부르는 숫공작의 외침이 계곡을 채운다.

분명 소리는 살아 있음의 징표요, 존재의 메아리다. 산이 적막한 것 같으면서도 무수한 소리들이 공간에 가득 찬 사실을 깨닫는다면 산중의 삶은 결코 외롭지 아니하다.

현대인들의 진정한 고독은 산속이나 벌판에 홀로서의 외로움이 아니라 군중 속의 고독이요, 행사 후의 허탈이요, 승리 이후의 고적감이다.

산은 고요한 것 같으면서도 구름과 바람과 온갖 새와 짐승들 그리고 아름다운 사계가 주야 사철 찾아들어 향연을 베풀고, 나무와 풀들이 꽃과 열매를 가꾸고 향기를 발한다.

봄비가 촉촉히 내리는 밤이면 개구리들이 풀섶에서 밤이 깊어가는 줄 모르고 교향곡을 엮고, 제비들이 떼지어 몰려들어 새로 페인트칠을 한 것과는 아랑곳없이 처마 끝에 흙집을 지으며 함께 살자고 버틴다.

가을이 되면 사과와 감들이 몸을 지탱할 수 없을 정도로 가득히 열려 누르고 붉게 익고, 옻나무와 감나무 그리고 벚나무와 체리나무의 단풍이 2월의 꽃보다 붉게 계곡을 수놓는다.

초겨울 밤비를 맞으며 떼를 지어 울어대는 이리떼들, 그리고 하늘 가득히 날아드는 갈가마귀떼들의 모습이란 산마을에서만

볼 수 있는 진풍경의 하나다.

산은 백설을 머리에 이고 냉엄한 듯하면서도 가슴속에는 용암을 보듬고 있다.

'네 영혼이 고독하거든 산으로 가라'는 어느 시인의 노래가 아니더라도, '자연으로 돌아가라'는 루소의 외침이 없더라도, 산에는 무한의 숨결과 영원의 노래가 향기가 되어 흐르고 샘물이 되어 솟아 흐른다. 낮이면 따갑게 빛나는 태양의 열기, 밤이면 무수한 별들을 들러리로 가득 채우는 달빛은 은빛 파도로 술렁인다.

자연은 인간의 스승이다. 우리는 자연을 통하여 우주의 질서를 배우고 삶의 웅지를 익혀야 한다. 자연은 그대로가 무대요, 우리 모두는 이 속에서 신 앞에 홀로 서는 연기자들이다.

미주에도 교포의 수가 늘어가고 경제적으로 성장을 거듭함에 따라 자신의 취미를 살리고 휴식을 취하려는 모습이 근래에 들어서 역력히 보인다. 그런데 우리에게는 민족적 특성이 그런지 가족과 더불어 즐기려 하지 아니하고 이웃과 함께 공동체로 사는 생활 습성이 약하여, 남자들은 남자들과 모여 낚시나 골프를 하러 떠나고, 부인들은 그들끼리 함께하여 아이들만이 거리로 방황하는 모습을 쉽게 볼 수 있다.

호기심이 많은 사춘기에 사회나 부모의 보호가 없이 나쁜 유혹에 빠져 아까운 젊음이 빗나가는 일이 없도록, 주말이나 연휴면 종교생활이 아니면 주위의 가까운 산이나 물을 찾아 세진에 복잡해진 마음을 정리하고 가족이나 친구들의 가정들과 아름다운 대화를 나누는 생활의 향기와 활력소를 되찾아야 될 듯하다.

우리의 몸이 불편하면 어머니를 부르고 찾듯이, 우리의 영혼이 피곤하면 항상 높고 깊고 푸르른 자연을 찾아 쉬어야 함이 마땅하기 때문이다.

다람쥐가 도토리를 물고 임이 잠든 바위틈 굴 속을 찾아들듯, 우리 이민 한인들도 산과 강을 찾아 자연이 가꾼 생명의 향기 속에서 영육을 살찌우고 인생을 노래하는 귀한 삶이 되기를 바라는 마음 간절하다.

산가유정(山家有情)

'마음이 어린 후니 하는 일이 다 어리다./만중운산에 어느 님이 오리마는/지는 잎 부는 바람 행여 건가 하노라.'

서경덕의 시조다. 나는 산이 맑고, 물이 맑고, 인심이 맑은 여주(驪江)에서 태어나 고등학교까지는 산자수명한 고향땅에서 시심을 익히고, 대학 때에는 정릉과 우이동 주변에 거처를 정하고 자연과 벗하면서 살아왔다.

자연은 인간의 고향이고 고향은 마음의 안식처다. 오늘날 사람들이 안심입명(安心立命)에서 멀어져 정착을 못하고 안절부절하는 것은 산수와 인정이 함께하는 마음의 고향을 상실한 때문이다. 그래서 우리 모두는 고향을 그리워하고 외지에서는 고향 까마귀만 봐도 반갑다고 한다.

해마다 추석 성묘 때가 되면 실향의 아픔을 달래기 위해 망향의 동산이나 임진강변에서 두고 온 고향을 향하여 제사를 올리고 마음을 달래는 실향민들의 모습을 대하고 소식을 들을 때면

172

마음이 아프다 못하여 무거워진다. 언젠가 정주영 현대 명예회장께서 노구를 이끌고 소떼들과 함께 고향땅으로 떠났던 모습에 온 세계가 주목하고 우리 국민들이 기대를 거는 연유도 여기에 있는 것이다.

생득지심(生得之心)은 인간 운명의 근본이다. 누구를 부모로, 언제, 어디에서 태어나 어떻게 자랐느냐에 따라 삶의 방향과 모습이 천양지판으로 다르게 나타난다. 인간에게는 소중한 두 가지 마음이 있다. 하나는 그리워하는 마음이고 다른 하나는 갖고 싶어하는 마음이다. 그리워하는 마음이 자라면 정(情)과 사랑으로 성장하고, 갖고 싶어하는 마음이 자라면 일하는 기쁨과 소유욕으로 자리매김을 한다. 20대에는 사랑과 학문 연구에, 30대엔 사업에, 40대엔 자녀교육에 정열을 쏟던 친구들이 쉰을 넘어서면서부터 애지중지하던 분신들이 직업을 얻고 짝을 만나 곁을 떠나게 되니, 다시 신혼의 분위기로 돌아가는 부부만의 삶 속에서, 인생의 허전함과 나는 과연 누구인가 하는 자문자답의 문턱에 이른다. 고향을 자주 생각하고 죽마지우들을 떠올리고 내 집을 찾아주는 친구들이 반가운 것이 모두 이 때문이다.

올해는 추계동(秋溪洞, Fallbrook)에 많은 벗들이 찾아주어 참으로 기쁜 한 해였다. 초봄엔 고국에서 K 친구가 찾아와 봄 소식을 전해 주더니, 한여름엔 뉴저지에서 죽마지우 R 형 부부가 방문하여 물소리, 바람소리, 노래소리로 한여름 밤에 꿈을 엮었다.

"형, 나 여기서 자구 갈래."

J군의 음성이 귀에 쟁쟁한데, 초가을 바람과 함께 중가주에서 수필가 옥동숙 씨 내외가 찾아와서 동숙의 노래를 목이 쉬도록

부르고 갔다. 산중의 삶은 청한(淸閑)과 세심(洗心)이 일품이다.

　고운(孤雲) 최치원은 저문 하늘을 바라보면서 '외로운 기러기는 어느 곳으로 가는가, 그 소리가 저문 구름 가운데서 끊어지누나 (孤鴻何處去 聲斷暮雲中)라고 시를 짓고 여기서 고운이란 호를 얻었다. 벗들이 산가에 들러 인정을 남겨 두고 떠나간 이후 추수 감사절과 크리스마스가 다가서니 뜰 앞 단감이 성숙을 넘어 산수화로 채색되듯 풍성하게 익어가고 있다. 요즈음 아내는 외지로 떠나가 있는 두 아들이 돌아와 함께 나눌 식탁을 예비하며 기다림의 시간들을 마련하느라 분주하다. 시냇가에는 벌써 덩굴 옻나무, 돌배나무, 단풍나무들이 누르고 붉게 물들기 시작하고 내게는 시상이 고여와 '꽃사슴도/입 맞추는/숲길 사이로/조각 하늘이 열리면/그리움 못 견뎌/고목 등걸을 휘감던/산머루가 익는다./바람이/세월로 흐르고/세월이/바람으로 흐르는/외진 산록/길 찾는/너의 옷빛도/주홍으로 물들고/머루향에 취한/이 저녁/산노을이 붉다'고 필자의 시 〈산머루〉를 암송한다.

　봄에는 갈고, 여름에는 기르고, 가을에는 거두며, 겨울에는 감추는 것이 자연의 어김없고 아름다운 질서다. 구름이 낮아지고 낙엽을 떨군 나무들이 알몸으로 겨울을 맞이할 준비를 하면 벌판을 헤매던 갈가마귀떼들도 마을 앞 고목나무 가지로 찾아와 늦가을 정취를 돋운다. 저녁 연기가 산마을 시골 길을 실안개처럼 내려 덮고 땅거미가 계곡을 내리는 정경은 산마을 풍경의 일품이다. 자연을 사랑할 줄 모르는 사람은 고향을 사랑하지 아니하고 고향을 사랑하지 아니하는 사람은 조국애와 민족애가 희박한 채 자신만을 아는 극단적인 이기주의에 빠지기 쉽다. 장미를 가꾸고 흙을 밟고 흙내음 속에서 사는 삶은 고적할 때도 많지만, 자연에 대한 서정과 감흥이 자신도 모르는 사이에 쌓여 시로 영그는 보람과 기쁨을 얻기도 한다. 자연을 거스르지 아니하고 자연 속에서 자연과 대화하고 순응하면서 살아가라는 노자의 무위자연(無爲自然), 날이 맑으면 들에 나가 밭을 갈고 날이 궂으면 서재에 들어 책을 읽는 청경우독(晴耕雨讀)의 삶 속에서 조용히 자신의 때를 기다리고 수신제가 치국평천하의 꿈을 다듬던 제갈량의 인내와 수기치인(修己治人)의 덕이 모두 한적한 자연 속에서 이룩되었다.

오늘 밤에는 비가 오려나. 유난히 친구 생각이 난다. 무애(无涯) 양주동의 노변향사(爐邊鄕思)를 떠올리며 벽난로에 불을 지펴 놓고 산육(山六) 은호기 형과 풍류 한담이나 나눌까 한다. 이 모두가 산가유정(山家有情)의 고귀한 정경이 아니겠는가.

낙엽에 부치는 편지

한 해를 조용히 마무리하는 낙엽들이 뜨락에 가득히 쌓이고 있다.
우리의 삶을 향해 뿌려지는 온갖 사연들의 엽신인지도 모르겠다.

가을은 소리없는 변화의 모습으로 인간들에게 많은 교훈을 주는 계절이다.

가슴 속살이 비칠 듯이 맑고 푸른 하늘에서 따가운 햇살이 쏟아지고, 밤마다 서릿발을 세우는 온화와 냉엄의 이중성을 제시해 주는 계절이기도 하다.

봄이 꽃의 향기로 가득 찬 계절인가 하면, 여름은 건강의 미로 넘치는 계절이고, 가을은 성숙의 내음으로 출렁이는 계절인가 하면, 겨울은 적막으로 가득 찬 계절이다.

봄과 여름이 동적인 데 비하여 가을과 겨울은 정적인 데 그 특성이 있기도 하다.

늦가을 찬비가 내리고 나면 들국화의 향기가 애절하듯 진하게 들녘에 번지고, 풍성하던 가을 벌판을 가슴 벅찬 듯 지키고 있던 허수아비의 형체가 외롭게 드러난다.

'흥이 다하면 슬픔이 오고, 쓴 것이 다하면 단 것이 오듯'이 흐

르는 세월의 바퀴는 세울 수가 없고 떠나가는 바람과 물길 그리
고 늙음도 막을 길이 없다. 까닭없는 슬픔이 마음속 깊이 고이
면 차이코프스키의 '비창'을 얹어 놓고 벽난로에 불을 지펴도 마
음의 꿈이 옛날로 향하기는 마찬가지다. 낙엽이 지는 소리는 원
점으로 되돌아가는 소리요, 무와 공에 도달하는 길이요, 나 자
신을 온전히 비우는 일이다.

구차한 장식들을 모두 다 털어 버린 자아, 온갖 잡욕을 다 쏟
아 버리고 마음이 가난해진 나, 비본래적인 자아에서 본래적인
자아의 모습으로 되돌아온 자신을 발견하는 기쁨과 환희의 계절
이 가을이다.

한 해의 주어진 삶을 마무리하는 자연의 세계는 질서가 정연
하고 모습이 준절하고 품행이 단아하다. 완숙을 증거하는 사과
알의 빛깔은 자신을 키워 준 잎처럼 녹두색이거나 서리를 맞아
황금 혹은 진홍색이다. 감알들이 노을빛으로 타고 단풍잎들이
최선의 아름다움으로 물들어 가는 것은 창조주에게 영광을 돌리
려는 진실한 마음이요, 정성의 표현일 것이다.

이는 또 각자에게 주어진 운명의 신 앞에 홀로 서는 준엄한
실존임은 물론이다. 이 세상에서 가장 고귀한 것은 생명이요,
아름다운 것도 생명이다.

그렇기 때문에 생명을 만나면 기쁨이 솟아나고 반가운 눈물이
흐르고 축배의 노래가 울려 나온다. 생명은 신만이 줄 수 있는
특권이요, 능력이다.

신이 준 자신을 자학의 구렁텅이에 던져 버리는 것은 어리석
은 일이다. 자학은 생의 학대요, 포기이기 때문이다.

인간에게 있어서 여행이 삶의 중요한 부분을 차지하는 것은 평소 주위에서 바라보지 못하고 접해 보지 못한 새로운 세계를 만남으로 마음의 문이 열리고 사고의 범위가 넓어지기 때문이다. 항상 무더위만 계속되는 상하의 나라나, 눈만이 덮여 있는 설원의 세계보다는 춘하추동의 사계가 분명한 계절 속에 사는 이들이 시상이 풍부하고 사고와 행동에 절도가 분명한 것도 모두 이 때문일 것이다.

꽃과 잎 그리고 열매로 온몸을 감쌌던 나무들이 벗은 모습으로 찬바람 속에 섰지마는, 그 가슴속에는 우리가 볼 수 없는 또 하나의 연륜이 아로새겨져 있으며, 그들은 선 채로 엄동설한을 견디면서 다시 한 해의 삶을 약속받는 감격의 순간을 맞이하고 있다.

가을은 과즙에 단물이 고이듯 그리운 정과 옛님의 모습이 떠오르고 벗들이 보고 싶은 계절이다.

단풍이 곱듯 노을이 지고 가지 위에 걸린 달빛에 우수가 엉겨 오면 훌쩍 여행이라도 떠나고 싶고 편지통을 하루에도 몇 번씩 열어 보고 싶어진다.

인간이 산다는 것은 생각하는 것이고 생각의 깊이가 깊어질수록 그 삶이 풍성한 것이다. 제 나름대로 한 해를 조용히 마무리하는 낙엽들이 뜨락에 가득히 쌓이고 있다. 우리의 삶을 향해 뿌려지는 온갖 사연들의 엽신인지도 모르겠다.

봄이 육신과 행동의 계절이라면 가을은 영혼과 사색의 계절이다. 우리들이 이웃과 창조주의 눈길을 두려워하는 것은 가을을 맞이한 나무들이 온갖 물욕의 옷을 모두 벗어 던져 버리고 실체를 드러내듯, 자신의 모습을 숨김없이 나타낼 때의 죄책감 때문이다.

알알이 벗은 자라야 살결을 스치는 바람의 깊이를 깨달을 수 있고 깊은 곳에서 울려 나오는 영혼의 모음을 들을 수 있다.

자연이 순수의 모습으로 실존을 드러내듯 우리 인간들도 안일과 무사를 찾아서 방황하던 걸음을 잠시 멈추고 세속의 때가 묻은 허영의 의상과 가식의 장삼과 위선의 탈을 벗어 던지자.

이 순간도 태고의 신비를 간직한 채 묵묵부답하는 신은 우리들의 모습을 지켜보고 있는 듯하다.

사랑이 그리운 계절

12월은 사랑이 그리운 달이다.

예수 그리스도께서는 인류를 죄에서 구원하기 위하여 사랑과 부활과 십자가를 가지고 한 해가 다 저물어 가는 이 달에 세상에 오셨고, 우리 인류들은 성탄을 맞이하여 '하늘에는 영광이 땅에는 평화가' 가득하기를 기원하면서 살아가고 있다.

예수 그리스도가 세상에 오시기 직전에 세례요한이 먼저 와서 '천국이 가까웠다. 회개하고 복음을 믿으라'고 빈들에서 외쳤다. 회개는 죄인이 의인처럼 행세하며 살던 잘못을 뉘우침이요, 그리스도로부터 떨어져 나갔다가 되돌아오는 것이다.

그리스도는 인류의 빛이요, 사랑의 중심이다. 이로부터 멀어질 때 어두움이 엄습해 오고 몸이 얼어서 못 견디는 괴로움을 겪게 된다. 그리고 사랑을 잃어 사막과 광야를 방황하며 외로워하는 고아가 된다.

한 젊은이가 예수를 찾아와서 어떻게 하면 선생님을 따라다닐

180

수 있겠습니까 하고 물었을 때 예수는 '너의 가진 것을 다 팔아서 가난한 사람들에게 나누어 주고 너의 십자가를 지고 나를 따르라'고 하였다. 그러자 그는 근심하면서 돌아갔다고 성서는 기록하고 있다. 근심은 믿음의 불확신이요, 회개의 미완성이요, 거듭남의 못 미침이다.

이로 인하여 고민하고 번뇌하던 젊은이는 결국 재물에 발이 묶여 예수를 따라가지 못하였다.

'손에 쟁기를 쥐고 뒤를 돌아보는 자는 내게 합당치 아니하다'고 경고한 말씀이 이를 뒷받침하고 있다.

밭을 가는 자가 뒤를 돌아보면 어떠한 결과가 나오는가는 경험자만이 그 진리와 결과를 알 수 있다. 이랑이 굽어지고 모형이 일그러진다. 이랑은 생명의 싹이 자랄 모판이요, 수고의 열매가 맺힐 터전이다. 이것이 굽어지면 근본이 틀려 미래가 빈약해지고 후손이 가난해지기 때문이다.

해마다 크리스마스가 되면 세상의 인류들이 축제의 기분으로 들떠서 인파의 물결이 거리를 메우고 '고요한 밤 거룩한 밤 어둠에 묻힌 밤'을 찬송하면서 한 해를 마감한다. 크리스마스가 이와 같이 세상의 축제가 되는 것은 예수 그리스도의 미천한 탄생과 위대한 죽음에 있다.

국내 사회는 물론이고 미주 한인사회의 실상을 보면 영광은 내가 차지하고 십자가는 네가 지라고 겉과 속이 다르고 이상과 현실이 유리되는 모습들이 숱하게 일어나고 있다. 이는 허(虛)는 버리고 실(實)만 택하겠다는 얄팍한 생각들이요, 처음과 나중이 다른 빗나간 행동들이다. 사랑의 종소리가 조용히 울리고 평화의 불빛이 어두웠던 거리에도 가득히 내리는 12월에, 미혹에 빠졌던 지난 모습들을 말끔히 씻어 버리고 흰눈과 같고 양털과 같이 순수한 자아로 돌아와서 새해를 맞이해야겠다는 다짐이 필요한 계절이다.

예수 그리스도가 사랑과 부활과 십자가로 가득 찬 생명의 복음을 들고 2천년 전에 말씀이 육신이 되어 이 세상에 오신 것은 눌린 자, 서기관들에 의해 죄인으로 낙인 찍힌 자, 갈릴리 주위에 소외되었던 자, 인간 이하의 차별을 받던 여성들과 사마리아 인들과 같은 불쌍한 민중들을 품에 안아 주고 구원하여 주려고 오신 것이다.

그런데 우리 인간들이 엮어 가는 역사의 모습들은 동서양이 하나같이 분열과 갈등, 살상과 전쟁을 일삼고 있으니 가슴 아픈 일이다.

자유의 공백 지대에 자유를 공급해 주고, 사랑의 불모 지대에 사랑을 심고, 봉사의 손길을 기다리는 처소에 손수 찾아가서 그들과 함께 먹고 마시는 동참의 그리스도인이 필요하다. 망각은 인간의 장점이기도 하지만 인간들의 커다란 단점이기도 하다. 예수나 석가가 지상에 오실 때엔 사랑이 가득하고 자비가 충만한 배터리를 가지고 오셨다. 그래서 그분들이 계신 곳에는 늘 춥고 배고픈 민중들이 따라다녔고 은혜와 사랑을 힘입어 영과 육이 굶주림을 면했다. 요즈음 우리들은 이 말씀과 손길에서 점점 멀어져 가고 있다. 이것이 곧 죄요, 불신앙이다.

예수 그리스도께서는 올해 성탄에도 또다시 서글픈 모습으로 우리를 찾아오실 것이다. 우리들 모두가 베드로와 같이 수시로 그를 부인하고, 가룟유다와 같이 그를 팔기로 계획을 하고, 빌라도와 같이 그를 정죄하며 십자가에 못박기로 작정들 하였기 때문이다.

해마다 이런 땅을 외롭게 찾아오셔야 하는 까닭은, 사랑의 불빛이 낡고 삶의 온기가 차가워진 세상의 인류들에게 또다시 충전을 해주셔야 되기 때문이다. 우리들은 낡은 모습, 지친 모습, 병든 모습을 벗어 버리기 위해 우리들 각자의 문을 열어 놓아야 한다. 그래야 주께서 각자의 마음속에 찾아오셔서 생명의 빛과 사랑의 온기와 부활의 진리를 다시 일깨워 주실 것이다. 12월은 예수 그리스도의 크신 사랑이 그리운 계절이다.

겨울 바다

끝을 모르고 달려가던 산맥들이 우뚝 멈춰선 자리에 서서 영원에서 영원을 향하여 용솟음치는 바다의 물결을 바라보고 있노라면, 흘러가 버린 시간의 추억 속에 세월의 잔해를 줍는 갈매기떼들의 목메인 음성이 가슴에 뭉클하게 몰려온다.

산이 인간들에게 생명의 아름다움과 삶의 고귀함을 일러주는 반면에, 바다는 망망대해로 우리들 앞에 전개되어 무한과 영원의 천리를 일깨워 주는 스승이다. 도시 가운데나 산속에 살던 사람들이 바다를 그리워하여 즐겨 찾고 모래톱을 두드리며 밤을 지새우는 해조음을 그리워하는 것도 모두 이 때문일 것이다. 거추장스러운 삶의 껍질들을 모두 다 벗어던지고 알몸으로 뒹굴던 새하얀 모래밭, 무수한 사랑의 언어들이 둥글게 깎이운 돌맹이들처럼 여기저기 모여 있다.

산에서 아버지의 근엄한 풍모를 발견할 수 있다면 바다에서는 어머니의 넓고 깊은 사랑을 느낄 수가 있다.

모든 것을 받아들이고, 모든 것을 감싸고, 모든 것을 용해시켜 푸르름으로 피워 올리는 저 끝없이 출렁이는 물결이 바로 그것이다.

잠시도 외로우면 못 견디는 것이 인간들이지마는 그 외로움이 가슴 깊이에서 승화할 때에 인격이 품위를 얻어 고상해지는 것도 이 때문이다.

바닷가에 서서 조용히 귀를 기울이면 넓어지기를 바라는 산의 음성이 들려오고 산과 같이 높아지기를 갈망하는 바다의 용솟음과 외침이 들려온다. 넓은 물결 속에서도 끼리끼리 모여 사는 물고기들이 생태 속에서 동족들의 사랑과 귀함을 읽을 수 있기도 하다. 바다는 그리움을 안겨 주는 티없는 마음이다. 외로운 등대 불빛을 뒤로하고 뱃고동 소리의 여운 속에 머얼리 떠나가는 이별의 아픔, 우리들은 이를 통하여 재회의 긴 인내와 만남의 기쁨을 배운다. 산자락을 향하여 무수히 그리고 쉬임없이 두드리는 바다의 손길 속에서 베토벤의 〈운명〉이 들려오는 착각을 느끼는 것이 겨울 바다의 정겨운 풍경이다.

안개 속에 싸인 봄의 바다에서 무한한 신비를 찾아내듯, 폭양에 달아오른 여름 바다에선 뜨거운 정열을 맞이한다. 그래서 우리들은 여름 바다 앞에서는 부끄러움을 모르는 야생동물로 변신하여 마구 벗어던지고 뒹굴고 춤을 춘다.

바다의 푸른 물결이 춤을 추고 젊음의 낭만이 춤을 추고 도취된 정열이 춤을 춘다.

하늘이 회색으로 물들고 고적감이 엄습해 오는 가을이 오면, 온갖 사념에 길들여진 갈매기떼들도 마을을 찾아들어 은빛 나래

를 번득이며 잊혀진 추억을 주으려 저공 비상을 시작한다. 차가
운 별빛이 바람에 씻기우고 청명한 공간에 눈발이 내리는 겨울
철이 되면 바닷가에는 인적이 끊기고 고독과 적막으로 가득히
채워진다. 성난 듯이 거친 몸짓으로 일어서는 파도와 검푸른 물
결은 외로움을 극복하려는 율동임이 분명하다.

그래서 겨울 바다는 실연자가 찾아드는 해변이요, 겨울 나그
네가 거니는 길목이다. 창가에서 겨울 바다를 바라보노라면 눈
앞의 바다 물결은 시쉬프스의 영혼과 같이 끝없는 반복으로 뒤
숭숭한 옛 그림자들을 말끔히 씻어내고 새하얀 모래밭으로 되돌
려 놓는다. 누구인가? 이 순수한 모래밭 위에 발자국을 남기며
나란히 걸어가고 있는 저들은….

겨울 바다에는 뜨거운 열기와 넘치는 낭만은 없지만 세월의
잔해가 그리움으로 쌓여 조용히 영그는 포구의 설레임이 있다.
많은 세월이 지난 오늘에도 우리들이 두고 온 고향 바다를 못
잊어하고 그리워하는 것도 옛님이 호올로 바라보리라고 망향의
넘과 애닯고 가없는 추억의 물결이 뒤척이고 있기 때문일 것이
다.

이러한 광경을 시인 노산은 〈가고파〉란 시로 엮어 '내 고향
남쪽 바다/그 파아란 물 눈에 보이네/꿈엔들 잊으리요 잔잔한
고향 바다/지금도 물새들 날으리/가고파라 가고파/어릴 제 같이
놀던 그 동무들 그리워라/어디 간들 잊으리요 그 뛰놀던 고향
동무/오늘은 다 무얼 하는고 보고파라 보고파'라고 우리들의 심
정을 읊었다.

폐허와 같이 적막한 공간에 가득히 차오르는 허전 속의 충만,

우리는 이것을 맛보기 위하여 겨울 바다를 즐겨 찾는다. 우리들은 태평양과 대서양의 물결 속에서 고국의 그림자를 찾으며 수고하는 이민자들이다.

우리가 주어진 역사의 땅을 갈아 가기 위해서는 육신의 건강이 필요한 것처럼 마음과 정신의 건강도 중요하다. 이 우람한 대자연, 망망한 바다가 주는 교훈 앞에서 신 앞에 홀로 서는 단독자의 지혜를 배워야 할 것이다.

오늘도 우리가 서 있는 인생의 바닷가에는 '내 귀는 한 개의 조개껍데기 그리운 바다 물결 소리여…'라고 장콕토의 노래 소리가 파도를 따라 흘러오고 있다.

겨울 일기

'겨울이 오면 봄도 머지 않으리.'

영국이 낳은 시인 쉘리는 이렇게 노래하였다. 인간은 기다리면서 살아가는 존재다. 꿈, 소망, 희망, 성공을 기다리면서 그날 그날 최선을 다하고 있는 것이다. 신은 동물에게 두 개의 눈을 주어 사물을 분별하면서 살아갈 수 있게 하였다. 세상사가 복잡하고 다단하기 때문에 하나의 눈만으로는 바로 보고 파악하기가 힘들겠고, 음양의 천지조화에도 상충되기 때문에 두 개를 부여했는지도 모르겠다. 이를 뒷받침이라도 하듯 선인들은 몸값이 일천 냥이면 눈값이 구백 냥이라고 일러주었다.

그런데 역사 위에도 두 개의 눈이 엄연히 존재하고 있으니 참으로 놀랄 만한 사건이 아닐 수 없다. 과거와 미래의 눈이 그것이다. 로마에서는 정월이면 야누스의 양면신의 모습을 대문 앞에 세워 놓는다는 전설이 있다. 새해 새날이 되었으니 미래를 새로운 마음으로 조망해 보고 지나간 과거를 회상하면서 반성을 통해서 새로운 계획을 세워 보자는 뜻에서였을 것이다.

대부분의 이민자들이 지난날들을 과감하게 털어 버리고 새 땅에서 새로운 계획으로 인생을 펼쳐 보겠다는 각오와 의지를 가지고 기도하는 마음으로 정착의 닻을 내렸을 것이다. 그런데 급작스런 외부 환경에 부딪치다 보니 처음에 다져진 생각과 뜻이 흔들리는 경우가 너무나 많이 있다. 오자마자 자신의 태도가 흐트러지는 사람, 어느 정도 경제적으로 안정의 자리에 오른 후 망향의 정에 젖어 도로메기로 되돌아가는 경우가 바로 그것이다. 부질없는 과거나 장황하게 늘어놓고 바늘이 홍두깨인 것처럼 '침소봉대(針小棒大)'하는 습성은 너나없이 이민자들이 옛정에서 헤이나지 못하고 범하기 쉬운 놀림병과 같은 것이다. 아름다운 과거가 복된 인생의 초석이 되는 경우도 많이 있지만, 슬프고 어려운 환경을 극복하려는 투지 속에서 강인한 인격이 형성되는 수가 더 많은 것이다.

나는 경기도 여주 남한강변에서 해방을 6년 앞두고 태어났는데, 아버지는 둘째이셨고 백부·숙부 그리고 두 고모와 더불어 중농의 경제상황 속에서 어린 시절을 보냈다. 풍경화폭같이 아름다운 주위 환경, 울가에는 커다란 살구나무 꽃이 만발하고 수많은 열매를 맺었는데, 겁이 많아서 나무에 올라가 따먹지 못하고 땅에 떨어진 것을 주워 먹거나 동생들이 따주는 것을 얻어먹곤 하였다.

맏이로 자라서 물가에 가면 빠져 묵는 줄 알고 기겁들을 하셔서 수영도 못 배웠고, 그렇다고 양반은 얼어 죽어도 곁불은 안 쪼이고 개헤엄은 안 친다는 어른들의 유학자적 인품의 모습으로 물들어 갔다. 일본 학교에 가면 왜놈 된다고 못 가게 하셔서 대청마루에서 천자문을 읽고 많은 의문들을 가슴속에 담으면서 자랐다. 여강(남한강)가에 앉아서 태백산맥에 굴을 뚫으면 여주에서 동태를 잡을 수 있겠구나 생각하였고, 매해 12월이 되면 호적서기들이 온 국민들의 호적부를 꺼내서 한 살씩 더하느라 얼마나 애를 쓸까 염려하였다.

봄이 되면 나무들이 위에서 새싹과 가지가 나와 자라는 것을 깨닫지 못하고 밑에 늘어진 나뭇가지가 한 자쯤 매해 위로 올라가서 과일을 따먹기는 점점 힘들겠구나 걱정을 하였다. 엄동설한에는 할아버지가 쇠죽을 쑤는 불에 돌을 달궈 신발주머니 속에 넣고 10여 리 실뱀처럼 늘어진 들길을 돌의 온기를 느끼며 걸어다녔고, 선배들이 남의 볏짚을 빼다 불을 놓고 쪼이고 가자면 가다가 얼어죽어도 그런 짓은 안한다고 단호하게 거부하며 '두꺼비'라는 별명을 들으며 자랐다. 그러던 중 고등학교 초기에 어려운 일이 발생하였다.

정미업을 크게 경영하던 숙부가 마을 여러 사람들의 빚보증을 받아 확장한 기업이 도산에 이르러 본인은 구속되고 평화롭던 마을엔 통곡 소리가 밤낮을 끊이지 아니하였다. 하는 수 없이 아버지와 내가 수습에 나서 7남매를 어떻게 기르느냐고 강하게 반대하시는 어머니를 설득하여 우리의 전재산을 다 내놓아 그들의 빚 일부라도 부담해 주기로 했다. 그러자 마을 사람들이 우리 가족들이 형제 된 도리로서의 도의적 책임을 져주는 것만으로도 감사한데 다 받을 수는 없다고 논밭 몇 마지기를 돌려받아 옛 선비들이 귀양살이를 가서 살던 적소 같은 낡은 집 한 채를 마련하여 옮겨 앉고 온 가족들이 고난을 겪어야 했다.

나는 고등학교 졸업 후 서울로 옮겨 와서 천신만고 끝에 아르바이트를 하며 대학을 다녔고, 남녀 동생들을 각각 고등학교를 졸업시켜 그들의 사회 진출의 길을 터주었다. 이때에 깨달은 것은 가난은 죄는 아니지만 큰 고통이라는 사실을 몸소 체험하였다. 정신이 일치하면 금석을 뚫을 수 있고 한 인간이 세상을 혼란케 할 수도 있지만 엄청나게 변화시킬 수도 있다는 확신도 얻었다.

예수 믿는 사람 하나만 보고 딸을 주겠다는 장인 장모님의 권면으로 가난 속에 합류한 아내를 애처롭게 생각하면서, 단돈 100불을 손에 쥐고 노스 웨스트기에 몸을 실었다. 1971년 이민 초기에는 학교에 등록을 하고 그 후 다운타운 부근에 그로서리 마켓을 경영하다가 좀도둑과 강도에 시달리다 못해 자연을 찾아가서 1977년 말부터 온타리오에 땅과 집을 마련하고 한국 채소 농사를 시작하였다.

그 당시만 해도 남편은 자동차 부품회사에 나가고 부인들이 뒷밭에서 미나리, 깻잎, 호박, 풋고추 등 가내부업으로 재배하여 한인마켓에 가서 식품과 맞바꿔 먹는 정도의 소규모였던 것을 50에이커의 본격적인 한국 농장으로 키워 성공적으로 운영하였다. 이후 너도 나도 덤벼들어 남가주한국협동농장으로 조합을 결성하여 분업화를 시도하였으나 서로의 이해득실이 달라 실패하고, 유사업종으로 변신을 시도하여 현재의 장미농장으로 옮겼다. 얼마나 열심히 일을 하였으면 농업용수로 시멘트 공사를 맨손으로 하다 지문이 닳아 드라이브 라이센스 갱신이 연기되기도

하였을까. 또 정용진을 따라가느니 차라리 아오지 탄광에 가서 광부 노릇을 하는 것이 낫다고까지 하였을까. 예수께서는 '손에 쟁기를 쥐고 뒤를 돌아다보는 자는 내게 합당치 않다'고 하셨다. 바쁜 꿀벌은 슬퍼할 겨를이 없다고 속담은 일러주고 있다. 우리 내외는 맏이의 몫으로 된 낡은 집과 논밭때기를 밑의 아우에게 밀어 주고 얼마나 열심히 뛰었는지 미국에 온 지 9년 만에 디즈니랜드를 처음 구경하였고, 15년 만에야 라스베가스를 거쳐 그랜드캐년을 찾아 첫 휴가 나들이를 하였다.

이웃의 고난에 동참하기 위하여 내 것은 다 남에게 주고 고생의 길을 걷게 되니 누구보다도 아내의 수고가 너무나 컸다. 젊어서 정의감을 상실한 사람은 늙어서 비굴해지고, 나라의 정의가 짓밟힐 때 내 육신의 안일만을 위하여 피해 다니던 사람은 늘 떳떳하지 못했던 과거가 짐이 되어 따라다니게 된다. 내가 100불을 손에 쥐고 미국에 온 줄 아는 사람은 더러 있어도 어찌하여 100불을 손에 쥘 수밖에 없었나를 아는 분은 별로 없다. 하나님은 인간을 가능성의 존재로 창조하셨다. '내가 완전한 것처럼 너희도 완전하라'고 당부하고 강조하신다.

'나는/마음의 밭을 가는/가난한 농부./이른 봄/잠든 땅을/쟁기로 갈아/꿈의 씨앗을/흙 가슴 깊숙이/묻어 두면/어느새/석양빛으로 영글어/들녘에 가득하다./나는/인생의 밭을 가는/허름한 농부./진종일 삶의 밭에서/불의를 가려내듯/잡초를 추리다가/땀 솟은 얼굴을 들어/저문 하늘을 바라보면/가슴 가득 차오르는/영원의 기쁨.'

나의 인생관과 같은 나의 시 〈농부의 일기〉 전문이다. 창밖에는 빅베어 마운틴에 내린 눈바람을 몰고 오는 거친 소리가 요란하다. 벗고 서서 온몸으로 또 하나의 생명을 잉태하는 과목들의 청순한 모습들이 고귀해 보인다.

우리 모두는 지상에 한 번밖에 존재하지 아니하는 삶, 오늘에 안주해서 시간을 허송해서는 안 된다. 영원한 내일이 약속되어 있기 때문이다. '너희는 이전 일을 기억하지 말며 옛적 일을 생각하지 말라. 보라 내가 새 일을 행하리니 이제 나타낼 것이라. 너희가 그것을 알지 못하겠느냐. 정녕히 내가 광야에 길과 사막에 강을 내리니'라고 성경은 우리에게 일러주고 있다. 이 기인 겨울이 가고 우리 모두의 가슴속에 희망의 밝은 봄이 오기를 손을 모두어 기도해야 할 시간이다.

'겨울이 오면 봄은 머지 않으리.'

제3부
·
해외동포들의 사명

배달의 얼

억년을 고고한
록키 산맥과
황량한 대륙을
유유히 굽어 가는
미시시피 강줄기

콜럼부스의 집념보다
강한 열망으로

네바다 사막에서
아리조나 평원
뉴욕 빌딩의 숲을 쌓아올린
청교도들의 기찬 숨결.

온갖 언어와
인종과 색깔로
성시를 이루는

젊은 대륙에서

내 민족의 얼
내 민족의 피
내 민족의 힘으로

진리의 푯대를 세우는
배달의 겨레들

끝없이 멀어도
내 고향과 맞닿은
하늘
바다
향수.

우리는 빛나는
조국과
자유와
영원한 승리를 위하여

구름과
땅
마음을 갈며

ㄱㄴㄷㄹ
아야어여
이역에 뿌리는
역사의 밀알들

저들의 굳은 신념을 누르고
백두산인 듯 웅대히
한강수처럼 유연히
빛나라
배달의 얼이여.

해외동포들의 사명

조용히 그리고 꾸준히 성장하는 사람일수록 말이 없고
자기 선전이나 변명이 덜하다는 사실을 명심해야 한다.

해외에 산재해 있는 동포들의 수가 5백만을 헤아리고 미주에
만도 1백만을 가늠하는 이때에, 우리 해외동포들은 고국을 떠나
이국에 살면서 고국을 바라다보는 냉철한 안목과 이 땅에선 개
척자로서의 사명을 스스로 물어야 할 때가 된 듯하다.

우리들은 김포공항(혹은 부산항)을 떠날 때 환송객들이 깃발처럼
나부끼던 염려와 기대의 손길을 뒤로하고 성공과 승리의 내일을
기약하면서 출국한 이민자들이기 때문이다.

금의환향은 못할지언정 거지환향은 아니하겠다고 수시로 다짐
하면서 불철주야 노력한 결과로 퍽 많은 동포들이 물질의 풍요
를 얻었으나 반면에 정신적인 여유는 상실한 것 같다.

어떤 사람은 자녀들의 교육을 이민의 목표로 내세우고, 혹은
경제적인 성공을 계획하며, 또는 전쟁의 공포로부터 탈출하려는
일념으로 이 땅에 이주하여 주유소에서, 세탁소에서, 봉제공장
에서, 농장에서, 리커나 마켓에서, 청과시장에서, 스왑밋에서,

청소를 하면서, 햄버거샵에서 성공을 향한 몸부림 속에 밤잠을 쫓으며 생업에 몰두하였다.

이 피나는 수고의 결과가 L.A.의 올림픽가와 오렌지의 가든그로브와 뉴욕의 청과시장에 한국타운을 이룩하는 기적을 낳은 것이다.

여러 신문과 방송들이 이 성공 사례를 수시로 알리고 많은 한인 은행들이 벌어들인 소중한 자산을 증식해 주며, 각종 의료기관들이 건강을 살펴 주기도 하고 남가주에만도 6백여 교회가 있어 이들의 정신적 지주가 되어 주고 있다.

숫적인 팽창과 더불어 질적인 성장도 함께한 것은 재론의 여지가 없다. 그러나 고국 동포들의 해외동포들을 대하는 태도나 눈초리는 나날이 냉혹하고 외면하려 하며, 심지어는 무시하려는 사례까지 일고 있음은 실로 가슴 아픈 일이 아닐 수 없다.

흑인가에선 동양의 유태인 코리언들이여, 그 이익의 일부를 흑인사회에 환원하라고 항의가 빗발치고, 고국에선 이민자들의 입장이 버림받은 기민자들의 처지로 전락하여 남부여대(男負女戴)하여 개척한 수고 위에 '껌둥이 빨래나 빨아 주는 주제에…' 운운하며 찬물을 끼얹는 경멸의 소리까지 들려온다.

여기에는 고국의 교육 및 해외 교민정책 부실과 번지는 반미감정에도 큰 영향이 있을 것이고, 사명감을 망각한 해외동포들의 추한 작태에 더 큰 문제가 있다.

자신들의 고생스러운 현실과 힘겨운 이민 감정들을 위로받기 위한 정신적인 표현으로 고국의 발전상을 인식하면서도, 자신의 성공담과 미국의 자랑을 밤새워 늘어놓음으로써 동족들의 공감을 얻기보다는 반발을 사는 사례가 급증하고 있다.

불필요한 자기 과시와 과대선전을 삼가야 할 것이다. 사할린이나 연변, 소련의 동포들이 고국을 방문하여 열렬한 환영을 받는 것에 비하여 미주 동포들이 냉대를 받는 것은 전적으로 우리들 자신의 언동과 행위에 문제가 있음을 기억해야 할 일이다. 돈을 좀 번 사람이면 자신의 역량 및 자질과는 관계없이 고국에 가서 한자리 하려는 생각에 사로잡혀 있고, 무역을 빙자하여 모조품을 마구잡이로 들여 오는 사례들이 이를 뒷받침하고 있는 것이다.

조용히 그리고 꾸준히 성장하는 사람일수록 말이 없고 자기선전이나 변명이 덜하다는 사실을 명심하여야 한다.

불과 4백여만의 이스라엘 백성들이 1억의 아랍권 인구들과 대결하여 물러서지 아니하는 것은 선민의식의 강력한 민족관에 기인하기도 하지마는, 미주땅에서 지적으로 성장한 뛰어난 두뇌가 정치·경제·사회·문화 각 분야에 뿌리를 내렸고 경제적으로도 강세를 유지하고 있기 때문이다.

우리 민족도 앞으로 남북통일의 열기가 급속히 접근해 올 것인데, 이를 성공적으로 이끌기 위하여 우리의 자녀들을 국제적인 인물로 키우고, 땅 한 평을 구입할 때엔 조국의 영토를 확장하고 있다는 자부심과 긍지를 간직하면서 초지일관할 때엔 이러한 푸대접들이 선망과 환영의 손길로 변모될 것이다.

빈 수레의 덜컹거리는 소리를 동반하고 서울 거리를 방황하지 말며, 히로뽕이나 모조품 따위를 가득 채운 가방을 들고 김포나 L.A.공항에서 가슴을 졸이는 부끄러운 장면들의 연출이 다시 반복되어서는 아니 될 일이다. 이국땅에서 개척에 여념이 없는 동족들을 힐책하면서도 유학을 빙자하여 외화를 낭비하는 국내 일부 부유층 자녀들의 비리는 감추려 하는 것도 반성할 일이다.

　고국의 국민들이 그들에게 주어진 과업이 있듯 해외동포들에겐 우리로서의 소중한 임무가 있다.

　우리 모두는 물질적인 풍요를 넘어선 정신적인 안정을 다짐하고 외형의 부에 앞선 내면의 충실을 다져 나가야 할 것이다. 조국의 영토를 확장한다는 자세, 이 얼마나 고귀한 우리들의 사명인가.

꽃시장에서

온타리오에서 채소농장을 경영할 때엔 저녁 시간이 바쁘더니 휠부룩으로 와서 장미를 재배하고 꽃시장에 반출하면서부터는 새벽 시간이 중요하게 되었다.

샌디에고 카운티는 태평양을 끼고 있어 연중 기후가 온화하고 토양이 비옥하여 농장과 과수원이 많이 있다. 내가 사는 주위에도 인도어플랜드 온실과 정원수 재배장들이 많이 있고 아바카도의 특산지이며, 요즈음은 사과와 포도 그리고 감나무들을 많이 심고 있다. 로스앤젤레스, 오렌지카운티, 샌버나디노, 리버사이드 등 대도시의 큰 소비시장을 끼고 있어 판매시장도 좋은 편이다.

몇 해 전까지만 해도 미 전국 토마토 생산량의 80%가 샌디에고 카운티에서 생산되었음을 볼 때 그 규모를 짐작할 수 있다. 샌디에고 카운티에는 2백여 명의 화초 재배자들이 6백여 에이커의 그린하우스에서 각종의 화초들을 생산하고 있다. 에키(Acke)

농장 같은 곳은 3대를 내려오면서 1천여 에이커의 땅에서 화초 재배를 천직으로 삼으면서 번 돈으로 학교 부지도 제공하고 YMCA에 땅을 기증하는 등 모범 농가로 봉사하면서 보람을 느끼고 있다.

우리 이민자들과 같이 2~3년이 못 가서 생계를 누려 오던 사업에 싫증을 느끼고 몇 푼 더 얹어 주면 팔아 버리는 습성과는 너무나 대조적이다.

'굴러가는 돌맹이에는 이끼가 끼지 아니하고' '굳은 땅에 물이 고인다'는 진리를 이들은 우리보다 더 잘 알고 있는 듯하다. 이 주위에는 화란 계통의 사람들이 이 직업과 목장업에 많이 종사하고 있다.

그들은 기골이 장대하고 끈기력이 강하며 일하기를 좋아하고 퍽 친절하다.

악수를 청하여 손을 잡아 보면 흡사 나무가죽을 잡는 듯하다. 바다보다 낮은 땅을 개간하여 네덜란드라 이름짓고, 화초 재배로 생업을 삼고 있는 국민의 후예들답다. 이곳에서도 이들이 네덜란에서 세계 무대를 향하여 꽃을 판매하던 경매 방법을 본받아서 지난 1982년부터 50여 명의 화초 재배업자들이 샌디에고 카운티 절화 및 화분판매조합을 결성하고 월요일부터 금요일까지 매일 새벽 4시 30분에 문을 열어 각 조합원들이 운반해 온 꽃들을 공매경쟁 판매 방법으로 수요자에게 공급한다. 판매액이 연 2~3만불 선인데 해마다 증가 추세에 있고 로스앤젤레스, 오렌지 카운티, 라스베가스로 상당량이 팔려가고 있으며, 하와이, 시애틀, 샌프란시스코 등지에서도 수송돼 오고 있다. 필자도 새벽 4시 30분이면 매일 3천~1만여 송이의 장미꽃을 싣고 샌루이스레이강을 따라 칼스배드 꽃시장으로 향하는 것이 하루 일과의 시작이다.

청신한 새벽 공기를 마시며 안개를 뚫고 태평양 해안을 달리는 기분이란 상쾌하기 그지없다. 짭짤한 바다 내음이 고향 내음으로 배어 오르고 모래톱을 두드리는 해조음이 새벽의 영혼을 맑게 씻어 준다.

경매장에 이르면 눈을 비비면서 몰려든 생산자와 구매자들로 붐빈다.

50여 조합농장에서 생산된 2백여 종의 꽃들이 더러는 백년 해로의 결혼식을 위하여, 형설의 공을 이룩한 졸업 축하용으로, 새날의 건강을 기원하는 병상으로, 주어진 인생을 모두 마치고 모토로 떠나가는 장례식을 위하여 팔려 나가기 시작한다.

어떤 사람은 모양을, 어떤 사람은 빛깔을, 어떤 사람은 향기를 선호하면서 각양각색의 성격을 갖가지 꽃들로 장식하려 한다. 우리는 꽃을 바라보면서 싹은 삶의 시작이요, 꽃은 인생의 향기이며, 열매는 성숙의 완성인 것을 본다.

산 부부에 어찌 싸움이 없겠는가. 부부간에 다투고서 마음이 안되어 직장에 가서 꽃집에 아내가 평소에 좋아하는 꽃을 부탁하여 굳게 닫힌 문을 두드리고 꽃을 전할 때 사랑의 재확인과 더불어 서운했던 마음이 풀리고 저녁 식탁의 메뉴가 달라지는 것이 이들의 생활 미덕이다.

장미 중에 흰색과 분홍의 중간 색인 레디다이아나란 꽃이 있다.

영국의 찰스 황태자비 다이아나가 미국을 방문했을 때 선물로
이 꽃을 전한 이후 결혼식엔 소니아와 더불어 불티가 나게 주문
이 온다.

인간이 지상에서 행복한 가정을 이룩하려는 것은 아름다운 염
원이요, 기쁜 노래다.

프랑스의 탁월한 지성인 아랑이 '연애에서 행복한 가정을 만들
려는 욕망은 도박자가 언제나 이기려고 하는 욕망과 비슷하다'
는 명쾌한 지적은 결코 우연이 아니다.

동양인들이 꽃을 멀리서 바라다보고 즐기려 하는 반면에 서구
인들은 품에 안고 감상하려는 데서 미를 감상하는 각도와 차원
이 다르다. 매화, 난초, 국화, 대나무의 사군자가 동양의 상징이
라면 장미, 백합, 튤립, 히아신스 등이 서양인들의 사랑을 받는
꽃들이다.

오늘도 꽃시장에는 정성을 다하여 가꾸어 출하된 각양각색의
꽃들이 미와 향기를 말하며 사랑해 줄 주인을 기다리고 있다.
어버이날이나 발렌타인스 데이엔 장미나 카네이션을 못 구해서
어려움이 있는 화원 경영자들은 이곳에 오면 쉽게 구할 수 있
다. 그 전날에 채취해서 수송된 것이기 때문에 싱싱한 것이 특
징이기도 하다.

내게 이런 자녀를

나날이 험악해져 가는 세상, 우리 모두는 우리의 영원한 내일인
자녀들의 삶 속에 바른 믿음을 심어 주는 일에 정성을 기울여야 한다.

'내게 이런 자녀를 주옵소서/약할 때에 자기를 돌아볼 줄 아는
여유와/정직한 패배를 부끄러워하지 않고 태연하며/승리에 겸손
하고 온유한 자녀를/내게 주옵소서/생각해야 할 때에 고집하지
말게 하시고 주를 알고 자신을 아는 것이 지식의 기초임을 아는
자녀를 내게 허락하옵소서./원하옵나니 그를/평탄하고 안이한
실로 인도하시 마옵시고/고난과 도진에 직면하여/분투 항거할
줄 알도록 인도하여 주옵소서/그리하여/폭풍우 속에서 용감히
싸울 줄 알고/패자를 관용할 줄 알도록/가르쳐 주옵소서./이런
것들을 허락하신 다음 이에 더하여 내 아들에게 유머를 알게 하
시고/생을 엄숙하게 살아감과 동시에/생을 즐길 줄 알게 하옵소
서./자기 자신에 지나치게 집착하지 말게 하시고/겸허한 마음을
갖게 하시사/참된 위대성은 소박함에 있음을 알게 하시고/참된
지혜는 열린 마음에 있으며 참된 힘은 온유함에 있음을 명심하
게 하옵소서./그리하여 아버지여 나는 어느날 내 인생을 헛되이

/살지 않았노라고 고백할 수 있도록 도와주시옵소서.'

이는 맥아더 장군의 기도문이다.

부모가 자녀를 사랑하고 그의 성공을 비는 마음은 부부가 서로 행복을 바라는 마음 이상으로 강하다. 맥아더 장군은 백전노장으로서도 유명하지만 항상 하나님께 기도하는 장군으로 더욱 유명하다. 충무공 이순신 장군이 전장에서 어머니를 생각하는 효성을 〈난중일기〉에 절절하게 기록하여 후손들의 심금을 울리게 하였고, 아브라함 링컨 대통령이 늘 기도하는 가운데 국가를 잘 다스렸다. 그렇기에 그는 노예를 해방시켜 인권의 소중함을 역사의 장 속에 기록할 수 있는 특권을 부여받았던 것이다. 자녀들이 어렸을 때엔 몰랐는데 커가면서, 더구나 사춘기에 접하고 대학에 진학하게 되면서 그들의 성장과 사귐, 학업 진척도와 행동 발달상황에 관심이 더해진다. 농사를 지어 봐도 침묵의 기인 겨울을 난 언 땅 위에 꽃시샘의 봄바람이 훼방을 놓고 지나간 대지 위에 부드러운 봄비가 촉촉이 내린 땅을 부드럽게 갈아 씨를 뿌려야 싹이 고르게 돋고 충실한 가지와 싱그러운 과일들이 생산된다. 자식 농사도 이와 다를 것이 하나도 없다. '콩 심은 데 콩 나고 팥 심은 데 팥 난다'는 속담과 같은 것이다. 어린이들을 데리고 이른 아침 함께 조깅을 하며 심신을 단련시키고 테니스를 하며 서로 어울리는 가정, 자녀가 출전한 게임을 지켜보면서 성공을 기대하는 어머니, 주일이면 온 가족이 기쁜 마음으로 신앙의 기회를 마련하는 가정들은 자녀 관리에 성공이 약속된 가정이다.

조용한 저녁 부모가 등촉을 밝히고 독서삼매경에 들면 아이들도 독서의 습관을 기르게 되고, 자녀들이 방에서 숙제를 하는 동안 부모가 리빙룸에서 대화라도 나눈다면 저들의 마음이 안정된 모습을 볼 수가 있다. 어려서의 마음의 안정은 자라서 성공의 기틀이 된다.

둘째 아들 지민이가 하버드대학에 합격한 이후의 일이다. 많은 이웃들의 축하를 하면서도 말의 꼬리를 달기가 일쑤였다. 좋기는 한데 서부와 동부엔 기후 차이가 있어서 견디기가 힘들다는 말, 공부를 따라가기가 어려워 되돌아오기가 쉽다는 지적, 등록금이 너무 비싸다는 등 부정적인 표현들이 너무나 많았다. 사색당쟁의 사회체제 속에서 생존권의 유지를 위하여 수단과 방법을 가리지 아니하였던 우리 민족은 우리도 모르는 사이에 이웃을 위하여 축하보다는 동정에, 사랑보다는 경계에 예민한 반응을 보이면서 살아온 편협한 민족이 되어온 듯하다. 그 자식에 대해서는 키워 온 부모가 가장 잘 알기에 중·고교를 수석으로 졸업하고 사회봉사에 본이 되었던 그를 우리 내외는 기도하는 마음으로 동부로 보내기로 하였다.

나의 직업이 장미 재배인고로 만나는 사람들의 다수가 꽃과 관계가 있는 분들이다. 우리가 생산한 꽃 중에서 1급 꽃이 아닌 2급 꽃을 사서 다발을 만들어 길 코너에서 파는 마이크란 희랍인이 있다. 그는 11세에 고아처럼 단신으로 미국에 와서 50여 년을 꽃 재배와 판매로 살아왔는데, 부모를 모시고 동생들을 뒷바라지해서 의사와 교수로 성장시키고, 자신은 기회가 없어서 노동으로 일생을 살았다고 한다. 슬하에 자녀가 없어서 미국 남자아이를 입양하여 U.S.C.를 졸업시킨 분이다. 그런데 뒤늦게

50세에 아들아이 필립을 얻어서 금지옥엽으로 기르고 있는데, 우리 집에 데려와 인사를 시키곤 하였다. 제임스 딘 같은 용모에 백옥 같은 얼굴, 학업 성적도 우수한데 운동도 잘해서 그에 대한 기대도 컸고 뒷받침도 대단하였다. 이민자들은 하나같이 자녀 교육열이 대단하다는 생각을 하던 차에, 하루는 여느 때와는 달리 부부가 정장을 하고 아들아이와 함께 우리를 찾아왔다. 하버드대학에 입학한 조셉의 방을 좀 보여달라는 것이었다. 우리 부부가 그들을 방으로 안내하자 그들은 정중히 고개를 숙이고 그의 장래를 위하여 기도해 주며 합격을 진심으로 축하해 주고 자신의 아들 필립에게도 이와 같은 기회를 부여해 달라는 진지하고도 간절한 간구였다. 그들 부부도 감동하였지만 우리 부부도 숙연하였다. 동정에는 강하지만 축복에는 약한 우리 국민성, 때를 마련하여 서로 만나면 5분 정도는 남의 칭찬을 하고 몇 시간은 끝까지 남의 흉으로 끝내는 악습이 있는데, 이는 속히 극복해야 할 우리의 민족병이다. 우리에겐 '원더풀'이나 '신난다'는 기쁨과 감사의 표현이 고갈되어 있다.

마이크 부부는 희랍 정교도의 참된 신사들이다.

'내게도 이런 자녀를 주옵소서.'

무장이면서 영웅의 존경을 받는 세계적 인물 맥아더 장군의 기도가 우리 믿는 사람들 모두의 참된 기도가 되어 우리들의 믿음의 후예인 자녀들을 위한 끊임없는 기도가 되었으면 한다. 기도는 하나님과 나와의 진솔한 고백이요, 영원한 대화이다. 청교도들이 기도로 삶을 시작하고 개척한 이 땅 우리 모두는 자녀들에게 관심을 가져 주는 부모, 자녀들과 함께 기도하는 부모가 되어야 하겠다. 자녀들을 교회에 열심히 보냈는데 교회에 나쁜 아이들과 어울려 빗나갔다고, L.A. 큰 교회를 섬기던 교우의 자탄에 빠진 한숨이 우리들의 마음을 아프게 한다. 일에 쫓기는 개인 사업으로 본인들은 교회에 제대로 참여도 못하고, 교회가 하나님께서 자신들의 분신인 자녀들을 바르게 양육하여 줄 것이라는 기대가 깨어진 아픔의 모습을 보면서 장로로서 마음이 무거워진다. 아무리 자녀들을 교회에 위탁한다 하더라도, 이들을 부모와 교회가 함께 힘을 합쳐서 하나님의 말씀으로 양육하고 민족의식을 일깨워 주며 아이들의 자존심을 세워 줄 만한 삶을 살아가는 것이 중요하다.

부모들은 덕이 되지 못하면서 아이들에게만 정도의 길을 강요하는 것은 바람직하지 못하다. 눈물로 씨를 뿌리는 자라야 기쁨의 단을 거둘 수 있다. 나날이 험악해져 가는 세상, 우리 모두는 우리들의 영원한 내일인 자녀들의 삶 속에 바른 믿음을 심어 주는 일에 정성을 기울여야 한다. 자녀를 위한 기도, 이것이 우리들의 기도의 제목이 되어야 할 것이다.

대학에 진학하는 자녀들에게

사회에서 대학을 상아탑이라고 부르는 것은 젊음과 투지, 냉철한 현실과
빛나는 이상을 바라볼 수 있는 혜안이 번득이고 있기 때문이다.

자녀들아! 너희들의 대학 진학을 진심으로 축하한다. 미국은 신과 자유와 돈의 나라가 그 특징이다. 그리고 기회의 균등이 세계 어느 나라보다 잘 보장된 나라이기도 하고 자신의 노력만 있으면 얼마든지 기술 습득의 기회가 주어져 있는 국가이다.

너희 부모들은 6·25 전쟁 이후 어려운 때에 힘겹게 조국을 떠나 산과 물이 설은 외국땅에 이민 정착의 닻을 내리고, 너희들을 낳고 기르고 교육시킨 것을 누구보다도 너희들 자신이 더 잘 알 것이다.

너희들은 외국인의 자녀들로서 얼굴 색이 저들과 다르고 눈빛이 틀리며 풍속과 환경이 다른 속에서 한국어를 하는 부모들의 힘겨운 처지 속에서도 좌절하지 아니하고 모든 어려움을 스스로 잘 극복하여, 이제 어엿한 대학생으로서 첫발을 디디게 되었으니 진실로 그 감회가 깊고 대견스럽기 그지없다.

너희들은 미국의 영토 내에서 태어났으니 속지주의(출생지 주

의)에 의하여 미국 시민의 자격이 분명하다. 부모가 한국인이라 속인주의(혈통지주의)로 정의를 하면 한국인이기도 하다. 뿌리는 생명의 근원이다. '뿌리가 깊은 나무는 바람에 흔들리지 아니하고 물이 깊은 샘은 가뭄에 마르지 아니하나니'라고 우리의 조상들은 가르치셨다.

너희들의 선 자리, 너희들이 나아가야 할 미래지향적 사명, 과연 하나님께서 나에게 무엇을 맡기셨을까 하는 소명의식을 가슴 깊이 간직하기 바란다. 인종·언어·지역·사상을 떠나서 세계가 하나로 지향하고 있는 이때에, 미국인이냐 한국인이냐를 따지려는 것이 아니다. 너희들이 태어난 이 땅과 너희들의 부모가 태어난 한국을 늘 기억하라는 것이다.

자녀들아! 대학은 진리의 여신이 사는 숲이다. 그 맑고 깨끗한 초록빛 숲, 장미의 싱그러운 향기 속에는 사랑과 낭만, 진리와 지혜, 뛰는 심장의 오늘과 예비된 꿈의 내일이 공존하고 있다. 백조가 노닐고 별빛이 내려 잠드는 마알간 호수가 자리하고 있지만, 선택을 향한 갈등과 미래를 꿈꾸는 번뇌가 늘 따라 다니는 어두움의 단면이 있음도 기억해야 한다.

청운의 꿈으로 가득히 넘쳐나는 대학 캠퍼스에서 하루에 천리를 달려도 피곤을 모르는 독수리 같은 야성을 기르기 원한다. 야성은 앞에 달려가는 동물을 붙잡기 위하여 혼신의 힘으로 내닫는 맹호의 저력과 사자의 용맹과 같은 것이다. 이러한 정신세계 속에서 참여의식과 투쟁정신을 배우기 바란다. 참여의식이 부족한 자는 자신도 모르는 사이에 사회의 뒷전으로 밀려나서 불평 불만으로 주저앉는 나약성을 보이기 쉽고, 용맹이 결여된 인간은 땀흘리는 수고를 수치로 여기고 별것 아닌 자신의 과거에 도취되어 사사건건 시비로 일관하는 무능한 불평 불만의 인간이 될 우려가 있기 때문이다.

다음은 지성의 힘을 축적하기 바란다. 지성은 절차탁마(切磋琢磨)하는 학문 탐구의 자세와 각고분투하는 근면의 정신이 수반되지 아니하고서는 성취할 수 없는 삶의 필수 불가결하면서도 다다르기 힘든 고개이다.

이는 창조적 에너지의 원동력이며 인류사회를 밝은 곳으로 인도하는 지팡이가 된다. 지적 힘이 없으면 사회는 무기력하고 빈곤과 무질서 속에서 방황하게 된다. 마치 나침반을 잃고 항해하는 선박과 같은 것이다. 야성과 지성 못지않게 중요한 것이 덕성이다.

덕성은 인격의 주체요 나를 나 되게 세워 주는 버팀목이다. 부단한 자기 수련과 극기 자제의 피나는 노력이 부족한 자신을 덕망 있는 인물로 탈바꿈시킨다.

오늘날 우리가 살아가고 있는 세계가 평안할 날이 없이 불안한 것은, 동물의 차원을 넘지 못한 야성과 자기 만족만을 채우려는 이기적 지성의 범람, 인류 공존의 고귀한 덕성을 상실한 때문이다. 덕성은 나를 양보하고 남을 내세우는 겸양의 정신이요, 네가 먼저, 나는 뒤에를 강조하는 겸손의 미덕이다. 나만 못하고 약한 자를 위하여 봉사할 줄 아는 착한 마음이란 뜻이다.

참된 야성이 사회를 움직이는 활력소라면, 바른 지성은 그 사회를 리더해 가는 능력이며, 진정한 덕성이란 사회가 원활하게 돌아가게 해주는 윤활유와 같은 것이다. 이 중 어느 하나가 처져도 사회는 불균형이 오게 된다. 영원한 미래의 열쇠가 예비된 대학 속에서 학문의 세계에 몰두하기를 바란다. 거짓 지식을 파는 소피스트적 지성이 되지 말고 참된 지식을 가르치고 연구하는 소크라테스적 지성이 되기를 바라며, 나만의 영광을 위하여 탐구하는 위기지학(爲己之學)이 아니라 남과 사회를 위하여 갈고 닦는 위인지학(爲人之學)의 참된 진리를 터득해야 한다.

세상에 나오면 병들고 썩은 단면을 보기 쉽다. 학창시절에 정정당당함과 공명정대함을 몸에 익혀야 한다. 사회에서 대학을 향하여 상아탑이라 부르는 것도, 그 속에는 젊음과 투지, 냉철한 현실과 빛나는 이상을 바라볼 수 있는 혜안이 번득이고 있기 때문이다. 그곳에서 내일을 설계하고 개척할 믿음의 동지를 만나고 인생의 장래를 함께 약속할 이성을 만나기를 당부한다. 인간을 외모로 단정해서는 안 된다. 겉사람과 속사람이 있기 때문이다.

외모를 넘는 내면의 깊이가 있는 착한 이성을 만나 걸어가면서 생각하고 생각하면서 같이 걸어갈 생의 반려자를 선택해야 한다. 본능적이고 야성적인 인간이 양심과 노력으로 갈고 닦아 야성과 지성 그리고 덕성을 겸비한 인격에 도달하는 것이다.

생명의 진액이 뚝뚝 떨어지고 열매를 향한 꽃이 향기가 가득한 약동의 뜨락에서 깊이 사색하고 바로 행동하며 권리의 행사와 의무의 이행을 신의에 좇아 성실히 행할 줄 아는 선량한 시민의 자질을 겸비하여 사회에 진출하기를 바란다. 너희들의 부모들은 고달픈 이민자들로서 너희들에게 흡족하게 해주지는 못

하였으나, 양심의 차원보다 높은 것이 도덕의 차원이요, 도덕의
차원을 넘어서는 것이 종교적 차원이라는 진리 속에서 너희들을
신앙의 바탕 위에 세워 대학에 들여보냄을 마음 든든하게 생각
한다.

  미국과 조국 그리고 세계, 통일 될 조국에 일조하고 보다 넓
고 보다 깊고 보다 높이 뛰기를 바란다. 하나님의 크신 가호가
항상 함께 하시기를 기원한다.

한·흑 갈등에 대하여

성현 맹자는 인간의 본성은 착하다고 보아 성선설을 그 사상의 근본으로 설정하였고, 이에 반하여 순자는 인간의 본심이 악한 것으로 진단하여 성악설을 주장하였다. 어느 주장이 옳은지는 우리가 분별하기 힘들지만은 세상이 점점 악해져 가는 것만은 누구도 부인할 수가 없다.

인간사회의 질서를 유지하는 기본으로 양심을 앞세우고 윤리와 도덕을 거울하여 인간을 다스리는 덕치주의가 상고시대에는 가능하였으나, 종족이 다양해지고 사회가 복잡함에 따라 이를 통제하는 규율로써 법이 등장하였다. 신상필벌의 엄격한 규범인 법으로도 부족하여 사랑과 화합, 겸손과 봉사를 앞세우고 절대자를 통하여 지상에서의 삶이 아름답고, 내세의 영생을 약속받으려는 종교의 힘을 의지하게 된 것이 지혜로운 인간들의 삶의 모습들이다. 자기 수련을 통하여 자신과 세상 그리고 이웃을 비춰 볼 수 있는 양심의 거울을 맑게 닦고, 선열의 발자취를 교육

을 통하여 배움으로써 윤리와 도덕의 고귀함을 깨달으며, 자신
을 낮추고 남을 섬기는 종의 도리를 종교를 통하여 터득함으로
써 화해와 사랑의 중요성을 재인식하는 것이다.

인간은 육신과 지식과 정신의 삼대 요소가 조화를 이룰 때 하
나의 인격으로 완성된다. 육신의 모습은 갖추었으나 지식과 정
신의 상태가 낮을 때엔 동물의 차원으로 전락하기 쉽고, 외모와
지식은 습득하였을지라도 정신의 능력이 낮으면 사회의 혼란을
일으키는 장본인이 되기 쉽다. 이는 마치 천(天)·지(地)·인(人)
이 조화를 이루면서 우주를 형성하는 원동력이 되는 진리와 같
다. 육신과 지식만을 갖춘 자들은 힘과 지식을 이용하여 남을
누르려 하고, 남의 윗자리에만 앉아야 만족해 하고, 이웃과 타
협을 모르는 자기 도취, 자존 망대의 구렁텅이에 빠지기 쉽다.
이들에겐 욕망은 있으되 겸손이 없어 안하무인의 태도로 세상을
살아간다.

자신의 힘과 지식만을 과신하다 보면 영적인 고갈과 실존의
의미를 잃어 그 삶 자체를 허무와 절망으로 마무리짓기 쉽고,
말년을 이웃이 없이 고독하게 지내기가 십상이다. 진정으로 자
신을 사랑하는 사람은 부모 형제와 이웃을 향하여 눈을 돌리게
되고, 인격을 갖춘 사람을 존경할 줄 알며, 절대자 앞에 무릎을
꿇을 줄 아는 겸손을 배우게 된다. 이러한 삶의 모습 속에서 생
명의 존엄과 봉사의 기쁨과 땀흘려 일하는 수고의 보람을 얻게
되는 것이다.

미국은 1620년 영국의 청교도 102명이 종교의 박해를 벗어나
신앙의 자유를 찾아서 신대륙을 향해 떠난 것이 개국의 시초요,

건국정신의 핵심이다. 그들은 메이 플라워호를 타고 대서양의 사나운 파도와 싸워 가면서 미국의 동부 메사추세츠의 케이프 카드(cape cad)에 닻을 내렸다. 추위를 이겨내고 황무지를 개척하여 수확한 첫 곡식을 통나무로 지은 교회에 모여 하나님께 바침으로써 감사와 찬송의 예배를 드린 것이다. 그들은 감사할 줄 알았기에 더욱더 감사할 조건이 많은 삶을 누릴 수 있었다. 오늘날 미국을 상기할 때 The Pilgrim Fathers를 기억하게 되는 것도 이 때문이다.

엠파이어마켓 사건과 존스마켓 사건 등 한·흑간에 강도와 살상 사건이 잇달아 심한 마찰이 일어나고 있다. 더구나 두순자 씨의 15세 흑인 소녀 할린즈 양 살해사건은 인종 갈등의 표상처럼 연일 매스컴을 타고 있다. 조이스 칼린 판사가 두순자 씨에게 내린 5년 집행유예 선고에 관하여 라이너 검사장이 반발하고 나섰고, 법관의 재판권 침해라는 법관들의 공방 속에 검찰의 이례적인 항소 준비로 한·흑간에 화해와 협조에 커다란 걸림돌이 되고 있다. 우리 한인들의 상당수가 흑인 밀집지역에서 마켓과 리커스토어를 운영하고 있는 실정을 감안할 때 이는 너무나 심각한 문제가 아닐 수 없다. 뉴욕에서도 한인 청과상과 흑인들 간에 크나큰 마찰이 있었음을 기억하기 때문이다.

오늘날 미국사회는 무방비 상태의 마약 남용과 속수무책의 에이즈 확산, 미혼모의 급증과 무차별 총격사건으로 인한 인명 경시사상의 풍조로 위국의 지경에 이르렀다. 한인들과 흑인들은 다같이 소수민족이면서도 서로가 서로를 이해하지 못하고 '너는 껌둥이', '너는 돈만 아는 동양의 유태인' 하면서 야유와 반목으로 치닫고 있다. 이 땅에 흑인들의 첫 이주는 처참한 노예의 신분으로 팔려 들어왔고, 우리 한인의 이민들도 왜정의 횡포 속에 자의 아닌 타의로 하와이 사탕수수밭 노동자와 철도 노동자로 시작한 슬픈 과거를 생각할 때, 서로간의 사랑이 아닌 불신으로 일관하고 있음은 크나큰 비극이 아닐 수 없다. 설령 흑인 밀집 지역에서 생명을 무릅쓰고 밤낮으로 모은 돈을 전부 흑인사회에 기부한다 하여도, 저들은 자기 먹을 것을 다 먹고 극히 일부만을 형식적으로 내놓은 것이라고 의심하고 불신할 것이다.

1백불 미만의 돈이나 드링크 1병과 생명을 맞바꾼다는 비극은 한·흑의 문제를 넘어선 인류의 불행이 아닐 수 없다. 이는 사색의 부재에서 오는 경거요, 언행의 부절제에서 파생되는 망동이며, 행동의 무침착에서 일어나는 비극이다.

《성경》은 '칼을 쓰는 자는 칼로써 망한다'고 경고하고 있다. 자유당 말기 3·15 부정선거를 규탄하던 김주열 군이 얼굴에 최루탄이 박힌 채 바다에 떠올랐을 때 자유당의 제2인자 이기붕 씨는 '총은 쏘라고 준 것이지'라는 망언을 서슴지 않았다. 이는 자유당의 종말을 고하는 경종이었으며 일가 파멸의 암시와 같았다.

우리는 이민자들로서 미국사회의 무질서한 풍토를 바라보면서 염려하고 근심하지 아니할 수가 없다. 더구나 한·흑간에 치고 받는 현실 속에서 미국의 언론들은 중립적으로 계몽하고 선도하는 방향으로 유도하지 아니하고 부채질을 하고 있는 상황으로 볼 때 심히 유감스러움을 금할 수 없다. 인간의 갈등과 인종간의 대결과 종족 사이의 불화는 땀흘려 수고하는 기쁨과 이웃을 사랑하는 마음과 창조주에게 감사하는 정신이 없이는 치유될 수 없는 난치의 병이다. 기쁨과 사랑과 감사는 인간 생존의 원동력이요, 플러스적 요소다.

미국은 청교도들이 땀흘리는 수고와 신앙의 자유를 갈구하는 열망과 신에게 감사하는 믿음으로 시작된 나라이다. 한·흑간의 갈등과 불화는 신앙인들의 희생적인 참여와 피나는 노력이 없이는 완치할 수 없는 중병이다. 한·흑간의 관계 개선을 위한 인종 화합의 대행진은 성탄을 앞두고 사랑의 불을 밝히는 크나큰 계기가 되었다. 올해의 크리스마스가 하늘에는 영광 땅에는 평화가, 한·흑간에는 사랑이 넘치는 계절이 되기 위하여 우리 모두는 서로의 손을 마주 잡고 기도해야 하겠다. 빗나간 인간성과 생명 경시풍조는 종교의 경건성과 희생적인 사랑의 실천이 없이는 치유될 수 없기 때문이다.

심슨 가정파탄이 주는 교훈

우리 한인들 가정의 소망은 나 하나의 이익과
행복이 아니라 우리 모두의 기쁨과 보람이어야 한다.

가정은 인간의 출발역이요, 종착역이다. 가정에서 인생이 시작되어 이곳에서 인생을 배우고 행과 불행을 겪는다. 그렇기 때문에 선조들은 '가정이 화목하면 모든 것이 다 이루어진다'고 '가화만사성'의 가훈을 후손들에게 전해 주었다.

인간이 세상에 태어나서 처음 만나는 얼굴이 부모다. 부모가 자식을 얻을 때의 기쁨과 사랑을 표현할 길이 없는 것을 보아도 그 감격의 크기를 짐작할 수가 있다. 가정은 남편과 아내 두 개의 인격이 만나서 형성된다. 두 개의 인격이 가정이라는 하나의 울타리 속에서 하나의 목표와 길을 향해 발걸음을 옮기게 되고 서로의 부족을 상대방에게서 채우며 행복을 추구해 나아간다.

두 개성 중에 하나는 제 권위를 유지하고 다른 하나는 무조건 복종하거나 멸시당하는 것은 불행이요, 서로가 상대를 이해하고 인내하며 위로하는 가운데 너와 내가 우리로 자연스럽게 승화하는 것이 곧 행복이다. 행복은 만인의 원이다. 그러나 모두가 이를 향유할 수 없기 때문에 하나님과 이웃들의 축복 속에 만난 부부간에 갈등과 반목, 질시와 불화가 일고, 심지어는 파멸에 이르는 경우가 허다하다. 사랑과 금실로 엮어졌던 관계가 분열과 원수의 관계로 전락할 때 아이들은 거리로 방황하고 부부관계는 적대관계가 되어 가정의 파괴와 사회의 혼란이 야기된다.

우리는 이러한 경우를 O.J.심슨의 삶을 통해 너무나 처절하게 체험하였다. 전 부인과 그의 애인을 죽인 혐의로 체포되어 오랜 기간 흑인 혐의자, 아시안 판사, 백인 검사, 다인종 배심원 등 마치 국제영화를 관람하는 것 같은 착각 속에서 배심원 전원의 무죄평결로 결론이 났다. 재판 과정 때엔 마치 하나의 쇼를 보는 듯하던 백인들도 결과가 의외롭게 난 후에 분노를 느끼는 어리석음을, 흑인들은 이성을 넘어선 편견과 대립으로 치닫는 인종 갈등의 모습을 역력히 보였다. 인간 생명의 존엄성을 무시하고 인기나 끌고 돈만 벌겠다는 언론의 무책임성도 그 마각을 여실히 드러낸 사건이었다.

돈만 있으면 살인을 헤도 살아 남는다는 황금 만능주의의 병폐, 이래도 저래도 신난다고 마구 흔들어 대는 빵과 서커스로 족한 타락한 민중이 가정의 황폐를 부추기고 사회를 병들게 하고 있다. 우리는 심슨 가정파괴 사건을 냉정한 눈으로 바라보면서 삶의 고귀함과 가정의 소중함과 사회의 안녕 질서가 무엇인가를 다시 한번 반성해 보아야 할 것이다.

부모는 아이들의 최초의 스승이요, 영원한 스승이다. 그들의 맑고 어린 영상에 비친 부모의 형상이 그들의 일생을 좌우하는 하나의 거울이 된다. 부모가 아무리 과거 우리 민족의 오랜 역사와 문화 그리고 조상의 위대성을 강조해도 부모의 행동거지가 별볼일 없으면 우리의 자녀들로부터 별수 없이 외면당하게 된다. 어른들이 모여서 화투치기를 하면 아이들은 딱지치기를 하고, 어른들이 등촉을 밝히고 책을 읽으면 아이들도 책을 읽는다. 아이들의 웃음소리가 들리는 가정, 글을 읽는 소리가 들리는 가정, 일하는 소리가 들리는 가정이 가장 복된 가정이라던 안병욱 교수의 지적이 기억난다.

우리 한인들 가정의 소망은 나 하나의 이익과 행복이 아니라 우리 모두의 기쁨과 보람이어야 한다.

산과 들에는 오곡백과가 향기를 발하며 성숙해 가는 가을의 따가운 양광을 받으며 겉만 붉어지는 사과가 아니라 겉과 속이 하나같이 붉게 성숙하는 토마토와 같은 진실한 삶이 필요한 오늘이다. 세계를 떠들썩하게 한 심슨의 비극은 우리 이민 삶 속에 고귀한 타산지석(他山之石)이 되어야 할 것이다.

어떤 저녁 초대

울가에 선 플라타너스의 잎들이 거의 다 져 몇 잎 아니 남은 11월 어느 날, 수년을 연락이 두절되었던 한 선배로부터 저녁이나 함께 나누었으면 좋겠다는 초청장이 왔다. 자세한 약도가 첨부되어 있고 그 내용이 너무나 진지하고 간절하기에 오랜만에 만나도 볼 겸 먼 거리 길을 떠났다.

그런데 현장에 도착해 보니 나보다 먼저 와 있는 친지들로 붐볐다.

저녁을 들기 전에 백년해로의 결혼식이 있는 날인 것을 감감히 몰랐다. 대부분의 하객들이 나와 같은 생각으로 나온 분들이었다.

어느덧 60을 바라다보아 머리에는 서리가 스며 있던 선배가 이날만은 곱게 염색을 하고 얼굴에는 홍조를 머금은 모습으로 연분홍 옷을 입은 신부와 나란히 서서 축하의 인사를 받는 재혼 식장이었다.

"3년 전에 부득이한 사정으로 전 사람과 헤어지고 실의와 번민 속에 지내다가 다시 늦게나마 가정의 소중함을 절감하던 중 주위분들의 권유도 있고 해서 재혼을 하기로 하였지요."

재혼의 기쁨과 부끄러움이 교차된 모습으로 지나온 어제를 변명이라도 하듯 하는 말이다.

인간의 길인 믿음과 소망과 사랑이 기록된 성경을 읽고 신랑 신부 두 사람이 이제까지 살아온 동안의 온갖 번뇌와 기쁨 그리고 경험을 토대로 해서 새로운 삶을 살아가라는 주례 목사의 간절한 기도와 이들의 행로를 축하해 주는 축가 속에 그 분위기가 자못 근엄하고 평화로웠다. 가족석에는 팔순을 넘어 백발이 성성한 노안의 부모가 앉아 있는데 이들은 마치 세상이 많이 변했구나 하는 심정으로 보였다.

침묵 속에서 흘러나오는 언어는 영혼의 소리요, 가슴 심저에서 솟아나오는 간절한 염원의 표시인 것 같아서 엄숙해 보이기까지 했다.

신부의 가족석에는 방년 18세와 20세의 두 딸 그리고 한 명의 보이프렌드가 호기로운 눈빛으로 인생의 첫마루턱에 올라서 사랑과 행복의 무게를 내심 저울질하며 삶의 의미를 묻는 것 같은 침묵이 조용히 흐르고 있었다.

인간은 하나같이 행복을 염원하면서 살아가는 존재들이다. 결혼은 네 혼과 내 혼이 만나는 감격이요, 네 육신과 내 육신이 부딪치는 열기요, 네 인격과 내 인격이 대화의 터전을 마련하는 고귀한 상봉이다. 그래서 우리들은 남녀의 만남을 혼과 혼이 만나는 결혼이라고 부르는 것이다.

초혼이 꼭 행복하고 재혼이 반드시 불행한 것이라고 속단할 수는 없지마는, 인간들은 각자가 시작부터 끝까지 부족한 대로 태어나서 미완성으로 돌아가는 존재들이다. 그렇기 때문에 우리들은 창조주로부터 지음을 받아 세상에 내던져진 피조물들이다. 부족하다는 것은 족할 가능성이 있는 세계요, 외롭다는 것은 가슴에 넘치는 희열과 행복을 맞아들이고 싶다는 염원인 것같이, 우리들은 가난하고 어려울 때 사귄 벗은 잊을 수가 없고 쌀겨를 먹으면서 삶을 나눈 아내를 뜰 아래 내려 세울 수 없다는 윤리 속에서 성장한 사람들이다.

지금은 세상이 많이 변했다. 아내는 무조건 순종하고 남편은 당연히 지배하던 구태의연의 과거가 공존공생의 새로운 가정문화 패턴으로 변모하였다는 사실은 놀라운 변혁이요, 인격이 인격으로서 제값을 인정받는 고귀함이다.

그러나 남자에겐 남자로서의 직분이 부여되어 있고 여자에겐 여자로서의 역할이 분담되어 있다. 남성의 여성화와 여성의 남성화로 인한 충돌이 가정 파괴의 요인이 되어 귀한 자녀들이 거리를 맴돌고 이웃의 번민과 사회의 충격이 크게 번지고 있다. 시대의 변모를 알아차리지 못하는 고부간의 갈등도 큰 문제의 하나가 되었다.

"여보, 된장찌개 맛이 왜 이렇소?"

"그게 어때서 그래요?"

직장에서 돌아와 저녁 식탁에 앉은 부부의 대화에서 옥타브가 하나 올라갈 때에 부부싸움이 시작된다.

밖에서 받은 스트레스를 안에서 풀고 싶어하는 인간들의 심리,

아내는 남편으로부터 부성애의 사랑을 받고 싶어하고 남편은 아내에게서 어머니의 애정을 바란다. 그런데 이것이 잘 안 된다.

초년의 고생을 넘어 좀 살게 된 50대들의 이혼이 많은 것도 모두 이 때문이다. 하나론 부족하기 때문에 둘이 모여 사는 것이 부부요 가정이다.

'바쁜 꿀벌은 슬퍼할 겨를이 없듯' 성공의 일념으로 향하던 마음이 성취 이후에 오는 허탈감으로 인하여 가정이 파괴되는 불행을 막아야 할 것이다. 가정은 수고한 영혼이 안식을 취하는 사랑의 요람이다.

고산을 넘으면 더 큰 태산이 기다리고 있는 것이 인간의 삶이다.

'아빠, 당신 애와 나의 애가 우리 애를 때려요.'

이 아픈 소리가 들리지 않도록 '사랑은 오래 참고 성내지 아니하며…' 이 노래가 그리워지는 오늘이다.

이 노래를 합창하면서 우리의 주어진 생을 복되게 살아가야겠다.

추수 감사절

싱그럽고 푸르던 산과 들판이 가을 바람을 접하면서부터는 붉게 단풍이 들고, 황금색으로 익은 과즙에 단물이 고이고, 부드럽던 껍질들이 단단히 굳어 그 속엔 다음 세대를 이을 생명으로 갈무리된다.

어린 생명이 꽃으로 피어 아름다움을 자랑하듯 만숙의 미는 그윽하고 안온하며 평화스럽게 열매로 마무리되어 히늘과 땅과 인간들이 다같이 기뻐하고 감사하는 천·지·인의 축제가 된다.

이때가 되면 장성한 자녀들에게 짝을 지워 주는 혼례를 올리고, 옛 어른들의 산소를 찾아 시제를 드리며, 만물의 영장으로 태어난 사실에 대하여 기쁨과 영광을 돌리는 감사의 마음으로 넘치는 계절이 된다.

우리가 이 땅에 와서 추수 감사절을 맞아 터키를 구으며 호박 케익을 나누어 먹고 가족과 친지들이 함께 모여 하나님께 감사를 드리고 한 해의 성장을 고마워하는 것은 인지상정이요 당연

지사이다.

추수 감사절의 연원은 1620년 반영국교회파 그리스도교도(pilgrim fathers)들이 정든 고향땅을 떠나 메이플라워호를 타고 미국 동부 플리머스항 케이프 카드(cape cod)에 도착한 후 땀흘려 지은 첫 수확을 하나님께 감사드린 기쁨으로부터 시작된다.

포도주를 실어 나르던 낡은 배에 아녀자로부터 노인에 이르기까지 102명의 청교도들이 순종함으로 누릴 행복과 안일함으로 얻는 평화를 버리고 정든 땅을 떠나 악천후와 싸우고 풍랑노도를 이겨내며 긴 항로 끝에 얻은 열매인 것이다.

이들에겐 옛것에 대한 저항과 새로운 것에 대한 도전과 더 크고 자유로운 것에 대한 동경과 선망의식이 있어 이들이 개척자의 혼으로, 청교도의 정신으로, 아브라함의 후예로 선택되는 결과를 낳았을 것이다.

추수 감사절은 이반의 바보의 나라에서와 같이 먹을 것을 제대로 못 먹고 입을 것을 제대로 못 입고 노예와 같이 땀흘려 일하며 정성과 수고를 다한 사람들이 식탁의 상좌에 앉아 먹고 난 이후, 허망을 찾아 거리를 방황하던 사람과, 자신을 분별 못하고 요행을 바라 육신을 놀리던 사람과, 과대망상증에 빠져 인생을 헛살아온 사람들이 뒷좌석에서 저들이 먹다 남은 음식을 먹는 정신으로 맞이해야 하는 날이다.

손에 칼을 든 혁명가는 자신이 당대에 공을 이루고 영화를 누려야 직성이 풀리지만은, 손에 쟁기를 잡은 농부는 뜻을 자신이 못다 펴서 후손들에게 바톤을 넘기며 죽을 때에도 종자를 베고 죽는 개척정신의 소유자들이다.

이러한 후예들이 신과 돈과 자유를 주창하면서 일구고 개척한 땅이 이곳이다. 하나님은 이 넓고 비옥한 대륙에 수백의 인종을 집결시켜 서로의 장점을 발휘할 수 있는 기회를 부여하고 경쟁과 대화 그리고 협동을 통한 단결의 고귀함을 깨닫게 하여, 장차 이들로 하여금 하나님께서 보시기에 아름다운 새 인간상의 완성을 위한 시험대로 마련하신 것임에 틀림없다.

우리의 피부색이 황인종이라고 이들에게 위축될 필요가 없고 영어가 부족하다고 뒤로 물러설 이유가 없다.

천지음양 동서남북 중앙에 귀한 인간이 설 수 있는 축복이 우리들에게도 보장되어 있기 때문이다.

추수 감사절은 이 한 해를 정성껏 산 우리의 삶을 감사해서 창조주께 영광과 찬양을 드리는 축제의 날이다. 우리 민족에게도 일찍이 고구려의 동맹, 부여의 영고, 예의 무천, 신라의 가배가 있어 추수의 감사를 드린 예가 있고 신라의 가배가 변모되어 오늘날의 추석이 된 것이다.

'행복은 감사의 문으로 들어오고 불평의 문으로 나아간다'는 말이 있다. 이 한 해를 되돌아보면 어느 누구에게나 하나같이 감사할 조건이 있게 마련이다. 온 가족이 건강하게 한 해를 지낸 사람, 귀한 자녀를 선물로 받은 사람, 새로운 사업을 얻었거나 번창시킨 사람, 그 종류가 다양하고 복잡할 것이다.

감사하는 자에게 감사할 조건이 더욱 많아지고 범사에 감사할 줄 아는 사람이 행복한 사람이다. 영원에 비하면 부싯불빛과 같고 무한에 견주면 이른 아침 풀잎에 빛나는 이슬과 같은 인생이지만은 피카소의 말과 같이 '착하고 아름답게 살기에는 길다'는 나날의 삶이어야 할 것이다. 수고한 자가 얻는 열매, 창조주에게 드리는 감사, 이는 사랑을 받는 자와 사랑을 주는 자와의 아름다운 화답이다.

우리 한인들은 자의건 타의건 이 땅에 와 살면서 자녀들을 이 땅에 심으면서 청교도들의 뜨거운 개척정신과 숭고한 신앙심을 잠시도 잊어서는 안된다. 우리 모두가 신 앞에 바로 서는 경천애인의 후예요 귀생지도의 고귀한 실존들이기 때문이다.

더구나 우리들에게는 하와이 사탕수수밭에서 피골이 상접하도록 노동을 하면서 우리들의 정착 터전을 마련한 코리안 청교도들의 숨결이 배어 있는 뜨거운 땅이 바로 이곳이기 때문이다.

일본 대중문화 개방 두려워할 것 없다

우리 국민들은 일본 문화의 개방을 계기로
모방을 벗어나 창조로 향하는 전환점을 마련해야 한다.

일본과 우리 나라는 가장 가까우면서 먼 나라다. 마치 구라파
에서 독일과 불란서와의 관계와 같다고나 할까? 먼 나라와는
사귀고 교류를 하면서 가까운 이웃에 있으면서 견원지간(犬猿之
間)의 불편한 관계를 유지할 수밖에 없는 것은 양국간에 심히 불
행한 일이다. 이는 마치 자국의 유익을 위하여 《삼국지》에서
위·촉·오나라가 서로 원교근공책을 썼던 것과 다를 바가 없
다. 역사는 변함없는 약육강식, 우승열패, 적자생존의 수레바퀴
속에서 돌고 돈다고 볼 수 있다. 은혜를 입은 자가 그 받은 은
혜에 항상 부담을 느껴 배신의 역작용으로 나타나는 것은 비일
비재한 현실이다. 일찍이 일본은 백제와 신라 유민의 정착과 도
움으로 오늘이 있게 되었는데, 이 사실에 대하여 숨기고 외면하
려 하는 것이 이들의 본성이다. 이들은 우리 민족을 36년간 혹
독하게 지배하면서 내선일체를 주장하고, 한민족 그 밑뿌리를
지상에서 뽑아내려고 창씨개명과 언어 말살정책을 써왔다. 말은

그 민족의 혼이요, 글은 정신의 표현이다. 그런데 이를 제거하여 동화시킴으로써 섬나라 백성들의 욕구를 충족시키려 하였으니 지구상에 가장 잔인한 사례였다. 이는 섬나라 백성들로서 대륙에 진출하지 못하면 자멸할 것이라는 강박관념이 강하게 지배한 까닭이었을 것이다. 우리는 저들을 쪽바리라고 부르고 저들은 우리 민족을 조센징이라고 비하하면서, 이웃간에 용서와 화해를 잊고 반목과 적대로 일관하여 지금도 독도 문제로 공방을 계속하고 있는 것도 모두 이 때문이다.

이들은 해방 반세기가 지나도록 사과다운 사과를 회피하면서 우리 민족이 오늘날 이 정도로 살고 있는 것이 자신들의 통치 덕분이라고 과거 자신들의 과오를 호도하고 성낭화시키려고 전전긍긍하고 있다. 그러한 모습이 오히려 경제대국의 면모와 체통에 먹칠을 하고 있다. 그래도 1990년 5월 노대통령의 일본 방문시 아키토 일왕의 '통석의 염'을 금할 수 없다는 애매모호한 사과보다는 지난 10월 김대중 대통령의 국빈 방문시 오부치 게이로 총리의 '과거 식민지 지배를 통절한 반성과 마음으로부터 사죄한다'는 사과는 크게 변모된 모습임을 발견할 수 있다.

과거 이들이 우리 민족 앞에 저지른 죄를 생각하면 천추만대를 지나도 이를 용서할 수 없는 일이다. 우리의 피끓는 젊은이들을 자국의 이익을 위하여 학도병으로, 의용군으로, 징용으로 끌어 갔고, 어린 여성들을 왜군의 성적 노리개로 삼는 정신대로 희생시키고도 사죄다운 사죄와 보상이 없는 것은 이들이 얼마나 동물적 저질의 인간들인가를 증명하고도 남는다.

우리 국민들은 이들이 저지른 과거가 뼛속에 마디마디 응혈져

배일과 방일을 최선책으로 삼고 삼키지도 뱉지도 못하는 불편한 관계를 겨우 유지하면서 지내왔다. 이제 일본 대중문화 개방이 양국 수뇌간에 약속되었고 실현의 준비가 빠른 속도로 진행되고 있다. 저들의 과거를 용서는 해도 망각은 할 수 없는 우리 민족, 죄는 미워해도 인간은 미워할 수 없다는 명제가 우리 모두 앞에 다가선 것이다.

이 역사적인 현실 앞에 우리 국내외 동포들은 신념과 각오를 달리해야 할 때가 온 것이다. 우리 조상들이 물려준 '남을 알고 나를 알면 백번 싸워도 백번 다 이길 수 있다'고 한 병법의 교훈을 상기해야 할 것이다. 우리는 이웃 일본을 적대국으로 냉대하면서도 알게 모르게 이들을 모방하고 흉내내는 습성이 생활 도처에 검은 그림자처럼 숨겨져 있음을 부인할 수가 없다. 정치·경제·문화·예술·언론에 이르기까지 그 병폐가 다양하고 깊게 뿌리내려져 있다. 이들은 세계가 인정하는 모방의 천재라 외국의 유행하는 문물들을 무수히 받아들여 자신들의 것으로 만들었고, 이를 새탕하는 것이 우리 민족의 현실이 되었으니 참으로 부끄럽기 그지없다. 방송이 무대 장치를 왜색화하고 노래 가사 작곡과 창법이 저들을 닮고, 심지어는 국전 입상 작품이 일본 대학생의 졸업 작품의 표절이라서 시상 자체가 취소되는 사태를 빚을 정도이니 심히 한심한 일이다. 오히려 이러한 시기에 문호를 개방하여 줄 것은 주고 받을 것은 받으면서 가르칠 것은 가르치고 배울 것은 겸허하게 배우면서 배일·방일이 아닌 승일 (勝日)의 민족적 각오와 자세를 다져야 할 것이다.

일본의 연원을 거슬러 올라가면 백제와 신라인들이 지도하고 가르친 것이니 오늘의 현실을 부끄러워하고 개탄만 할 것이 아니라 자긍심을 갖고 당당히 맞서야 할 것이다. 문제는 물질의 풍요 앞에 정신의 빈곤과 나약성이 앞서기 때문이다. 우리 민족에게는 어느 때보다도 지금 정신의 재충전이 요구되고 있다. 백두산의 정기가 필요하고 고구려의 광개토 정신이 요구된다. 일본인에겐 자국민들은 잘살면서 이웃 가난한 나라에 대하여는 무관심하고 착취의 대상으로 생각하는 섬나라 백성의 독단과 잔인성이 있다. 달러화 보유고가 세계 최고인 저들이 공해 공장은 후진국에, 기술 이전은 극비에 부치며 자국민 보호에만 혈안이 되어 있다. 우리 국민들이 IMF의 극한 상황 속에서도 해외 선교와 북한 동포 돕기에 최선을 다하고 있는 것에 비하면 너무나 대조적이다.

지금은 어느 때인가? 세계화 시대, 우주화 시대인데도 저들은 오늘도 창씨개명을 거부하는 외국인들에게는 취업의 기회를 박탈하는 잔인성을 계속 보여주고 있다. 우리 모두는 이들을 극도로 경계해야 할 것이다. 우리 국민들은 일본 문화의 개방을 계기로 모방을 벗어나 창조로 향하는 전환점을 마련하고 저들이 적나라하게 드러내 보이는 내부의 세계를 주도 면밀하게 관찰하면서 발빠르게 대처해 나아가는 자세를 취해야 할 것이다. 저들 자신도 역사와 정신문화의 유산이 우리 민족으로부터 전래되었음을 외면상으로는 극구 부인하면서 내면적으로는 긍정 수긍하는 양면성 속에서 갈등을 겪고 있는 것이다. 일본은 과연 야누스와 같은 양면성의 국민이요 국가다. 한·중·일의 역사적 가름의 유물인 광개토대왕의 비문을 자신들의 입지를 강화하기 위

하여 교묘히 조작한 것만으로도 얼마나 간교한 민족인가를 짐작
할 수 있다. 우리 한민족들은 저들 앞에 주눅이 들지 아니하고
당당하게 맞설 수 있는 우리의 후손들을 양육하기 위하여 심혈
을 기울여야 할 것이다. 더구나 미주 동포의 자녀들이 명문대학
에서 학문을 연구하고 세계적 리더로 성장하고 있는 것은 미래
의 승리를 예언하고 있다는 증거이다. 과거 이스라엘 백성들이
갖은 박해와 유랑 속에서도 똑똑하고 머리 좋은 아이는 법과 대
학에, 똑똑하고 인자한 아이는 의과대학에, 부지런하고 강인한
아이는 사업가로 길러서 오늘의 입지를 세운 것을 분명하고 정
확하게 배워야 할 것이다. 미국에 이민와 살면서 미국 경제에
도움이 되는 미제차는 외면하고 일제차만을 고집하는 우리 동포
들의 자세에도 문제가 있음을 알았으면 좋겠다. 그런 생활 속에
서 우리의 자녀들이 민족혼을 빼앗길까 두렵다.

우리는 5천년의 유구한 역사를 지닌 자주정신의 주체적 국민
이다. 그러나 과거 일제시대 저들의 말과 글을 배운 기성 세대
들의 자제력이 필요하다. 저들의 말과 글을 안다고 해서 일본
비디오나 빌려다가 아이들 앞에서 밤을 새운다면 어찌 될 것인
가? '김활란 상' 제정 소식을 듣고 뜻있는 국민들이 그의 과거
친일 행적을 들고 나와 강렬하게 반대하는 우국 청정심에도 귀
를 기울여야 할 것이다. 공을 가지고 죄가 상쇄되지는 않기 때
문이다.

일본 문화 개방을 앞두고 우리 자신들이 한국민의 민족의식을
다지고 우리 자녀들에게 바로 가르친다면 일본 문화개방을 두려
워할 이유는 없다. 올 테면 와 보라고 자신있게 소리쳐 보자.

해외 동포들을 바다로 삼으소서
- 김대중 대통령님께

무수한 고난과 역경을 이기시고 대한민국의 대통령에 당선되시어 국가 원수의 옥체로 미국을 방문하시게 됨을, 조국을 늘 사랑하는 해외 동포의 한 사람으로서 진심으로 축하드립니다.

대통령님께서는 일찍이 〈나의 정치 신조〉란 글에서 '백성 섬기길 하늘같이 하라(以民爲天)'고 그 소신을 밝히셨습니다. 선생님께서는 40대 기수론을 제창하시며 정치 무대에 당당히 등단하실 때에 숱한 국민들이 환호와 갈채를 보냈었고, 갖은 수난과 옥고를 치르시면서 군사 독재와 투쟁하실 때엔 박수와 기도로써 선생님을 위로하고 격려하고 우리나라 민주주의의 심볼이라고 굳게 믿고 다짐하기도 하였습니다.

'침묵은 악의 편이다'라고 목숨을 걸고 이에 투쟁하여야 한다시며 '행동하는 양심'을 깃발로 내세우시고 거리를 나섰을 때엔 흥분과 감동을 감추지 못하고 밤잠을 설치기조차 하였습니다.

선생님의 옥중 서신 《민족의 한을 안고》를 읽으면서 우리도

비로소 민족애를 자각하고 '자유가 감옥에서 알을 까고 나온다'
는 진리를 가슴속에 깊이깊이 되새기면서 함께 흐느끼고 울었습
니다. 그때 벌써 선생님은 개인을 떠나 민중의 지도자이셨고 하
나님께서 그렇게 강하게 연단하실 때 장차 크게 쓰실 지도자이
심을 깨달았습니다.

우리 이민들은 자의건 타의건 역사의 소용돌이 물결에 떠밀려
야생초처럼 이국땅에 정착하게 되고, 정든 고국에서와 다른 이
국의 급변된 상황 속에서 밤을 새워 가면서 동양의 유태인이라
고 야유를 받는 가운데 성장하고 정착한 것입니다. 소생은 우리
해외 동포들의 피나는 설움과 안쓰러운 정경을 보다 못하여
〈패랭이꽃〉이란 시를 이렇게 글로 옮겨 놓았습니다.

'외진 길녘에/밟히며 살아온/패랭이꽃./기다리는 세월이/서러
워/흐르는 한 순간이/마음 아파라./아침 노을에/두 뺨이 붉었구
나./그대가/서럽게 울던 자리에/밤마다/별빛이 가득./엉겅퀴 손
톱에/할퀴운 두 볼을/흐르는 바람이 씻어 준다./외진 길녘에/천
민이 혼으로 서 있는/애닲은 너의 모습/패랭이꽃./잘 사거라/이
밤을/기다리던 님이/네 품에 돌아와/고운 꿈길을 엮어 주리라.'

우리 한민족의 얼과 피의 땀을 엮어 일으켜 세운 이민의 현장
이 4·29 흑인폭동으로 인하여 불바다가 되고 초토화가 되던
날, 우리 이민들은 망연자실 설 땅을 잃고 통곡하였습니다.

금의환향은 못해도 거지환향은 결코 아니하겠다고 다짐하고
또 다짐하면서 자위한 이민의 고달픈 삶, 위로와 격려는 못할망
정 '껌둥이 빨래나 빠는 주제에', '똥포' 운운하는 고국 동포들의
비아냥을 들어가면서 개척한 뜨거운 삶이었기에 좌절 속에서 비

전을, 절망 속에서 재기를 성취하였던 것입니다.

그래도 흑인들이나 백인들의 멸시는 참아낼 수 있었지만 고국 동족들의 백안시는 참으로 힘들었습니다. 언론들은 돈을 떼어먹고 달아난 범인들은 하나같이 재미 동포들로 호도하기까지 하였습니다.

해외에 나오면 오히려 하나같이 애국자들이 됩니다. 한때는 이민이 기민(棄民)으로 버려진 때가 있었고, 조국을 버리고 떠나간 배신자로 취급된 시기도 있었습니다.

그러나 이제는 시대가 바뀌어 세계화·우주화로 발전되어 이민이 많은 국가가 '해가 지지 않는 나라' 세계 최강의 국가로 변모되있습니다.

선생님, 500만 해외 동포들을 국력으로 이끌어 주시고 IMF를 몰아내고 국가 경제를 부흥시키는 힘으로 써주십시오. 해외 동포들에겐 무수한 인력과 재력과 능력이 있는데도 외면되고 방치되어 왔습니다. 과거의 지도자들이 여기에 눈을 돌리지 못하였기 때문입니다.

이제 저희 후손들은 하버드에서, 버클리에서, 줄리아드에서 초롱초롱한 눈망울을 밝히고 진리의 얼을 캐고 있습니다. 저들은 우리의 희망이요, 꿈이요, 통일의 일꾼들입니다.

선생님, 저들을 청와대로 부르셔서 격려해 주시고 민족혼을 불어넣어 미래의 일꾼으로 삼아 주십시오. 3백만 이스라엘 국민이 1억의 아랍권을 제패하는 것도, 미국 그리고 세계 각국에서 정치·경제·사회·문화를 장악하고 있는 이스라엘 해외 동포들의 영향력 때문입니다.

그리고 어려운 조건과 환경 속에서도 모국어로 시와 수필, 소설을 쓰면서 민족혼을 일깨우는 문인들도 많이 있습니다. 이들에게도 힘을 실어 주십시오. 시를 자주 읽으시고 사랑하는 대통령님이 되시기를 간절히 원합니다.

저희 이민 1세들은 이 땅에서 바른 후손 정착을 위해, 장차 통일된 조국의 일꾼을 양성하기 위해, 세계적인 지도자 교육을 위하여 밑거름이 되기로 다짐하고 있습니다. 이른 아침에 깨어나 저문 밤별을 바라보면서도 힘든 줄 모르고 절망하지 않았습니다. '낙망은 청년의 죽음이요 청년이 죽으면 민족이 죽는다'고 가르치신 도산 안창호 선생님의 유훈을 너무나 잘 알고 있기 때문입니다.

지금 고국에 가서 출세하기를 바라는 이들이 더러는 있을 줄 아오나, 대부분의 이민자들은 가나안땅을 눈앞에 두고 여호수아를 대신 들여보내면서 만족했던 모세처럼 우리의 영원한 조국의 번영을 기도하면서, 분단된 조국의 통일을 갈망하면서, 굶주리는 북한 동족들의 빠른 구출을 기원하면서, 이민 초지를 일관하고 남자는 지고 여자는 이는 남부여대의 끈질긴 투쟁을 계속하겠습니다.

선생님, 부디 동서의 화합을 성취하시고 인재를 고루 등용하시며 어떠한 대가도 바라지 아니하고 밤마다 기도를 드리는 손길들을 기억하십시오.

선생님께서 대통령에 당선되시고 동학사상의 핵심인 '백성 섬기길 하늘같이 하라(事人如天)'를 휘호로 쓰셨을 때 우리 민족의 내일엔 희망이 있구나 찬탄하였습니다. 역사적으로 바다를 지배한 민족은 번영하고 승리하였습니다. 영국, 노르웨이, 스페인, 포르투갈, 오늘의 미국이 그 예들입니다.

사인여천(事人如天) 옆에 '해외 동포로 바다를 삼는다'고 이민여해(移民如海)의 네 글자를 더해 주십시오. 소생은 오늘도 선생님의 친필 휘호 '행동하는 양심'을 서재에 걸어놓고 '가훈', '민족훈'으로 두 아들에게 가르치면서 제 자신을 채찍질하고 있습니다.

존경하는 대통령님! 경제적 국난을 극복하시고 조국 통일을 이룩하셔서 노벨 평화상을 받으시고 민족과 국토를 세계 만방에 넓히는 광개토대왕의 꿈을 이룩하시기를 삼가 기원합니다.

내내 강녕하옵소서.

고향을 심는 사람들

인간은 일 속에서 행복을 느끼는 존재이다. 그렇기 때문에 우리는 처음 만난 사람을 대하면 성명과 직업 그리고 취미를 함께 묻는다. 직업과 취미가 동일하다면 이 얼마나 행복한 사람이겠는가? 길가에서 귀엽게 생긴 아이들을 만나 너는 장차 커서 무엇이 되겠느냐고 물어보면, 한국 아이들이면 대통령이 되겠다고 크게 외칠 것이고, 미국에서 태어난 아이들이라면 슈퍼맨이나 화이어맨 또는 폴리스맨이 되겠다고 말할 것이다.

인간의 삶의 행로는 직업을 따라서 크게 변모된다. 그의 성격이 직업을 따라가고 그 용모가 직업에 동화되고 그 체질이 직업에 맞게 조절된다. 엄밀한 의미로 말해서 환경에 순응된다는 뜻이다. 경찰관이나 군인으로 오래 종사한 사람은 그 체격이 단련되어 보이고 눈빛이 빛나며, 교직에 오래 있은 사람은 어깨가 좀 처지고 걸음걸이가 느리며 철 지난 옷을 입으면서 만족해 하는 모습을 읽을 수가 있다. 오랫동안의 동일 업종의 일이 그 사

244

람의 성품과 행동, 용모와 사고를 결정지어 놓은 것이다. 그러나 그 사람이 그 직업에 얼마나 만족하며 성실을 다했느냐에 따라서 그 인품은 크게 차이가 나게 형성된다. 지상에 천태만상의 인간들이 살면서 그 모습들이 서로 다르고 너무 다양한 직종의 일들이 있듯이, 우리에게도 여기에 못지않은 기술과 학문의 분야가 필요하다. 어떤 사람이 자기의 취미와 전공의 분야가 같다고 하면 우선은 성공적이라 볼 수 있다. 그러나 그 속에 즐기는 여유와 감사할 줄 아는 마음이 함께 있어야 행복한 직업인이라 할 수 있다.

사람들이 자기가 원하는 직업을 갖기란 그리 쉽지 않다. 그렇기 때문에 결혼에 인연이나 연분을 내세우듯 직업엔 운명이란 고리가 붙어다닌다.

객관적으로 보기에는 좋은 직업을 얻어 크게 성공한 사람 같은데 격이 맞지 않는 일에 쫓겨서 고생을 하는 이들도 많이 있다. 결혼에 정열을 기울여야 하듯 전공이나 직업 선택에도 최선의 노력을 다해야 한다. 외국에 이주한 우리 이민자들로서는 더구나 조국에서의 전공이나 경험 혹은 직책이나 직위에 상관없이 동떨어진 직업에 종사하는 일이 너무나 많아 마음이 아플 때가 한두 번이 아니다. 그러나 변화된 환경 속에서 이를 굳세게 이기고 정착하려는 노력과 의지가 있어야 될 줄 안다.

초지 일관하려는 투쟁정신이 필요한 것이다. 동양 윤리의 규범이요 도덕철학의 근간이며 유교의 경전인 사서 삼경을 읽을 때 《맹자》가 제일 힘든다고 한다. 그 속엔 정치사상들이 많은 예화로 기록되어 있기 때문이다.

조선조에 한 대감이 슬하에 후사가 없어서 시골에서 농사를 짓는 아우의 아들을 양자로 삼아 한양으로 데려와서 독선생을 세우고 경서를 가르쳤다고 한다. 시골에서 맨발로 망아지처럼 뛰어놀던 아이가 양반댁 가문에 입적되어 의관을 정제하고 육간 대청에서 글을 읽기란 너무나 힘든 일이거니와 광 속에 가득한 한서들을 다 읽을 생각을 하니 앞이 캄캄하여 몰래 도망을 나와 다시 농사를 짓고 살았는데, 밭을 갈다가 소가 너무나 말을 아니 듣자 이놈의 소 버선을 신겨 맹자를 읽힐까 보다 하였다고 한다.

겉으로 보기에는 모두가 쉽고 남의 염병보다는 나의 고뿔이 더 심해 보인다는 것이 인간의 상정이다.

그러나 삶에 성공하려면 남의 모습을 예의 주시하는 습관을 길러야 한다. 그 속에서 깊은 진리와 많은 경험을 배울 수 있기 때문이다.

미국에 처음 와서 학업을 끝내고 L.A. 근교 온타리오에서 땅과 주택을 구입하고 농장을 경영하다가 샌디에고 카운티 휠부룩에 장미원을 구입하여 이주해 오면서부터 미국 속의 삶의 단면을 깊이 배울 수가 있었다.

아무리 기다리는 줄이 길고 시간이 급해도 그것은 자기의 사정이요 나의 순서가 올 때까지 참고 견디는 인내삼사의 습관과 자세가 이들에겐 몸에 배어 있었다. 남을 대할 때엔 항상 밝고 친절하며 남의 일에 대해선 냉정하고 간섭을 아니하는 습성, 생활은 기쁘고 단순하게 하려는 모습들이 귀하게 여겨졌다.

셋이 만나면 자기 자랑이나 남의 흥부터 늘어놓는 우리들의 폐습과는 너무나 차이가 나고 진취적이며 대아적인 데 놀랐다.

캘리포니아는 기후가 좋고 토양이 비옥하여 해안선을 끼고 채소와 화초를 기르는 사람들의 낙원이다. 북쪽으로는 왓슨빌 싸리나스, 중부인 산타마리아, 산타바바라, 옥소나드엔 일본인들이 많이 이 업종에 종사하고 샌디에고 일대엔 구라파, 특히 네덜란드계 사람들이 많다. 이들은 기골이 장대하고 일을 좋아해서 악수를 해보면 손이 마치 나무가죽을 쥐는 것 같은 기분을 느끼는데 성품은 섬세하고 검소하며 매우 친절하다. 샌디에고 태평양 연안엔 6백여 에어커의 온실에 수백여 명이 화초 재배업에 종사하는데, 이 중 백여 명이 조합을 세우고 나도 조합의 일원으로서 참가하고 있다. 새벽 4시 반이면 일과가 시작되는데 전날에 준비한 장미꽃들을 트럭에 가득 싣고 태평양 푸른 물굽이 해조음을 들으면서 경매장에 도착하면 판매자와 구매자가 한데 모여 붐비기 시작한다.

멀리 하와이, 플로리다. 오레곤에서 꽃들을 수송해 오기도 하고 L.A.는 물론 중서부에서 도매상들이 몰려와서 꽃들을 구입하기에 바쁘다. 라스베가스에서는 매주 몇 대의 대형 트럭들이 꽃을 날라 대부분이 결혼 장식용으로 쓰인다. 나라가 광대하고 꽃을 사랑하는 국민들이라서 발렌타인스 날엔 멀리 화란, 이스라엘, 콜럼비아, 브라질, 멕시코 등지에서 각종의 꽃들이 수입되어 사랑하는 사람, 사랑했던 사람, 사랑할 사람에게 붉은 장미 꽃다발이 안겨진다. 나도 3만 평의 대지에 3천여 평의 온실을 짓고 6만 주의 장미들을 기르고 있다.

출생에서 결혼, 사망에 이르기까지 이들의 삶은 꽃으로 시작하여 꽃으로 마감한다. 장례식 때의 관 위엔 80송이의 붉은 장미가 얹히는 것이 관례로 되어 있다.

들풀과 같이 살아온 우리 한국인들의 소박한 삶, 그래서 우리들은 늘상 민들레, 들국화, 개나리, 진달래, 산수유같이 조용한 모습의 꽃들을 사랑하는 데 비하여, 서구인들은 장미, 튤립, 히아신스, 백합과 같이 빛깔이 곱고 향기가 진한 밝은 꽃들을 좋아하면서 살아간다. 부부가 애증의 갈등으로 다투고 남편이 근무처에 가서 집의 아내를 위하여 꽃집을 통하여 평소에 좋아하는 꽃을 배달시켜 이를 가슴에 안고 남편을 이해하는 아내의 마음, 이것이 곧 사랑의 마음이요, 하나님의 마음일 것이다. 돈 100여 불을 손에 쥐고 1971년 미국에 건너와서 아내와 불철주야 두세 잡(Job)을 뛰던 이민생활, 너무나 바쁜 일상이라서 미국에 온 지 9년 만에 디즈니랜드를 구경하였고, 15년 만에 라스베가스로 첫 가족 휴가여행을 하면서도 항상 보람과 기쁨 속에서 살아가고 있다. 우리는 지식과 신분, 능력과 체격에 맞지 아니하는 옷을 몸에 길치고 20여 년을 살았어도 슬픈 줄을 몰랐다. 땅 한 평을 구입하였을 때엔 우리의 영토가 좀더 넓어졌다는 자부심, 시는 영혼이 쓰고 농사는 육신이 지으면서 우리들의 노래를 부르며 후손들을 보다 떳떳하고 강인하게 이 땅에 심어 보려는 노력에는 변함이 없다. 그런데 '검둥이의 빨래나 하는 똥포'라는 비아냥이 지성인의 입과 방송 매체를 통하여 흘러 나올 때엔 아연하지 않을 수 없었다. 어느 날 갑자기 졸부가 되어 떼지어 관광을 하며 고성방가를 질러대고, 오늘 이 돈을 안 쓰면 내일은 마치 종말이 와서 죽을 듯이 쫓기는 빗나간 모습들 앞엔 마음이 무겁기 그지없다.

  이제는 4·29 흑인폭동의 아비규환을 외면하던 본국이나 미국의 행정부들도 다 바뀌고 불탄 자리에 재기의 햄머(망치) 소리가 들리고 있다. 이민 초기에 어린 것들을 베이비시터에 맡기고 남부 여대하여 일터에서 보낸 젊음, 외국인 손에 가기 싫어서 '오늘은 내가 일할 터이니 네가 베이비시터한테 가라'고 울어대던 우리의 자녀들이 하버드에서, 버클리에서, 줄리아드에서 초롱초롱한 눈망울로 진리의 얼을 캐고 있다.

  민력은 국력이다. 비전은 인간 삶의 위대한 빛이다. 미국에서, 캐나다에서, 남미에서, 구라파에서, 연변에서, 시베리아에서 우리의 동족들은 민족의 내일을 열과 성과 혼으로 심으면서 자라가고 있다.

  이 땀 배인 염원과 꿈이 자라서 남북이 통일을 이룩하는 그날, 우리 모두는 승리의 축가를 부르면서 서로를 이해하고 서로를 용서하고 서로를 사랑하면서 기뻐할 것이다.

  다음의 시는 필자의 〈고향을 심는 사람들〉 전문이다.

    태평양
    푸른 물결을 넘어
    낯익은
    고향 하늘이
    캘리포니아
    기름진 들에
    드높게 열리는 이 가을.

황량한 벌판에 서서
하늘의 뜻을
가늠하던
청교도들의
겸허한 믿음과
따가운 사막 위에
개척의 힘찬
깃발을 세우며
부강의 내일을
스스로 다짐하던
카우보이들의
힘찬 맥박.

지금은 작고
오늘은 가난하고
눌려 살아도
우리에게는
5천년을 한결같이
굽이쳐 흐르는 인내와
착하고 슬기로운
백의 민족의
연면한 전통이 있다.

여기는
영원한 승리를

다짐하면서
너와 내가 신념의 닻을 내리는
기항지(寄港地).

우리는 구경꾼이 아니다
남의 행랑채에
유숙하는
길손이 아니다.

지금은 힘겹고
오늘은 벅차고
눈물겨울지라도
우리 모두는
한민족의 땀
한민족의 피
한민족의 얼로
이 젊은 대륙
넓은 가슴에 고향을 심자.

저
지칠 줄 모르고 치솟는
젊음의 투지를 보라
하버드에서
버클리에서
줄리아드에서
진리의 얼을 캐는

초롱초롱한 눈망울들.

거친 들을 갈아
민족혼이 잉태된
푸른 생명수를 심으러
온타리오로 가자
베이커스 필드로 가자
뉴저지로 가자.
우리는
반만년 역사의
정신의 아들들
언론은 살아서
빼어난 모국어로
우리가 역사의 주역임을
아로새기라.

태평양
푸른 물결을 넘어
낯익은
고향 하늘이
캘리포니아
기름진 들에
드높게 열리는
이 가을에.

제4부

삶의 메아리

소나무

굽이굽이
주름진 산허리
마디 없는 세월을
벼랑에 서서
상록의 눈빛으로
고고한 천품.

춘 하 추 동
사계(四季)를
하늘 향한
지조로운 몸매로

천년 광음을
품에 안아
빛살로 가르네.

그 심중은
얼마나 깊고 넓기에

바람이 깃들면
청아한 가락으로
메아리져 흐르는가.

동천(冬天)
순백의 눈발에도
늘 푸르러 그윽한
향으로 번지네

오늘도
설원(雪源)에 청청히 서서
침묵으로 말하는
소나무여.

삶의 메아리

높은 산에 올라서 '야호' 하고 소리를 지르면 맑고 기인 메아리가 살아서 되돌아온다. 그리운 마음을 흔드는 고운 산울림은 사랑의 이중창과도 같이 아름답고 힘차게 울려 와 삶의 환희와 존재의 기쁨을 의식하게 한다.

인간이 살아가는 최대의 보람은 너의 따뜻한 가슴에 나의 피곤한 영혼이 숨쉴 수 있고 삶에 지친 육신이 안식을 누릴 수 있는 조용한 공간을 얻는 일이다. 남들이 앉아 있는데 좌석이 없어서 서 있는 사람들이 있기 때문에 사회가 소란하고 인간관계가 불편해진다.

인간들은 자신이 남을 불렀을 때 그에 대한 응답을 기대한다. 아이들이 밖에서 돌아와 어머니를 불렀을 때 어머니의 음성을 들으면 그 마음속에 크나큰 사랑을 느끼고, 아내가 남편을 불렀을 때 믿음직스러운 대답을 받으면 곧 행복해진다.

국민들이 사회나 국가를 향하여 줄기차게 자신들의 욕구를 부르짖는 것도, 인간이 하나님을 향하여 깊은 기도 속에 잠기는 것도 자기 소망에 대한 응답을 얻으려는 간절한 염원의 발로다.

적령 아동들이 학교의 문을 두드려도 좁은 문이다. 아이들이 학교를 끝내고 집에 돌아와도 문이 굳게 닫혀 있어 열쇠를 손에 쥐고 다니는 '열쇠 아동'의 수가 늘어가고 있다.

이 모두가 사회 불안정의 요인들이요, 불안 조성의 여건들이다. 생활이 곤란하여 점심을 못 싸와 성장기의 아이들이 끼니를 거르는 불행이 있는가 하면 부모들은 고급 승용차에 좋은 주택에 살고 갖은 보석으로 장식을 한 채 생활하면서도, 아이들은 빈민 아동급식을 받게 하는 가정들이 있다니 이는 자기 기만이요, 인생의 헛된 계산이며, 아름다움과 진실 속에서 자라야 할 아동들에게 거짓과 위선의 허구를 일깨워 주는 비극이다.

장차 그들이 자라서 그 부모들을 어떻게 생각할 것이며, 그 마음의 치욕적인 상처를 무엇으로 보상받을 수 있겠는가를 생각해야 한다.

인생은 짧지만 정당하게 경주하기에는 길고 아름답고 고귀하게 살기에는 부족함이 없이 부여된 일생이다. 일생일사는 어쩔 수 없는 인간의 운명이기 때문에 우리는 그 한계상황 속에서 그날그날 최선을 다하는 삶을 살아야 한다.

무엇이 가득 담긴 그릇에는 새것을 넣을 수가 없다. 새것을 담기 위해서는 묵은 것을 과감히 버려야 한다. 우리 한인들이 미주에 옮겨올 때에 김포공항을 이륙하는 순간 대부분의 사람들이 깊은 기도와 명상에 잠기면서 새로운 각오와 신념을 다짐하였을 것이다. 옛것을 버리고 새것을 맞이하겠다는 확신을 세우면서 말이다. 그런데 우리 민족은 작은 국토 속에서 너무 오랜 역사들을 봉건사회를 유지하며 살아서인지 많은 사람들이 폐쇄적이고 관료주의적이며 블루칼라를 외면한 채 화이트칼라만을 선망하고 있다.

지금도 개척할 앞날이 멀고 할 일이 태산같이 가로놓여 있는데, 툭하면 출신 대학을 들먹이고 전직 경력을 자랑하며 조상들의 명성을 늘어놓기에 바쁘다. 관존민비의 낡은 역사 속에서 깃을 펴고 안주하려고 든다.

'오늘의 문제는 싸우는 것이고 내일의 문제는 이기는 것이다.'

이는 빅토르 위고의 명언이다.

역사는 과거도 아니고 미래도 아닌 오늘이 중요하다. 오늘의 수고가 땀으로 성숙하고 지금의 투쟁이 자유로 성취되고 이 순간의 개척이 미래의 초석으로 마련되는 것이다. 필자가 농사를 지을 때 트랙터로 밭을 갈면 땀먼지로 온몸이 덮여 허줄한 모습으로 밭 이랑에 설 때 많은 사람들이 찾아와서 그 수고를 격려하기보다는, 인간이 살면 얼마나 산다고 외국에 나와서까지 그렇게 험한 일을 하느냐고 동정을 하거나, 한국에서는 거지도 그렇지 않다고 걱정들을 한 적이 한두 번이 아니다.

초지를 일관하기 위해서는 주경야독의 줄기찬 노력이 필요하고, 오늘의 고난은 수고와 예지가 없이는 극복할 수가 없다. 국내에서도 그러하거니와 외국에서는 내가 아는 일, 내가 할 수 있는 일을 직업으로 택하는 것이 최상의 방법이다.

개인 사업가들의 수고는 노동자로 취급하고 공무원이나 회사원들은 귀한 것처럼 착각하고 있는 사고방식부터 고쳐야 실용주

의 사회인 미주에서 빠르게 정착할 수 있고 승리할 수 있다. 우
리 민족은 빈 수레의 요란한 소음이 망친 사회요, 대아를 모르
고 소리에 밝은 일본인들을 본받기에 바빠 섹스 동물이나 기생
파티의 전철을 밟고 있다.

물질을 넘어서는 정신의 세계와 육신을 초월한 이상의 광명대
도가 있음을 기억해야 할 것이다.

광막한 사막이나 바닷가에서 메아리를 보내면 거의가 잠식되
어 나약하고 허망한 소리로 되돌아오지만 푸르른 산과 산이 마
주 서고, 맑은 강 언덕에서 삶의 메아리를 보내면 아름다운 선
을 이루며 되돌아온다. 나는 너를 위하여 너는 나를 향하여 거
짓없이 보내는 진실의 메아리가 그리운 오늘이다.

자아의 발견

이 시대를 살아가는 우리들은 실존을 강하게 인식하면서도 실존의 망각 속에 슬픔에 싸인 채 살고 있다. 긍정의 맑은 시대를 외면하고 부정의 어두운 사회 속에서 자신을 잃고 살아온 것이다.

실존은 나 자신이요, 주인의식이요, 각성된 개체인데 주인이 문을 열어 둔 사이에 객이 그 자리를 차지하고, 오히려 주인이 거리에서 방황하며 자기 상실, 주객전도의 아픔을 겪어 온 것이다. 여기에 현대인들의 끝없는 불행과 허무의식이 병존해 왔다.

자기를 스스로 부정하고 이념과 주장의 구렁텅이 속에서 헤매이며 노예처럼 살던 과거가 사라지고 노도와 같이 밀려오는 자기 발견의 새날의 아침, 희망의 빛이 전세계에 가득한 오늘이다. 잃어버린 자아를 되찾기 위하여 자기 초월이 필요하고 허망한 시대상과 대결하기 위하여 자기 투쟁이 강하게 요청된 것이다.

비본래적인 자리에서 본래적인 자리로 되돌아오기 위하여 나타난 철학 이념이 실존주의다. 실존주의는 위기에 선 인간이 본래의 자신을 되찾고 인간의 자기 회복을 주장하는 사상이다. 이는 키에르케고르, 야스퍼스, 마르셀에 이르는 유신론적 실존주의와 니체, 하이데거, 사르트르에 이르는 무신론적 실존주의의 양대 산맥으로 전개되었다.

실존의 의미는 본질에 대한 현실 존재요, 개개의 개인이요, 하나의 주체를 뜻한다. 키에르케고르에 이르러서는 개별자, 단독자요, 남과 대체할 수 없는 나라는 개체가 곧 실존으로 정립된다. 사르트르는 '실존주의는 하나의 휴머니즘이다'라고 정의를 내렸고, 키에르케고르는 '주체성이 진리다'라는 명제를 제시하였다.

실존주의는 후에 가서 야스퍼스와 마르셀이 주도하는 유신론적 실존주의와 하이데거와 사르트르의 무신론적 실존주의로 맥을 달리한다.

야스퍼스는 실존을 가능적 실존, 서로 교통하는 실존, 실존의 역사성을 지적하고 결단의 능력을 지닌 가능적 존재로 연결하였다.

한편 그는 죽음, 번민, 투쟁, 죄와 같이 인간의 능력으로 어찌할 수 없는 극한의 한계상황적 존재로 인간을 진단한 것이다. 그러하기 때문에 야스퍼스의 실존은 신을 향하는 초월이다. 마르셀은 '자기 자신을 타자에 대해서 존재하는 자로서 다룰 때 비로소 나 자신은 실존한다'고 보고 너와 나와의 만남, 이것이 자신의 실존 철학의 핵심이라고 강조하였다.

무신론적 실존주의의 비조 니체는 '신은 죽었다'고 주장하고 신의 자리에 초인을 세우고 '고독은 나의 고향이다'라고 외치며 초인은 땅의 의지라고 부르짖었다. 니체의 실존은 신을 부정하는 실존이요 인간을 초극하려는 실존이었다.

하이데거는 야스퍼스와 더불어 독일의 대표적 철학자인데 신의 존재를 주장하는 것도 아니요, 부정하는 것도 아닌, 신과 인간은 아무 상관이 없는 존재라고 역설하였다. 인간은 사고인으로 살기 이전에 공작인으로 먼저 온다고 보고 일상성 속에서 장막에 가리워진 비본래적 자기에서 진실된 본래적 자기로 되돌아가자고 주장한다.

사르트르의 실존 속에는 불안, 고독, 절망이 강하게 존재하지만, 자아와 타아의 실존과 실존주의는 휴머니즘이란 명제가 함께 한다. 실존적 휴머니즘은 실존의 자유 위에서는 주체적, 행동적 휴머니즘이기에 마르크스주의를 비판하고 이는 실증주의를 가장한 하나의 형이상학이요, 변증법은 인간의 자유를 부정하는 윤리이며 유물변증법은 혁명의 신화에 불과하다고 공박하였다. 인간은 자유의 존재요, 실천의 주체다. 이 사회에 우연히 내던져진 존재이면서 이 사회를 초극하고 변혁할 수 있는 실존적 존재라고 본 것이다.

1848년 마르크스와 엥겔스가 공산주의자 동맹의 위촉을 받고 집필하여 공포된 공산당 선언 이후 세계는 기독교와 기계문명과 공산주의의 틈바구니 속에서 자유주의의 상징인 자본주의와 공산주의와의 이념 대결 속에서 세계를 양분한 극단적 파워게임을 하였으나, 고르바초프를 중심으로 한 소련의 변혁으로 인하여 동구권이 자유주의로 급선회하고, 남미권도 이에 가세되고 있다.

이제 세계의 이목이 한국과 중국을 위시한 동남아권으로 집중되고 있다. 역사의 변혁과 격랑 속에서 우리 한민족도 결의와 각오를 굳게 해야 할 때가 온 것이다. 효율적인 분배와 부의 형평을 내세우고 출발한 공산주의가 자유경쟁 속에서의 전진과 번영이 결여된 빈곤과 독재, 경제적인 낙후 속에서 더 이상 버틸 수 없이 공산주의 및 사회주의의 힘겨운 탈을 스스로 벗어던지고 자유민주주의를 향한 일대 변혁을 다짐한 것은 세계 속에서 살아남기 위한 생존권의 발동이요, 주체를 상실한 객체 속에서 오랜 방황을 끝내고 비본래적인 자아에서 본래적인 자아로 복귀하려는 자기 발견의 몸부림인 것이다.

애기·애타는 삶의 근본이며 인류 역사는 진정한 인격적 존경과 사랑이 없이는 존속할 수 없다는 값진 교훈을 여실히 증거해 준 것이다.

자주정신

자주란 남의 간섭을 받거나 남에게 의지하지 않고 제 힘으로 일을 처리하는 능력을 말한다. 그렇기 때문에 자주는 주체의식이요, 깨어 있는 나 자신이며 독립된 자아의식이다. 자주가 없는 곳에는 독립이 존속할 수가 없고 예속이 있을 뿐이다.

해방 이후 우리 민족같이 민주주의를 줄기차게 부르짖은 민족은 세계에서 그 유래를 찾아보기 힘들 것이다. 자주는 독립과 결합할 때 그 안정성을 견지할 수 있고 주체의식을 백분 발휘할 수 있다. 우리 민족이 한결같이 갈망하는 조국의 민주화나 통일화도 그 앞에 우선적으로 자주독립의 정신이 자리를 잡고, 그 이후에 자주와 민주, 자주와 통일, 자주와 번영의 열매가 성숙될 수 있다.

남한은 물론 공산주의를 통치이념으로 삼고 있는 북한에서도 민주를 한결같이 내세우고 있는 이유는 민주 속에 자주가 내포되어 있음을 제시하려는 것이나, 분명한 것은 민주에 앞서 국민

각자가 스스로 서서 맡은 바 직분을 성심 성의껏 실천할 수 있는 자주가 우선하여야 한다는 것이다. 자주에 반대되는 개념이 종속인데 종속은 주된 것에 부착된 장식에 지나지 아니하기 때문에 스스로의 개성과 기능을 발휘할 수가 없다.

고려가 멸망하고 조선이 건국되면서 역성혁명으로 개국한 이성계 일파는 억불승유 사대교린을 국시로 정하였다. 고려시대에 중흥된 불교의 지나친 국정 참여와 이 정신을 이어받은 우국충정의 고려 구신들의 힘을 꺾기 위한 묘책이요, 중국을 섬기고 일본과 선린우방의 관계를 유지하겠다는 정책이 바로 이것이었다. 국호를 정할 때도 명나라에 물어보고 세자를 책봉할 때에도 특사를 파견하였다.

오늘날 정권을 가진 자나 이를 위하여 투쟁하는 이들이 워싱턴의 눈치를 살피는 것도 힘의 부족에 의한 자주정신의 결핍 현상임에 분명하다.

88올림픽 때만 하여도 선진국의 정상에 오른 착각 속에 휘말렸고 해외여행의 문호를 크게 개방하고 해외 투지를 장려하던 상황이었으나, 1990년 초반부터 무역 적자가 월 5~6억 달러를 상회하고 경제성장률이 동남아 성장 국가 중 가장 낮은 2.8%로 나타난 것을 보면, 무분별한 개방주의 정책과 이에 부화뇌동하는 국민들의 정신적 타락이 한심한 경지에 도달한 듯하다.

브라질, 아르헨티나, 멕시코 등 중남미 국가들이 개발도상국가에서 중진국으로 향하던 도중 국가의 장기적인 정책 설정의 부재와 국민들의 자각 의식의 결여로 인하여 막중한 부채 국가로 전락하고 국제적인 신용 타락은 물론 극심한 인플레 현상으로

질곡 속에서 방황하고 있는 급박한 현실을 묵과하거나 좌시해서
는 안 될 것이다.

극단적인 경영주와 노조와의 대결, 무분별한 사치풍토의 만연,
남이 하니 나도 한다는 자아의식의 결여가 나를 망치고 국가를
경제 위기로 몰아넣는 극한 상황으로 치닫고 있다.

올림픽을 성공적으로 치러 선진국에 진입하였다고 자부하고
있으면서도, 서울 시가지에 우람하게 솟은 빌딩과는 대조적으로
아직도 뒷골목에서는 세계가 야만이라고 몰아치는 함성과는 아
랑곳없이 개 잡기에 바쁘고, 줄을 설 줄 모르는 새치기가 통례
로 인정되고 있는 현실을 보면 겉과 속, 물질과 정신, 이상과
현실의 차원에 너무나 거대한 유리 현상이 있음을 짐작할 수 있
다.

물질의 향유는 정신의 안정 속에서 이루어져야 그 진가가 발
휘된다. 경제성장으로 외화를 보유하였다 하여 무분별한 해외여
행을 권장하고 국내에서 대학에 떨어진 학생들에게 유학의 길을
열어놓고, 해외 동포들의 외화 반입을 꺼려하던 때가 엊그제인
데 무역 적자의 확산이라니 실로 금석지감을 금할 수 없다.

자주정신이 결여된 민족에겐 경제 번영이 지속될 수 없고 자
정이 넘은 줄 모르고 유흥가에서 태평가를 소리 높여 부르고,
성욕의 범람을 막을 길이 없어서 이발소를 찾아야 된다면 이는
분명한 망국 풍조요 민족 전체의 불행이 아닐 수 없다.

남은 통일을 하겠다는데 서신 왕래라도 헤어진 동족간에 나누
어야 할 것이 아니겠는가. 자주정신이 결여된 민족에겐 민주도
번영도 허례허식이 되기 싶다.

부동산 투기로 하루아침에 졸부가 된 이들의 무분별한 외화 도피와 빈익빈 부익부를 조장하여 국민들간의 연대의식에 괴리 현상을 가중시키는 비극적 현상이 하루속히 불식되어야 할 것이다.

이민 백 년을 헤아리는 오늘 해외 동포들도 이제는 동종동일의 업종으로 동족들간에 서로 출혈을 일삼지 말고 먼저 정착하여 눈이 뜨이고 입이 열린 사람들은 한인타운을 벗어나 미국인들과 사업을 경주하는 포부와 도량을 보여야 할 때가 되었다.

부화뇌동과 흥분 일변도와 타협을 외면하는 독단은 자주정신의 결여에서 오는 극단 현상이다.

우리는 이것을 국민총화의 예지로서 극복하는 노력이 필요하다. 조국의 진정한 민주주의 정착도, 해외 동포들의 경제적 자립도, 통일을 향한 국민의 의지도 자주와 독립정신의 정립에 초점을 맞추어야 한다. 자주정신이 없이는 인간이 인격으로서의 대접을 지상 어느 곳에서도 받을 수 없다. 자주정신, 이는 국내외 동포 모두가 인간답게 살기 위하여 시니고 살아야 할 금과옥조의 진리다.

미래의 유산

인간은 지상의 일회적인 삶 속에서 저마다 저다운 노래가 있고 염원이 있고 후손들에게 남겨 주고 싶은 유산이 있다. 정신적인 업적에 목표를 거는 사람, 물질적인 풍요에 역점을 두는 사람, 내세의 영적인 삶에 마음을 쏟는 사람, 각양각색 천차만별의 삶의 모습들이다. 미국과 같이 유언과 유산에 관하여 철저하게 제도적으로 장치가 잘 된 나라도 드물 것이다.

우리들이 고국에서 살거나 이민을 살거나 주어진 그 땅 그 시간의 삶이 고귀하고 소중하다. 오늘 이 순간의 나 자신이 모여서 일생의 삶이 형성되고 축적되기 때문이다. 우리 모든 인간들은 역사와 후예들 앞에 어떠한 발자취를 남기고 갈 것인가에 대하여 전전하고 궁궁한다. 파스칼의 지적과 같이 '지상에 와서 손톱 자국 하나라도 남기고 싶은' 저마다의 욕망이 있기 때문이다.

이 세상은 창조적인 소수에 의하여 향상되고 유지되며 길이 보전되어 간다. 삶의 모습들이 천태만상이지만 나 자신만을 위하여 열심히 살아가는 사람들이 있다. 남에게 피해도 주지 아니하고 도움도 주지 아니하며 마치 민족의 흥망성쇠와는 아무런 관계가 없는 것과 같이 생각하고 행동하는 사람들이다. 이들은 범부의 카테고리에 해당될 것이다.

주위에 보면 퍽 많은 재산을 지니고 있으면서도 자신을 위하여서는 별로 쓰는 것이 없이 모든 것을 늘려서 자식들에게 주겠다고 열심히 일하고 돈을 벌려고 애쓰는 사람들이 있다. 너무나 돈을 버는 일에만 몰두한 나머지 자녀들의 정신교육과 소명교육의 시기를 놓쳐서 적당한 간판은 지녔어도 사회에 나와서 투쟁하고 성공할 능력을 갖추지 못한 경우가 있다. 여기에도 삶의 방법에 커다란 문제가 뒤따른다.

어떤 사람들은 자식이란 마치 자신의 부족을 메꾸어 주는 부속물인 것처럼 착각한 나머지 학업을 독려함은 물론 열두 가지 특기란 특기는 모두 다 갖추어 주려고 과잉된 수고를 하는 사람들이 있다. 이들은 자신들의 과욕으로 인하여 아이들이 식상을 느끼고 종래엔 곁길로 가는 불행을 모르는 사람들이다.

하나님의 숫자에는 마이너스가 없다. 게으른 자의 재능과 자산을 능력자가 소유하여도 위에서 내려다볼 때의 그 숫자는 동일하기 때문이다. 이 세상은 뛰어난 사고인과 연마된 공작인, 그리고 성실한 능력인에 의하여 지속되는 것이다. 한 사람이 빼어난 머리와 우수한 기술과 훌륭한 지도력을 지닌다면 이보다 더 좋은 것이 없겠으나 인간에게는 하나하나에게 저마다 저다운 천품이 부여되는 것이 하늘의 뜻이다. 우리들에게는 각자가 무엇을 감당할 수 있는가, 스스로 그 능력을 찾아 소유하는 수고를 할 의무가 부여되는 것이다.

　부자가 능력이 부족한 후손들에게 아무리 많은 자산을 유산으로 남겨 주고 떠나가도 그 자산들은 얼마 안 가서 남의 것이 되고 만다. 그들에게는 이를 유지할 능력이 부족한 때문이다. '망건을 쓰고 번 돈을 갓쓴 자가 털어먹는다'는 뜻이 이것이다. 《탈무드》에 보면 '유대인들은 자신의 자녀들에게 생선을 사다 주지 아니하고 고기를 낚는 방법을 가르쳐 준다'고 하였다. 생선을 사다 주고 잘 먹고 건강하게 자라라고 격려해 주어도 부모가 그들의 곁을 떠나고 나면 고기를 잡는 방법을 몰라 종래에는 그들이 굶주리게 되고 말기 때문이다. 재물보다는 지혜와 능력이 우선하는 이유가 여기에 있다.

　세계적 대재벌이 말년을 고독에 쫓기다가 호텔방에서 유서 한 장 없이 일생을 마친 경우도 있다.

　돈을 벌 줄은 알아도 쓸 줄은 모르는 사람들이다. 겉으로 보기에는 그 사람이 그 사람 같으면서도 능력인과 무능인, 범인과 사명인 사이에는 엄청난 차이가 있다. 강철왕 카네기가 '부자가 부자인 채로 죽는 것은 인생의 가장 큰 치욕이다'라고 외치면서 예술의 전당 카네기홀을 남겨 놓은 것이라든가, 월트 디즈니의 어린이들을 위한 꿈의 나라, 철도왕 헌팅톤의 헌팅톤 라이브러리 등의 문화유산은 놀라운 사명의식의 발현이요, 업적이다.

　우리는 한 인간의 정신과 물질적 유업을 살펴볼 때 저절로 머리가 숙여지는 때가 한두 번이 아니다.

　이민을 사는 우리들은 과연 어떠한 유산들을 우리의 후손들에게 물려주어야 할 것인가, 물을 것도 없이 정신과 실력과 성실

이다. 이 속에서 존재의 의미를 스스로 물을 수 있는 소명의식
과 나는 무엇을 할 수 있다는 자부심과 싸워서 이길 수 있다는
강인성이 솟아나는 것이다.

　이민자에게 특히 중요한 것은 뿌리 교육인데 이는 모국어의
사용에서부터 온다. 유대인들의 시온주의, 중국인들의 차이나타
운, 일본인들의 리틀도쿄가 모두 그것이다. 한인사회의 지도자
라고 자처하는 이들의 자녀들이 한국말을 못하는 것을 볼 때 마
음이 아프다. 물질에 앞서는 것이 정신이요, 정신을 리더하는
것이 민족혼이다. 우리는 우리의 후손들에게 조국의 얼과 혼을
영원한 미래의 유산으로 남겨 주고 떠나가야 한다. 그들 속에서
강건한 내일이 자라날 수 있기 때문이다.

권리와 의무

우리나라 민법 제1조를 보면 '권리의 행사와 의무의 이행은 신의를 좇아 성실히 행해야 한다'고 제정되어 있다. 권리란 국민들이 주어진 이익을 주장하고 또 누릴 수 있는 법률상의 능력을 말하며, 법의 한도 내에서 주어진 자유를 향유할 수 있는 권한을 의미한다.

반면에 의무란 법률로서 강제하는 작위 또는 부작위를 의미하며, 의무를 성실히 수행한 자에게 권리가 부여되며 권리를 주장하는 자에게 의무가 수반되는 상관관계를 가진다. 모든 국가의 헌법에 국민의 권리와 의무가 명확하게 규정되어 있다.

법이 아무리 잘 제정되어 있어도 자신의 권리를 스스로 지켜 침해당하지 아니하고 국민으로서의 의무를 다하는 국가라야 민주국가로서의 자격을 견지할 수 있다.

우리나라에서 민주주의의가 제대로 뿌리를 내리지 못하는 것도 국민과 위정자들의 자질이 제대로 갖추어져 있지 아니하기

때문이다. 우리 국민들은 봉건 전제국가 체제 속에서 너무나 오
랜 시일을 지나왔고 민주주의 제도가 자생적이 아니고 이식된
처지이기 때문에 정상적으로 착근하기가 힘든 것이다.

국민들의 생살여탈지권을 휘두르는 폭군이 있는 나라에 민주
주의가 있을 수 없듯이, 권리 위에 잠자는 국민이 있는 국가에
도 민주주의의 꽃은 피지 아니한다. 자기에게 주어진 의무를 성
실히 수행하고 부여된 권리를 바로 찾는 민주의식이 강하게 요
청되는 시대가 오늘이다.

우리 한국인들은 사색당쟁과 잦은 외침 속에서 살아남기 위하
여 눈치만 봐온 터라서 어지간한 것은 적당히 지나치고 눈감아
주는 악습이 있다. 이 습관이 누적되어 적당주의, 안일주의, 무
사주의로 정착되었다. 미주 교포들의 실상을 봐도 알 수 있다.
사업체에서 강도를 당해도 신고를 기피하고 큰 사고가 없이 지
났으니 다행이라고 안도한다. '행동은 습관을 낳고 습관은 성격
을 형성하고 성격은 운명을 지배한다'는 말이 있다. 작은 원인을
잘못 다스리면 큰 원인이 발생하여 차후에 치유가 불가능하고
수습이 곤란해진다.

필자가 이민 초기에 로스앤젤레스 다운타운 부근에서 그로서
리마켓을 경영한 일이 있다. 하루는 이른 아침에 문을 열자마자
야전 잠바 속에서 쇠톱으로 총구 부분을 자른 샷건을 든 강도가
여인과 함께 들어왔다. 그래서 돈을 털리고 뒷전에 쫓겨가 있다
가, 나도 맹호사단 출신인데 당할 수만 없다 생각하고 뒤를 추
격하여 달아나는 차의 라이센스 넘버를 적어 경찰에 연락했더
니, 2주 후에 법정에 증인으로 출두하라는 통지가 왔는데 13명

의 피해자 중 무려 9명이 한국인인 것에 적이 놀랐다. 이 중에
는 나와 같이 소형 마켓이나 리커마켓이 대부분인데, 카메라가
설치된 곳도 있었으나 초범인 경우에는 거의가 잡기 힘들고, 카
라이센스 넘버를 제공한 정보에 의해 잡혔으므로 증인으로서의
책무가 컸던 것이다.

요즈음은 교포들의 수가 늘고 질적으로도 성장함에 따라 시의
원, 연방하원의원, 주지사 등에 도전하는 이들이 늘어가고 있
다. 이는 우리에게 주어진 권리를 스스로 찾고 국위를 선양하는
데 너무나 당연하고 경하해야 할 일이다.

그런데 여기에도 여러 가지 난제들이 도사리고 있다. 고귀한
선거권을 가볍게 포기하는 교포 유권자들의 소극적인 태도와 한
인들이 나서야 돈이나 허비하지 당선이야 되겠나 하는 회의적인
반응이 곧 그것이다.

하나의 목표를 정했으면 그 길을 향하여 줄달음쳐야 하고, 이
의 성공을 위해 동족들의 크나큰 뒷받침이 있어야 할 것이다.
선거란 인기 열풍에 의해 의외의 인물이 예상을 뒤엎고 당선되
는 수도 있으나 후보자로 나서기엔 상당한 인격과 능력 그리고
경험이 뒷받침되어 유권자들의 호응을 얻을 수 있는 인물이어야
한다. 적어도 미주에서 동족들에게 후원을 호소하려면 자신이
과거에 얼마나 한인사회를 위하여 음으로 양으로 공헌과 봉사를
하였으며, 이 땅에서 자타가 인정할 만한 공직에서 경험을 쌓은
사람이라야 적격일 것이다. 이러한 성공적 승산과 요인이 결여
된 채 개인의 영웅 심리의 발로로 후보로 나서서 밀져야 본전이
라는 생각으로 출마를 하고 어린이들의 벙어리 저금통과 노인들

의 푼돈마저 긁어모아 거리에 뿌리는 어리석음과 염려가 배제된 정계 진출의 꿈이라야 할 것이다.

　성실무비와 근검노작과 멸사봉공의 정신이 남을 위하여 윗자리에 서려는 자들의 자세와 행동양식이 되어야 한다는 뜻이다. 로스앤젤레스 한인회의 수없이 반복되는 추태를 바라보면서 한인회 무용론이 대두되는 것도 모두 이 때문이다. 요즘은 시작된 인구센서스에 적극적으로 참여하는 것도 우리의 권익을 보장받는 귀한 의무의 하나이다. 의무를 다하지 못한 자가 권리의 영광만을 주장하는 것은 미국민과 교포들을 우롱하는 처사임이 분명하기 때문이다.

도산의 마음

지난 3월 10일은 도산 안창호 선생의 순국 52주년이 되는 날이었다.

그는 1987년 평양에서 태어나서 1938년 3월 10일 서울대학병원에서 옥환으로 인한 병고로 몽매간에도 그리던 조국 해방을 못 보고 인생을 마감하였다.

도산의 마음속에는 이상이 있었다. 1902년 결혼 후 큰 꿈을 품고 학업을 목표로 도미하였다. 그 당시 미국에 와 있는 많은 교포들이 철도 노동자로 강제 징용된 사람들이거나 하와이 사탕수수밭에 노동자로 이주된 사람들이어서, 교육적 차원을 생각하기가 힘든 처지였고 높은 구국 사상을 기대하기가 어려운 실정이었다. 생존은 있어도 생활이 부재하였고 오늘은 있어도 내일이 희미한 생태였다.

하루는 상항에서 인삼 판매 구역 시비 문제로 한인 두 사람이 상투를 맞잡고 싸움을 벌이고 있는데, 모든 사람들이 구경만 하고 있을 때 뛰어들어 말리는 청년이 있었다. 그런데 이가 곧 도산이었다 하는 일화는 너무나 유명하다.

그 이후 그는 자신의 학업보다는 민중계몽이 더욱 시급하다는 결론 아래, 교포들의 가정을 찾아다니며 방을 청소해 주고 커튼을 손수 달아 주며, 외국에 나와 사는 사람들로서 이들과 풍습이나 습관이 달라 괄시를 받고 무시당하고 있는 상황에서 벗어나게 해주는 것이 급선무라는 사실을 깨달은 후, 학업을 중단하고 민중계몽에 심혈을 기울였다.

도산의 마음에는 사랑이 있었다. '너도 사랑을 공부하고 나도 사랑을 공부하자. 남자도 여자도 우리 2천만 한족은 서로 사랑하는 민족이 되자'고 동족애와 애국애족의 정신을 강조하고 솔선수범하는 본을 스스로 보였다.

'내게 한 옳음이 있으면 남에게도 한 옳음이 있을 것을 인정하여 남의 의견이 나와 다르다 해서 그를 미워하는 편협한 일을 아니하면 세상에는 화평이 있을 것이다'라고 늘 강조한 것이다. 그는 수양인의 사표요, 애국자의 본보기요, 사·언·행을 앞세우는 민족의 위대한 교육자였다.

도산의 마음에는 개척정신이 있었다. '무실역행으로 생명을 삼는 충의 남녀를 단합하여 정의를 돈수하며, 덕·체·지 삼육을 동맹수련하여 건전한 인격을 지으며 신성한 단체를 이루어 우리 민족 전도대업의 기초를 준비함'이 흥사단 창립의 목적이었음을 보아도, 그의 깊은 마음과 미래지향적 넓은 마음과 높은 의지를 엿볼 수 있다.

'만일 너도 한국을 사랑하고 나도 한국을 사랑할 것 같으면 너와 나와 우리가 단합하여 한국을 개조하자. 교육과 종교도 개조하고 농업도 개조하고 풍습과 습관도 개조하여야 한다. 음식, 의복, 거처도 개조하고 도시와 농촌도 개조하고 우리 강과 산도 개조하여야 한다'고 역설하였다.

그날그날을 안일과 무사로 넘기려 하고 적당주의에 안주하려고 하는 게으른 마음에 투쟁과 용기, 참여와 수고의 경종을 울려 준 것이다.

도산의 마음에는 진실이 있었다. '나 하나를 건전한 인격으로 만드는 것이 우리 민족을 건전하게 하는 유일한 길이다', '미국의 과수원에서 귤 한 개를 정성껏 따는 것이 나라를 위하는 것이요'라고 가르치면서 온타리오와 치노벌에서 교포들과 오렌지를 따고, 오늘의 수고와 고난을 내일을 위하여 굳게 참자고 약하고 가난하고 서러워하는 동족들을 위로하고 격려하였다.

그가 진실한 민족의 지도자가 된 것은 솔선수범의 본보기가 따랐기 때문이다.

'참배나무에는 참배가 열리고 돌배나무에는 돌배가 열리는 것처럼, 독립할 자격이 있는 민족에게는 독립의 열매가 있고 노예될 만한 자격이 있는 민족에게는 망국의 열매가 있다'고 경고하고 일깨웠다.

오늘날 우리 교포들이 이 땅에 와서 이만큼 풍요의 열매를 거두는 것은 결코 우연이 아니다. 도산과 같은 지도자와 그를 따르던 우리들의 이민 선배들이 정성의 나무와 성실의 나무를 땀 흘려 심고 가꾸었기 때문이요, 외국인으로서 이들과 같이 자유를 누리고 있음은 마틴 루터 킹 주니어 목사와 같이 자신을 희생시키면서까지 자유의 나무를 이 땅에 심은 까닭이다.

도산의 마음에는 애국이 있었다.

'나는 밥을 먹어도 대한의 독립을 위해, 잠을 자도 대한의 독립을 위해서 해왔다. 이것은 내 목숨이 없어질 때까지 변함이 없을 것이다'라고 그의 굳은 의지와 결의를 다짐하였다.

그때나 지금이나 개인의 영달과 출세를 위해서는 자천타천 나서는 사람들이 헤아릴 수 없이 많았고, 비분강개하고 동서남북을 분간 못하는, 자칭 애국자는 많았어도 가슴에 손을 얹고 민족의 내일을 위해 깊게 기도하는 우국지사는 적었던 것이다. '나라가 없고서 한 집안과 한 몸이 있을 수 없고 민족이 천대받을 때 혼자만이 영광을 누릴 수 없다'고 민족 수난에 동참하고 민족 개조에 앞장서며 불철주야 수고한 도산의 정신을 본받아야 할 우리들이다. 그가 떠난 고국과 미주땅에도 사랑과 진실 그리고 개척의 나무를 심을 때 우리 민족도 독일과 같이 통일의 서광이 비쳐 올 것이다. 도산과 같이 사심없는 민족의 지도자가 그리운 오늘이다.

기업의 사명

울안의 옹달샘이 한 가족이 마실 때엔 개인 소유가 되지만, 그 물줄기가 울을 넘어 시내가 되고 하천이 되어 여러 사람들이 이용할 때엔 공유가 되어 개인의 마음대로 그 물줄기를 막았다 풀었다 할 수 없게 된다.

내가 자라서 우리가 되고 우리가 모여서 모두가 되는 개인, 국가, 세계가 인류사회의 고리로 연결되어 지구 가족을 형성하게 된다.

아프리카 남단의 조그마한 소식이 전파를 타고 즉시 세계로 전해지고 한국에서 생산되는 현대 엑셀이 세계 무대로 향해 달리는 것도 이 때문이다. 빵 한 쪽이 굶주린 이웃을 외면하고 나만이 먹을 때는 자신의 생명을 죽이는 독약이 될 수 있어도 배고픈 이웃과 나누어 먹을 때는 사랑이 되는 원리와 같이, 현대는 나를 넘어선 우리와 이웃을 생각하는 사랑과 봉사의 정신이 있어야 사업이 세계의 신뢰를 받는 기업으로 성장할 수 있다.

우리는 얼마 전 공업용 우지로 라면을 생산하여 팔았다는 사실에 대하여 배신감과 분노를 금치 못하고 있다. 이를 생산한 기업들이 우리들의 가난과 더불어 굶주린 배를 채우며 자란 식품들이란 점에서 더 큰 충격을 받는다. 우리 국민들은 왜정의 식민지 시대를 거치고 6·25의 뼈저린 동족상잔의 비극을 겪는 동안 초근목피로 연명하고 조반석죽으로 만족하며 보릿고개의 한을 가슴 깊이 간직한 서러운 민족이다.

라면이라면 부유층보다는 가난한 노동자, 고학생, 공장 숙련공들이 진수성찬처럼 생각하며 애용하던 식품임을 생각할 때, 국민 기업으로 성장하여 그 이익의 일부를 사회에 환원해야 할 처지에 있는 기업들이 국민들을 우롱한 데 대하여 가슴 아픈 마음을 금할 수 없다.

국민들과 더불어 더구나 가난하고 굶주린 민중과 함께 성장한 기업이라면 이들의 서러움을 간직하는 도량이 있어야 한다.

우리들은 군화를 물에 불려서 그 가죽으로 만든 설렁탕을 먹은 경험이 있고, 백회가루를 섞어 만든 두부와 농약으로 키운 콩나물을 먹고 자랐으며, 담배 꽁초로 끓인 커피를 마시고 벽돌가루를 섞어서 만든 화장품을 고운 뺨에 바르며 자란 슬픈 추억을 전설처럼 간직하고 살아온 세대들이다.

성경에 '천하를 얻더라도 네 생명을 잃는다면 무슨 소용이 있으리요'라는 생명의 고귀함과 삶의 숭고함과 존재의 위대함을 일깨워 준 진리를 다시 한번 되새겨야 할 때가 된 듯하다.

심히 갈하여 한강물은 마실 수 있어도 하수구물은 마실 수가 없고 걸레를 삶아서 행주로 쓸 수는 없는 것인데, 식용이 아닌

공업용 우지를 식품에 사용한 기업주와 이를 허가해 준 행정관서는 이 기회에 책임의 소재를 묻고 국민 앞에 사죄하는 겸허한 심정으로 서야 할 것이다.

고국을 방문해서 기성복을 사 입어 본 사람이면 절실히 느꼈을 일의 하나가, 세탁을 해보면 안감이 오그라들어 입기 곤란한 사실들을 기억할 것이다. 이들을 만든 업체가 국내 굴지의 기업들이요, 구입한 장소 또한 유명 백화점들이다.

88올림픽을 치러 국민의 의식수준이 높아지고 경제발전국의 면모를 세계에 과시하였다 하여 스스로 과찬하고 있으나 양보가 없는 밀치고 들어서기, 정력 강장제라면 독충도 마다 않는 경망스러움, 일본인들을 경제동물이라 규탄하기가 엊그제인데 동남아시아를 돌아다니며 추태를 부리는 행객들의 작태가 심히 한심스럽다.

인간은 신 앞에 떳떳이 서야 하는 사명적 존재이다. 생명의 존엄성을 경시하고 국민의 건강을 외면하면서 치부에만 혈안이 된 저들이라면, 과연 사후에 무엇을 남기고 갈 것이며 어떤 것을 지니고 갈지 궁금하다. 국민을 우롱하는 사이비 기업정신과 돈이면 제일이라는 황금만능의 졸장부일수록, 그들의 자녀들은 해외에 도피시켜 호의호식 영화를 누리고 외화를 낭비시키는 사례를 너무나 많이 보아온 우리가 아닌가.

이들이 과연 비식용 우지로 만든 라면을 자신이 즐기고 자녀들에게 먹였을지 심히 의심스럽다.

각자 인생에게는 주어진 몫이 있고, 사회엔 형평을 유지하기 위한 법과 윤리가 있으며, 기업가에겐 보국안민의 고귀한 사명이 있다.

　이마에 땀을 흘리지 아니하고 살아가려는 불한당과 국민의 건강을 경시하는 감독청과 적당주의의 기업인들은 차제에 국민들의 냉엄한 심판을 받아야 한다. 국가에게 기업이 소중한 것처럼 소비자들의 권익이 소중하고 경제성장에 정비례하여 신용과 도덕의 자본이 함께 축적되어야 한다.

　아브라함 링컨의 말과 같이 '인간을 잠시는 속일 수 있어도 오랫동안 계속해서 속일 수는 없다.'

　라면의 충격이 모두의 가슴을 세차게 흔들고 있다.

삶의 윤리

인간은 사랑에 의존하고 살아가는 동물이다. 잠시라도 사랑이 없으면 허전해 못 배기고 이를 찾아 나서야 직성이 풀리는 존재가 곧 인간이다.

'사람은 누구나 자기를 사랑해 주는 사람이 없으면 2개월 이내에 정신착란증을 일으킨다'는 앨퍼트(Allpart) 교수의 말이 이를 잘 뒷받침해 주고 있다.

그러나 이에 못지 않게 중요한 것이 인간의 윤리다. 윤리는 인간이 바로 살아 나가는 삶의 길이요, 상호 신뢰의 법칙이며 인류의 대도다. 유교에서는 도덕의 기본으로 군위신강, 부위부강, 부위자강의 삼강을 세워서 임금과 신하, 부부간과 아버지와 자녀간의 율법을 세웠다. 그리고 더 나아가 다섯 가지의 윤리, 즉 군신유의, 부자유친, 부부유별, 장유유서, 붕우유신의 오륜으로 나누고, 사회를 움직이는 질서로 의리와 친함과 구별과 차례와 신의를 중시하였다.

인지가 계발되고 개인의 인격이 존중되는 핵사회로 문화 계층
이 변모함에 따라 과거의 상하 계급 윤리가 평등의 원리로 바뀌
었고, 상호 신뢰의 차원으로 개인의 생각이 높여지는 상황으로
급변하였다.

빠른 템포의 사회 변화와 더불어 동양의 전통사회 윤리 속에
서 단일민족으로서의 도덕 규범과 삶의 방법을 익히고 살아온
우리가 환경과 토양 그리고 풍속이 다른 이국땅으로 옮겨졌을
때 받는 충격이란 말할 수 없이 크고 깊다.

사회의 변화에 적응하려는 노력과 새로운 토양에 정착의 뿌리
를 내리려는 교포들이 불철주야로 노력하면서 경제적으로 성장
하고 정신적으로 자립하고 있는 이때에, 재미교포들은 수전노나
다름이 없는 생활을 하고 있다고 혹평하는 일부 고국 인사들을
볼 때 너무나 한심하다는 생각이 든다.

그러나 우리에게도 문제가 없는 것은 아니다. 나의 성공을 위
해서 이웃 동족이 안 보이고 빠른 성장을 위해서 수단과 방법을
가리지 않는 사례가 빈번하게 발생하기 때문이다. '수단은 목적
을 신성시한다'는 말이 있다. 선의의 경쟁과 급할 때엔 돌아가는
여유가 있어야 한다.

중국인들은 사업을 할 때 너도 살고 나도 사는 방법을 택하
고, 일본인들은 나는 살고 너는 죽는 데까지 이르고, 한국인들
은 나도 죽고 너도 죽는 극단적인 방법을 택한다는 비유가 있
다.

비근한 예로 요즈음 한인 마켓에 나가 보면 파 10단에 99 ¢,
무 1파운드에 1 ¢, 총각무·풋배추 20단에 99 ¢ 하는 실상을 쉽

게 발견할 수 있다.

무리한 확장, 과대한 경쟁, 남은 죽어도 내가 일등이어야 한다는 비양심적이고 빗나간 상혼이 난무하는 상황을 볼 때 물건을 싸게 산다고 해서 좋은 것만은 아닌 것 같다. 그 물건을 장바구니에 담을 때 기쁜 마음이 아니고 손이 떨리는 아픔을 겪게 된다.

화씨 1백도가 넘는 폭양과 콜로라도 강물을 끌어다가 식수와 농업용수로 사용하는 캘리포니아에서 기른 농작물들이 살인적인 가격으로 거래되고 있다는 것은, 일차로 사업가들의 책임이겠으나 농민들의 무리한 경쟁의식에 더 큰 불행이 있다고 하겠다.

필자도 농장을 경영하는 농부의 한 사람으로서 과거 우리는 '농자는 천하지대본이다'라는 풍토 속에서 성장했다. 그러나 오늘날은 고국에서나 미국에서나 농자는 '천하지고생'으로 전락되어 국내 시골에서는 혼기의 청년들이 결혼을 못하는 비극이 일어나고 있다.

수년 전 별세하신 장리욱 박사께서는 우리의 실상을 보다 못해 '나성 한인사회는 마치 서울의 동대문구와 영등포구를 옮겨다 놓은 것 같다'고 염려하셨다.

삶의 수고가 헛되고 노력의 대가가 없는 것같이 불행한 일이란 없다. 요란히 거리를 굴러가는 빈 수레의 잡음과 내허외화의 표현주의 삶의 태도가 인생을 망치는 첩경이다.

느리면서도 벽 돌 한 장을 바르게 쌓아올리는 정성과 오늘은 약간의 손해를 보더라도 내일의 신용을 축적하는 인내와 나만의 승리보다는 남과 더불어 사는 공동의 윤리가 절실히 필요한 현실이다. 윤리란 상호 신뢰의 척도요 악을 누르고 선으로 향하려는 의지며 어둡고 가난한 사회를 번영과 빛의 세계로 인도하는 정도이다.

　이 땅은 이를 위해서 우리의 선각자 도산 안창호 선생께서 손수 교포들의 유리창을 닦아 주고 커튼을 달아 준 곳이다. 우리가 바로 살아야 우리의 후손들이 제대로 뿌리를 내리고 정착할 수 있고 우리도 편한 마음으로 스스로 선택한 나라에 뼈를 묻을 수 있다. 윤리는 우리의 삶을 바른길로 인도한 정명대도의 원대한 길이다.

현대인과 수필문학

많은 한국 사람들이 '수필' 하면 피천득을 생각하고 피천득 하면 수필을 연상한다. 피천득의 에세이 《수필》 속에는, '수필은 청자연적이다. 수필은 난이요, 학이요, 청초하고 몸맵시 날렵한 여인이다. 그 여인이 걸어가는 숲속으로 난 평탄하고 고요한 길이다'라고, 푸른 숲을 껴안고 조잘조잘 흐르는 시냇물 소리같이 닦을 곳을 닦고 채울 곳을 채우고 비울 곳을 비우면서 초연하고 여유 있게 문장이 흘러간다.

국어사전(이희승 편)에 보면, '수필이란 생각나는 대로 붓 가는 대로 형식 없이 써나가는 산문의 하나'라고 기록되어 있다. 글이란 쓰는 사람의 사상과 체험, 그리고 심미적인 안목에 의해 탄생되는 언어와 문자를 매체로 한 예술이기 때문에 학자에 따라 양식이 다를 수 있고, 필자에 따라 주장이 상이할 수 있으며, 독자의 감상에 따라 표현이 다르게 나타날 수 있다. 그러나 문덕수의 정의와 같이 무형식의 형식을 가진 시도로서 비교적 짧으며 개인적이며 서정적인 특성을 지닌 산문 형식의 문장이라 할 수 있다. 여기에서 특별히 주의해야 할 것은, 수필이 아무리 개인의 생각과 표현의 자유가 있다 하더라도 자기 자랑이나 넋두리에 지나친 나머지 객관성을 잃거나 독창성에 흠집이 있어서는 아니 될 것이다. 자신의 생각이 글로 옮겨지고 이 글이 문자란 매체를 통하여 형상화 내지는 활자화될 때엔 벌써 나를 떠난 너와 우리의 차원으로 변모되고 발전된 것이기 때문에, 주관성을 초월한 객관성의 차원으로 승화되고 격상되어 있음을 기억해야 될 것이다.

수필이란 일반적으로 영어로는 에세이로 표현되고 있는데, 옥스포드 사전에는 '글을 쓴 이의 초점을 맞춘 정교성을 지닌 글'로 기록되어 있기도 하다. 에세이는 어떠한 주제 또는 한 주제의 일부분이 되는 것에 대하여 적절한 길이의 작문이다. 그것은 본래의 완결성의 부족을 내포하고, 규칙적인 것이 아니며 숙고되지 않은 것이지만, 오늘날의 범위에 있어서는 제한이 있으나 문제에 있어서는 나소 정교성을 가지게 된 작문을 말하는 것이다.

시는 더 말할 나위가 없고, 수필에 있어서도 내 자신이 먼저 감동하지 아니하고서는 남을 감동시킬 수가 없고, 작가 자신의 외침이 강하지 아니하고서는 독자들이 따라오지 아니한다.

주제의 설정과 소재의 선택을 통한 작품의 내용들을 자신의 용광로 속에서 오랜 시간과 고뇌를 통하여 용해한 이후라야 걸작품이 탄생되는 것이다. 법정 스님의 표현과 같이 '침묵의 체로 거르지 않은 말은 사실 소음이나 다를 바 없다'는 지적이 너무나 적절한 예가 될 것이다.

수필은 비전문성 속에서 문학으로 지향되는 장르이고, 형식이 자유로우며 글을 통하여 필자의 개성이 강하게 나타나게 되므로 작자의 사상, 정서, 양식 등이 자유분방하게 표현되는 문학형식이다. 수필문학의 공통적인 특성은 첫째로, 개성이 강한 문학이기 때문에 내용과 상황이 같을지라도 작품은 작자의 개성에 의존하게 되며, 둘째로, 무형식 속의 형식문학이므로 시나 소설에 비해 구성과 표현이 자유로워 전문가가 아니라도 작품을 쓸 수가 있다. 셋째는, 산문문학이란 점으로 시가 창조적인 농축의 과정 속에서 탄생되는 데 비해 수필은 구성적인 분산의 과정 속에서 생성된다고 보는 점이 영국의 H.리드의 주장이다. 넷째로, 수필은 다양한 소재의 문학이다. 어떠한 내용과 주제라도 필자의 선택에 따라서 자유롭게 취사 선택할 수 있기 때문이다. 시나 소설과는 달리 수필 속에서는 필자의 자질과 역량에 따라 다양한 유머와 위트가 함께 할 수 있어 희비애락이 병존할 수 있으며, 지성을 통해 용해 여과된 풍부한 정서와 심오한 예지가 재치있게 번득일 수 있다. 여섯째로, 수필은 심미적이며 예술적 가치의 문학이란 점이다. 기법이나 문체에 의해 심미적 가치와 예술성을 통한 사유나 일상생활 속에 얻은 철학적 가치와 사상이 혼연일체를 이룬 문학이란 특성을 지닌다.

수필이 인간의 사상을 제시하고 삶의 의식을 찾는다는 점에서는 철학성이 혼화되어야 하지만, 수필이 문학성에 근간을 둔다는 사실에 입각하면 예술성의 중요함을 잊을 수가 없다.

수필의 종류에 있어서 문덕수는 제재, 주제, 논점 등의 내용을 중심으로 하여 과학적 수필, 철학적 수필, 비평적 수필, 역사적 수필, 종교적 수필, 개인적 수필, 강연집, 논설집 등 8종으로 분류하였다.

여러 학자들이 여러 가지 모양으로 분류하였으나 거의가 대동소이함을 알 수 있다.

이민은 육신을 옮겨 심은 이식이며 정신의 옮겨 심음인 동시에 야망(꿈)의 옮겨 심음이다. 자신이 태어난 고향이나 고국을 떠나기로 마음먹기까지는(철모르는 어린아이들이 무조건 부모를 따라오는 경우는 다르지만) 자신의 마음속에 중대한 결단이 요구되고, 이민의 장도에 오르는 순간 초지를 일관시키겠다는 각오가 강하게 작용한다. 여기에 육신의 곤고와 마음의 충격과 과거와 미래 속에서의 갈등이 연속되며, 정신적 스트레스가 쌓이게 되고 획일적인 생활의 반복 속에 강한 불만을 내포하기 쉽다. 이 것을 효율적으로 극복하는 것이 성공적인 이민생활이다.

육신의 공동화(空洞化)는 영양섭취와 운동으로, 영혼의 공동화는 신앙심으로 극복할 수 있지만, 정신의 공동화는 독서의 수양 그리고 취미생활밖에는 극복할 길이 없다. 여기에 전문성이 요구되지 아니하는 수필문학의 설 자리가 있음을 알아야 한다. 나를 남에게 알리고 남을 바로 알 수 있는 길이 수필문학을 통해서만이 분명해질 수 있기 때문이다.

피천득은 그의 명작 《수필》 말미에서 '이 마음의 여유가 없어서 수필을 못 쓰는 것은 슬픈 일이다. 때로는 억지로 마음의 여유를 가지려 하다가 그런 여유를 갖는 것이 죄스러운 것 같기도 하여 나의 마지막 십분지 일까지도 숫제 초조와 번잡에 다 주어 버리는 것이다'라고 결론짓고 있다. 뼈에 구멍이 생기는 골다공증도 몸을 망치는 중병이지만, 마음에 구멍이 뚫리는 정신다공증은 더욱더 무서운 병이다.

풍요로운 이민의 삶을 살아가기 위해서는, 나는 너의 인생을 바라보며 너는 나의 삶에 눈길을 돌리면서 서로 관심을 가지고 동행하는 그 길이 가장 아름다운 길이다.

글은 곧 인간 그 자체이기도 하다. 현대인들에게 있어서의 수필문학이 얼마나 고귀한 인생의 덕목인가!

민족의 양심을 되찾자

자연은 질서의 세계이고 자연 속에 사는 우리들이 그 꿈속에서 평화를 추구하다 보면 양심적이 되고, 양심이 세상을 이끌어 가게 되면 세상은 아름답게 된다.

3월은 민족의 달이다.

1919년 3월, 우리의 선열들은 일본에 빼앗긴 조국을 되찾기 위해 '오등은 자에 아조선의 독립국임과 조선인의 자주민임을 선언하노라'고 침략국인 일본과 세계 만방을 향해 정정당당하게 선언하고, 잃은 조국을 되찾기 위해 왜정의 칼날 앞에 생명을 내걸고 손에 손에 태극기를 흔들며 조선독립 만세를 외친 달이다. 숱한 민족이 목숨을 잃고 갖은 학대와 옥고를 치르면서 우리 민족의 정당한 의지와 결의를 온 세계 앞에 선언한 자주의 달인 것이다.

육당 최남선이 기초한 독립선언문은 토마스 제퍼슨이 기초한 미국독립선언문을 능가하는 명문장일 뿐만 아니라, 우리의 민족혼이 넘쳐 흐르는 삼천만 겨레의 의지였던 것이다. 그렇기 때문에 우리의 선열들은 이를 '시천의 명명이며 시대의 대세이며 전인류 공존 동생권의 정당한 발동이라 천하 하물이든지 차를 저지 억제치 못할 지니라'고 단호한 민족적 신념을 표현하였던 것이다. 우리 민족이 세계를 향해 이처럼 강하고 분명하며 목숨을 걸고 민족적 결단을 보여준 예는 역사상 없었기 때문에 더욱더 그 의의가 크다.

역사학자 아놀드 토인비는 일찍이 역사 위에 위대한 업적을 남긴 민족을 보면 '진실한 국민성과 굳건한 단결력, 왕성한 활동력이 있는 민족들이었다'고 진단하였다.

우리 민족은 고대로부터 하늘을 경외하고 사람을 사랑하라는 '경천애인'과 인간을 널리 사랑하라는 '홍익인간'의 이념 속에서 진실을 추구하고 참을 사랑하는 마음이 넘쳐나는 민족이었다.

우리 민족이 외세에 침략을 받은 바는 여러 차례 있었지만, 스스로 이웃을 침범한 예가 없었던 것을 보아도 이를 넉넉히 짐작할 수 있다.

단결력은 3·1운동을 통해서나 광주학생사건, 4·19혁명 때도 이를 증명하였고, 동족상잔의 피비린내 나는 6·25 전쟁 속에 폐허가 된 조국 강토를 경제 중진국으로 건설한 것만으로도 왕성한 활동력을 짐작하고도 남는다.

또한 숱한 외국으로의 이민들의 삶이 일취월장하고 있는 것을 보아도 우리 민족의 우수성을 알 수 있다. 그리고 지금 이 순간에도 사하라 사막에서 통수관을 묻고 있는 근로 동족들의 땀방울을 생각한다면 우리 민족의 미래가 결코 불행하지만은 않다.

그런데 지금 우리의 조국은 지역감정의 심각한 대결과 부정부패의 만연 속에서 허덕이고 있다. 고위층은 더러운 손과 맞잡고, 재벌들은 사세 확장을 위해 암거래에 바쁘며, 검찰은 행정부의 눈치나 보며 그의 시녀가 되어 부정 부패 척결에 신뢰를 잃고, 졸부들은 사유재산 증식에 혈안이 되었다. 이들이 해외에 여행하면서 방탕과 사치로 달러화를 낭비하여 국고가 고갈되기에 이르고 국가 경제가 파탄의 지경에 이르게 되었다.

조국은 남북으로 갈라지고 민심은 경상도와 전라도, 충청도로 분열되어 이전투구를 일삼는 것을 보면 우리 민족의 장래가 심히 염려된다. T.K니 P.K니 하는 것이 모두가 국론을 갈라놓는 상징으로 변하고 있다면, 우리 모두는 너무나 불행한 현실 앞에 숙연해질 수밖에 없다.

하나님의 뜻을 이 땅에 밝히겠다는 종교의 가르침은 어디 갔으며, 인간답게 세우겠다는 교육의 현주소는 어디 있고, 덕은 근본이고 재주는 말단이라 일러주신 선열들의 교훈은 어느 곳에서 찾을 것인가.

자연은 질서의 세계이고 자연 속에 사는 우리들이 그 꿈속에서 평화를 추구하다 보면 양심적이 되고, 양심이 세상을 이끌어 가게 되면 세상은 아름답게 된다. 불타의 가르침에 '괴로움은 물욕과 갈애에서 비롯된다'고 하였다. 명예를 얻은 자가 물욕에 눈이 멀면 비극의 구렁텅이에 빠지고, 재물을 얻은 자가 명예욕에 빠지면 처신을 잃게 된다. 중세 구라파에 기사의 도가 있었듯 우리에게도 대쪽 같은 선비의 도가 있었다.

조선조에 팽배하였던 사색당쟁, 정의를 외치는 바른 인품에도 사약이나 유배에 처하여 생각의 옳음과 사회의 바름을 잘라 버린 죄의 결과로, 나라의 전통적인 명맥이 흔들리고 기초가 바로 서지 못하여 해방 이후에도 일제의 잔재를 청산하지 못했다. 또한 공화국이 바뀌면서도 명목의 변경뿐 그 인물이 그 인물들이어서 문민시대의 사정의 칼날도 5년이 못 되어 둔해지고 부정과 부패의 비리가 천문학적 숫자로 불거져서 감옥에서 반성해야 될 죄인이 비웃고 있으니 실로 부끄러울 따름이다.

'개인은 제 민족을 위해서 일함으로써 인류와 하늘에 대한 의무를 수행한다.'

이는 1938년 3월 10일 순국한 도산 안창호 선생의 말씀이다. 달러 몇 푼을 모았다고 해외여행을 무한정 장려하고 조기 유학을 허가하는 등 위 아래 없이 극심한 외화 낭비로 국고를 탕진하고, 엔화 강세로 인한 이웃 일본의 경기 침체를 바라다보면서 국민을 향해 근검 절약의 중요성을 뿌리 깊이 인식시켜 주지 못한 행정부의 책임이 크다. 더구나 고국을 드나들면서 고급 골프채나 실어 나르던 해외 동포들도 자성해야 한다.

굶어 죽어가고 있는 북한 동족들을 도와주어야 할 사람들이 우리들이며, 지구상에 오직 하나뿐인 비극의 분단국이 우리 민족이다. 그런데 신한국 창조와 사정의 칼날을 앞세우고 나온 Y.S 정권의 한보 비리로, 경제적인 곤궁으로 온갖 루머 앞에, 국민 앞에 머리를 들 수 없다는 상황을 바라보면서, 정략배는 많아도 정치가는 없고, 장사치는 많아도 사업가는 없고, 자칭 애국자는 많아도 우국지사가 없음을 깨닫게 된다. 국내의 동포 여러분, 우리 모두 민족적 양심 앞에 준엄해지는 각오와 결단이 있어야 하겠다. 3월은 민족의 달이다.

역사의 거울 앞에서

거울은 물체의 형상을 비춰 보는 물건이다. 아름다운 여인이
거울 앞에 서면 미가 창조되지만 험악한 인간이 그 앞에 나타나
면 추가 투영된다. 시인 미당 서정주는 〈국화 옆에서〉란 시에
서 '돌아와 거울 앞에 선 내 누님같이 생긴 꽃이여'라고 비유하
였다. 죄인이 거울 앞에 서서 그 형상을 바라다보면 죄와 추가
나타나지만, 수양인이나 참된 신앙인의 거울엔 허욕과 욕망을
떠난 참 선과 의가 보인다고 선인들은 믿어 명경지수의 연못에
서 죄와 덕을 밝혀 보려 하였다. 인간의 마음이 곧 인간의 거울
임을 믿었기 때문일 것이다. 마음이 기쁜 사람이 세상을 바라다
보면 모든 것이 긍정적이고 신나고 아름다워 보이나, 마음이 슬
픈 사람이 바라다보는 세계는 모든 것이 비극적이고 허망해 보
이며 부정적으로 보인다.

인간의 삶은 어디엔가 초점을 맞추고 살아갈 때 그 삶이 윤택
해지고 활기가 넘치게 된다. 기독교인이 예수 그리스도에게 신

앙의 초점을 맞출 때 진정한 기독교인이 될 수 있고, 불교인이 석가모니의 가르침에 가슴을 기울일 때 참 불자가 될 수 있음과 같은 것이다.

인간에게는 자신을 자신 되게 해주는 두 개의 버팀목이 있다. 하나는 겸손이요, 다른 하나는 자신감이다. 겸손은 나보다 나은 사람을 존경하고 바로 섬기는 마음이요, 스스로를 낮추어 남의 인정을 받는 모습을 말한다. 제자들의 발을 손수 씻어 주며 '나는 섬김을 받으러 온 것이 아니고 섬기러 왔다'고 스스로 본을 보여주는 예수의 겸손, 내가 싫은 것은 남에게 권하지 말라고 당부한 공자의 권면, 사양지심(辭讓之心)은 인의 근본이라고 일러준 맹자의 가르침, 이 모두가 겸손의 아름다운 본보기들이다.

겸손만큼 중요한 것이 또한 삶의 자신감이다. 자신감은 나의 나 됨이요, 남 앞에 떳떳이 설 수 있는 실력이요, 정정당당한 대장부의 기개며 기사도의 정신이다. 이를 위해서 화랑도에서는 '세속오계'를 근본 덕목으로 가르쳤다. 임금을 섬길 때는 충성으로 하고, 부모를 모실 때는 효로써 하며, 벗을 사귈 때는 신의로써 하고, 전투에 임하면 물러섬이 없고, 부득이 살생을 할 때는 가려서 해야 한다는 것이다. 이 다섯 가지 덕목이 화랑도의 거울이었다. 예수의 십계명, 유가의 삼강오륜, 맹자의 사단지계, 주자의 십회문, 왕건의 훈요십조, 이 모두가 그 시대, 그 사회를 재는 기준이요 가치의 척도가 되어 그 시대를 버티고 나간 것이다.

그런데 요즈음은 그 거울이 흐려져 가고 있다. 명경지수와 같아야 할 양심의 거울, 의심스러운 사람은 쓰지 말고 쓴 사람은 의심하지 말라는 신뢰의 거울, 버젓이 잘못을 저질렀으면 참회해야 할 회개의 거울에 김이 서리고 성애가 끼었다.

세상이 급변하여 컴퓨터화되고 인공위성과 인터넷이 세계 곳곳의 소식을 순식간에 전함으로써 편리를 얻기는 하였지만, 인간 본래의 순수한 비밀을 유지할 수 없고 아름다운 전설을 엮어갈 기회를 상실하였다. 글을 읽어야 할 아이들이나 어른들이 하나같이 바보상자라는 텔레비전 앞에 모여앉아 금쪽 같은 시간을 낭비하는 동안 사물을 살펴 분별하는 마음의 작용인 심안(心眼)이 흐려지고, 눈요기의 얕은 인간관을 지니게 되어 인생의 불행을 자초하고 있다. 인간들이 이렇게 나가다가 어디에 도달할지 심히 걱정스럽다.

'책 속에 길이 있다. 옳게 읽고 바로 가자.'

이는 우리가 젊었던 시절 1960년대의 독서주간 표어이다. 신문이나 월간 잡지만으로는 지혜의 축적과 지식의 계발(啓發)이 힘들다. 우리 모두에겐 선인들의 발자취가 역력한 고전을 통하여 지성과 덕성과 야성을 길러야 한다. 유학의 본산인 성균관 명륜당에는 '일월양륜 천지안, 시서만권 성현심(日月兩輪 天地眼 詩書萬券 聖賢心)'이라는 큰 현판이 걸려 있다. 나라의 중추가 되는 문무의 인재를 양성하며 과거를 행하던 그곳에 '해와 달의 두 바퀴는 하늘과 땅의 눈이요, 시서만권의 책 속에 성현의 마음이 서려 있다'니 가슴이 뜨겁도록 충격적인 권학 권면의 말씀이 아닐 수 없다.

이민 100년, 200만의 한국 동포가 닻을 내린 미주땅도 이제 가난하고 외롭지만은 않은 땅이다. 지금은 우주의 시대, 미국과 고국의 거리가 그리 멀지 아니한 오늘이 되었기 때문이다. 미래형 초고공 제트기가 마하 6,700마일로 장차 2시간이면 서울에 닿을 날이 멀지 않다니 더욱 그러하다. 더구나 우주정거장을 건설하고 있는 오늘의 현실이 아닌가.

그런데 우리의 사고방식과 행동양식은 오히려 협소해지고 있다. 우선 언어가 거칠어지고 실리주의 상황으로 변모되고 있다. 그 시대의 문화를 측정하려면 어린아이들의 유행어와 시장의 언어들을 측정해 볼 필요가 있다. 자신의 경쟁 상대를 멀리할 때 적극적인 방법을 동원하면 '왕따', 은유의 방법을 택하면 '은따'라고 하니 가슴이 아프고 이에 학부모가 동조하고 있으니 한심하기 그지없다.

상업시대의 경쟁 원리는 광고요 선전인데, 요즈음 한인 상가의 실태를 살펴보면 싹쓸이, 몽땅, 가격 파괴, 깡그리와 같이 순화되지 아니한 거친 언어로 고객을 부르는 실정이다. 이는 사회 정화와 봉사에 저해되는 일이니 하루속히 맑고 아름다운 은유법으로 그 방법이 바뀌었으면 좋겠고, 언론이 앞장서 주었으면 고맙겠다. 항상 '덕은 근본이요. 재주는 말단(德本才末)'이라고 우리의 선인들이 일깨워 주셨지 않은가.

별을 노래하는 마음으로

윤동주는 '하늘을 우러러 한 점의 부끄러움이 없는' 나날을 살아가기 위해
잎새에 이는 바람소리 앞에서도 괴로움을 느껴야 했다.

'죽는 날까지 하늘을 우러러/한 점 부끄러움이 없기를/잎새에
이는 바람에도/나는 괴로워했다./별을 노래하는 마음으로/모든
죽어가는 것을 사랑해야지/그리고 나한테 주어진 길을/걸어가야
하겠다./오늘 밤에도 별이 바람에 스치운다.'

윤동주 씨의 시이다. 시인의 마음은 순수와 무잡이 그 근간을
이룬다. 머리 위로 흘러가는 구름과 나뭇잎을 스치고 지나가는
바람결, 그리고 돌계곡을 흘러가는 시냇물하며 해, 달, 별 그리
고 나무, 구름, 우레와 번개도 시인의 마음속에 들어오면 시제
가 되고 풀 한 포기에서부터 장강대하, 태산교악에서부터 새와
벌레의 소리에 이르기까지 모두 시의 대상이 된다.

시란 자연과 인생에 대한 감흥, 사상 등을 운율적으로 표현한
글월을 의미한다. 엄밀한 의미로 말해서 시란 시인의 영혼의 거
울 속에 투영된 마음의 표상이다.

시를 쓰기 위해서는 작자 자신의 의도의 형상화가 필요하다.

그렇기 때문에 시인들은 자신의 영혼의 거울 속에 시상을 갈무리하는 수고와 완숙된 알맹이를 건지려는 노력이 필요하다.

우리 민족의 젊은 혼이요, 민족혼의 대명사인 시인 윤동주는 29세의 앳된 나이로 왜구의 땅 구주복강형무소에서 생을 마감하기까지 '하늘을 우러러 한 점의 부끄러움이 없는' 나날을 살아가기 위해 잎새에 이는 바람소리 앞에서도 괴로움을 느껴야 했다. 그리고 별을 노래하는 마음으로 조국의 해방을 갈망하는 염원으로 모든 죽어가는 것을 바라보고, 우리의 형제 자매들이 죄없이 죽어가는 아픔을 절절히 느끼면서 자신에게 주어진 삶의 고난과 번뇌 그리고 십자가를 지고, 민족이 걸어가는 뼈아픈 현실과 실상들 속에서 운명의 길을 걸어가야겠다는 절대자 앞에 순종하는 모습이 처절하게 사무쳐 있다.

그 당시 일본인들의 우리나라에 대한 박해는 일찍이 세계사 속에서 그 유래를 찾아볼 수 없을 만큼 가혹하고 잔인했다. 36년간 우리 국민들을 노예와 같이 짓밟고 숱한 인명을 살상하고 언어말살정책, 창씨개명의 강요 등으로 수천 년 역사의 흐름을 역행하고 민족성을 뿌리째 뽑으려던 저들, 그들은 내선일체의 욕망을 채우기 위해 안하무인의 잔인성을 보였다. 그들이 얼마나 잔악하고 비인간적이었는가는 관동대지진 때의 조선인의 대학살, 남경의 중국인 대학살, 근세의 월남의 패망 이후 필사의 탈출을 위하여 동남아 해안을 떠돌던 월남 피난 보트피플의 외면에 대한 냉정성에서도 쉽게 읽을 수 있다.

미국이 30여만 명의 난민을 수용하고 구라파 각국들이 적극 협조한 데 비하여, 8천여 난민 수용을 약속한 일본은 불과 기백명을 받아들이고 그나마도 철조망을 높이 두르고 외인과 차단된 수용소에 격리시켰으며 죄인과 같은 대우를 하여 국제적으로 물의를 일으킨 바 있다. 신성불가침의 인권이 외면당하고 고난 속에서 겨우 연명하며 일어를 익히고 성과 이름을 일본식으로 고친 후에야 개방하겠다는 속물 근성은, 인도주의를 외면한 경제 동물의 야성과 치부를 전세계에 드러낸 것이다.

일본 국민들이 모방과 근면으로 경제 대국은 될 수 있었을지라도 세계의 진정한 리더가 될 수 없는 점이 바로 여기에 있다. 그들에겐 배타적인 사고성 때문에 기독교가 받아들여지지 아니하여 사랑의 정신이 결여되어 있다.

시인 윤동주는 1917년 12월 30일 북간도 명동촌에서 윤영석과 김용의 장남으로 태어났다. 3·1 운동이 발생하기 불과 2년 전이니 국운이 풍전등화와 같고 민중들이 통배를 내주고 배속을 빌어먹으며 남부여대하며 만주와 간도, 시베리아, 중국으로 밀려나서 방황하던 시절이었다.

그는 용정에서 중학교를 졸업하고 연희전문학교를 거쳐 일본 동지사대학 영문과에 재학 중, 1943년 여름 방학을 맞아 귀향하던 중 사상범으로 일경에 피체되어, 1944년 6월 2년의 형을 선고받고 구주복강형무소에서 1945년 2월 옥사하여 그해 3월 고향인 간도 용정 동산에 묻혔다.

온 겨레와 더불어 꿈속에서도 갈망하던 조국 광복을 불과 6개월 앞둔 비운의 일생이었다. 그와 함께 체포되어 수감되었던 고종 송몽규도 3월 10일에 옥사된 것을 생각하면 저들의 갖은 학대와 형무소 시설의 열악성을 짐작하고도 남음이 있다.

해방 이후 1948년에 그의 유고를 모아 《하늘과 바람과 별과 시》를 펴내니 그 아픈 마음과 못다 이룬 한을 생각하며 애통해하지 아니한 자가 누구였으랴.

그는 불안과 고독, 절망과 회한 속에서 희망과 용기로 운명을 극복하고 〈또 다른 고향〉, 〈별을 헤는 밤〉, 〈십자가〉, 〈슬픈 족속〉 등 울분과 통한 그리고 광복의 봄을 기다리는 염원의 시들을 피를 토하듯 쏟아 놓았고, 이 시들이 그가 남긴 유서가 되었다. 그는 밤비가 속살거리는 남의 나라 어두운 뒷방에서 '인생을 살기가 어렵다는데 시가 이렇게 쉽게 쓰여지는 것은 부끄러운 일이다'라고 자책하면서, 자신은 자기 자신에게 작은 손을 내밀어 눈물과 위안으로 잡는 최초의 악수를 나누었다고 술회하고 있다. 오늘 밤에도 별이 바람에 스치운다.

'산모롱이를 돌아 외딴 우물을 홀로 찾아가선/가만히 들여다봅니다./우물 속에는 달이 밝고 구름이 흐르고 하늘이/펼치고 파아란 바람이 불고 가을이 있습니다./그리고 한 사나이가 있습니다./어쩐지 그 사나이가 미워져 돌아갑니다./돌아가다 생각하니 그 사나이가 가엾어집니다./도로 들여다보니 사나이는 그대로 있습니다./다시 그 사나이가 미워져 돌아갑니다./돌아가다 생각하니 그 사나이가 그리워집니다./우물 속에는 달이 밝고 구름이 흐르고 하늘이/펼치고 파아란 바람이 불고 가을이 있고/추억처럼 사나이가 있습니다.'

그의 〈자화상〉을 옮겨 놓으며 글을 맺는다.

수루에 혼자 앉아

이순신에게는 무반 집안의 전통적인 충효사상과
문학에 대한 높은 소양과 남다른 정의감과 애국혼이 있었다.

'한산섬 달밝은 밤에 수루에 혼자 앉아/큰 칼을 옆에 차고 깊은 시름 하는 적에/어디서 일성호가는 나의 애를 긋느니.'

이순신의 글이다.

글은 곧 인간이란 말이 있다. 한 인간의 생각 속에 그의 주체의식이 새겨져 있고, 인생관이 잠재하여 있으며, 모든 행동이 그의 사고를 통해 나타나기 때문에 생겨난 말일 것이다.

우리 민족은 인간 이순신을 일러 성웅이라고 부른다. 성웅이란 성스러운 영웅이란 뜻이다. 영웅이 민족의 힘을 이끈 장수라면 성웅은 민족의 혼을 이끈 장수임이 분명하다.

우리 온 겨레가 이순신 장군을 충무공이라고 높여서 부르는 이유도 여기에 있다.

'집안이 가난하면 어진 아내가 생각나고 나라가 어려우면 현명한 재상이 생각난다'는 말이 있듯이, 우리 민족에게도 난국의 위기에 처할 때마다 멸사봉공의 위인과 고절지사의 선비들이 나와서 나라의 기틀을 바로 세우고 국민들을 태평성대로 이끈 적이 한두 번이 아니다.

이순신 장군은 자는 '여해이고' 시호는 '충무'로서 1545년부터 1598년까지 우리 역사에 존재함으로써 일대 변혁을 일으킨 명장이요, 시인이며, 문필가이다. 그리고 발명가와 효자로서 우리 모두의 가슴속에 영원히 살아 계신 분이다.

그는 선조 9년(1576)에 식년무과(병과)에 급제하여 그 당시 변방이었던 함경도의 동구비보권관을 시발로 하여 미관말직을 전전하다가 1591년(선조 24)에 유성룡의 천거로 전라좌도 수군절도사가 되었다.

좌수영에 부임한 이후 임진왜란이 일어나자 거북선을 발명하여 옥포, 당포, 당항포 등지에서 적을 대파하여 그 공로로 자헌대부에 승진되고, 7월 한산도에서 적선 70여 척을 격퇴시킨 후 삼도수군 통제사가 되었다.

호사에는 다마가 따르는지라 1597년 원균의 모함으로 서울에 압송되어 사형을 받게 되었으나, 정탁의 변호로 권율의 막하에서 백의종군하던 중, 원균의 대패로 삼도수군통제사에 재임명되어 노량해전에서 대승하였다.

그는 글에 능하여 전쟁의 와중에서도 틈을 내어 시조와 한시를 쓰고, 그 중의 하나가 우국의 혼이 배이고 충정의 맥박이 뛰며 진충보국의 구국혼이 배어 있는 〈한산도〉 시조이다.

그의 명저 《난중일기》에서는 '고요하고 무겁기가 산과 같다'는 정중여산의 깊은 심경을 토로하고 있다.

명검과 명마가 나면 그에 버금가는 주인이 나타나듯, 이순신의 지모와 덕을 볼 줄 아는 명재상 유성룡이 있어 그가 발탁되었고, 중용되어서 기울어 가는 국운을 바로 세우는 구국의 명장이 될 수 있었다. 힘을 내세워 권력의 아성을 구축하려 하고 지모를 앞세워 다스리는 자 앞에 잘 보여 입신 영달을 꾀하려는 오늘날의 무인들과는 사고방식과 행동양식이 판이하게 달랐다.

유성룡과 충무공과의 사이는 마치 《삼국지》에서의 유비와 제갈량에 비견되는 수어지교(水魚之交)의 크나큰 교유와 신뢰가 있었다.

조선의 역사 속에서 2대 인물을 들라면 세종대왕과 충무공을 들고, 2대 위대한 업적을 들라면 한글과 거북선을 내세우는 것도 인물이나 업적면에서 우리 민족을 대변할 만하며, 세계의 역사 앞에 내놓아도 추호의 손색이 없기 때문이다.

'천하는 일인의 천하가 아닌 만인의 천하'이지만 역사는 만인의 무리 속에서 창조적 사고와 정열에 의해 향상되고 전진한다.

나무가 크면 그만큼 바람도 강하게 맞듯, 지략이 출중한 그에게 소인배들이 그를 모함하여 기를 꺾고 음해하려 하였던 것은, 조선 역사 속에 빈번하였던 사색당쟁의 산물이었으며 선인들의 불행한 전철을 밟는 죄스러움이었다.

우리는 조국의 현실을 바라보면서 충무공과 같이 달이 밝은 밤에 수루에 혼자 앉아 민족과 조국 통일의 크나큰 과업을 염려하고 잠 못 이루는 우국지사가 얼마나 있는가를 묻고 싶어진다.

권력을 등에 업고 국고를 유출하고 땅 투기에 열을 올리며 정계 진출에 혈안이 되어 이합집산을 일상사로 반복하는 추태를 보면 가슴이 아픔을 금할 수 없다.

더구나 미주에 이민 와서 사는 우리들로서는 4·29의 비극적 폭동의 아픈 상처가 가시기도 전에, 국민들이 거두어 준 성금 배정을 놓고 추태를 부리던 부끄러운 모습들을 상기할 때에 마음이 더더욱 무거워진다.

충무공이 무신으로서 갖추기 힘든 문무겸전의 용맹과 덕을 지녔음은 너무나 고귀한 우리의 빛이요 힘인 동시에 충무공 전서가 우리 민족의 경전이 되는 소이도 여기에 있다.

님의 행차 서쪽으로 밀어가시고
왕자들 북쪽에서 위태한 오늘날
나라 위해 근심하는 외로운 신하들
장수들은 공을 세울 때로다
바다에서 맹세하니 용이 흐느끼고
산에 맹세하니 초목이 아는도다
이 원수 모조리 무찌른다면
내 한 몸 이제 죽는다 어찌 사양하리오.

조국이 위기에 처하고 왕실이 위태로울 때 그의 큰 뜻을 한시조로 읊은 것이다.

이순신에게는 무반 집안의 전통적인 충효사상과 문학에 대한 높은 소양과 남다른 정의감과 애국혼이 있었다.

적을 두려워 아니하고 명령이 없이는 물러서는 법이 없는 임전무퇴의 정신이 투철하였던 것이다.

그는 어머니로부터 인간적인 사랑을 배워 그 효성이 남달랐다. 우리가 그를 영국의 넬슨 제독에 비유함도 여기에 연유한다.

그는 1604년 선무공신 1등이 되고 풍덕 부원군에 추봉되었으며, 후에 좌의정·영의정에 추증되었다.

그의 장지인 아산 어라산엔 왕이 친히 지은 비문과 충신문이 건립되었으며, 충무에 충렬사, 순천에 충민사, 아산에 현충사 등에 항배되었다.

현군은 국민들을 자식과 같이 거두었으며, 충신과 열사들은 자신의 몸을 희생하여 민족과 조국을 구출하였다.

우리 해외 동포들에게도 고국에 있는 동포들에 못지않게 통일 조국을 향한 임무들이 기다리고 있다. 우리 모두는 근엄한 자세로 충무공이 남겨 준 애국혼을 가슴속에 길러야 할 것이다.

역사의 물결은 그 민족과 강산을 영원히 그리고 도도히 흘러가고 있기 때문이다.

다스리는 자의 도

덕치는 이상사회의 기준이요, 법치는 현실사회의
통치 이념이며, 역치는 하등사회의 통치 기술이다.

'신뢰의 결여가 인간의 위기다.'

철인 야스퍼스의 말이다.

인간은 많아도 인물이 적고 호언장담은 흔해도 진리의 말씀이
고갈된 현대여서 우리들은 현대를 살아가면서 위기의식을 강하
게 느끼고 있다.

주위에 누가 친절로 접근해 올 때 사랑보다 의구심이 앞서고,
저 속에 또 무슨 책략이 숨어 있지 않을까 근심이 앞서는 것이
모두 이 때문이다.

지난 1월 22일 저녁 노태우·김영삼·김종필 씨 등 3당 총재가
전국에 생중계된 텔레비전 앞에서 무조건 통합을 선언한 데 대
하여 온 국민들은 경악을 금치 못하였다.

이에 앞서 한국의 첫 민주주의를 총칼로 짓밟고 유신 잔당으
로 남아서 회개할 줄 모르는 김종필 씨는, 며칠 내에 경천동지
의 놀라운 소식이 울려 퍼질 것이라고 자신만만해 했다.

이 소식이 1노 2김의 합작, 거대 여당의 탄생이었다.

여기에 국민이 가장 놀란 것이 거산 김영삼 씨의 급격한 변신이었다. 선인들이 이르시되 '근묵자흑(近墨者黑)'이라, 골프채 몇 번 휘두르며 운정을 따라다닌 것이 이만한 배신이라면 경천동지할 만한 소식이 아닐 수 없다. 《삼국지》에 보면 조조가 점성가 허자장을 찾아가 자신의 운명을 물었을 때 '치세엔 능신이요, 난세엔 간웅이라'고 점쳐 주었다.

우리 국민들은 거제도에서 나서 부산에서 정치에 입문하였다 하여 거산이라 작호한 김영삼 씨의 민주투쟁 30년을 높이 평가해 주었다.

그가 거리로 나설 때 보호해 주었고, 연금의 고통을 당할 때 격려해 주었으며, 단식투쟁으로 일관할 때 기도로 위로했고, 여색의 허물도 관대하게 덮어 주었다.

우리 민족 앞에는 민주와 민권과 민생을 위하여 투쟁하는 인물이 빈곤하였기 때문이다.

진산의 태도가 불분명해질 때 격노했고 소석의 발언이 약화되고 태도가 엉거주춤할 때에 그를 외면하였다. 난세의 간웅이 아닌 치세의 능신이 되어 조국 통일을 성취하는 지도자가 되기를 기대하였다. 그런데 그는 하루아침에 5공 연계 세력들과 손을 잡고 난세의 간웅임을 자처했다.

개천에서 난 용이 뱃마을의 범인으로 스스로 복귀한 것이다. 참으로 그 투쟁 30년의 세월이 아깝고 그 인물의 변절이 마음 아프다.

국민들이 진심으로 바라는 것은 5 · 16이나 12 · 12, 1 · 22의 쿠데타나 경천동지의 놀라움이 아니라, 천하와 민족을 경륜으로 다스리는 '경천위지'의 천리다.

공자의 제자 계강자가 정치가 무엇이냐고 스승에게 물었을 때 '정야', 즉 바른 것이라고 대답하였다. 다스림은 곧 바른 것이라고 일러준 것이다.

덕치는 이상사회의 기준이요, 법치는 현실사회의 통치 이념이며, 역치는 하등사회의 통치 기술이다. 그래서 우리는 덕으로 다스리던 왕도정치의 상고주의 사회 요순시절을 회고할지언정 힘과 술수로 다스리는 패도정치를 경원하였다.

우리 시대에 치욕스러웠던 체육관 대통령 시절, 유신 평통의 시절이 막을 내리고 미흡하나마 오랜만에 국민들의 손으로 세운 6공의 탄생이 여소야대임에는 역사적인 깊은 의미가 숨어 있음을 감지해야 할 것인데, 1노 2김의 밀약으로 인하여 국민들의 의사를 깡그리 밀어붙이고 거대 여당으로 하루아침에 탈바꿈한 데 대하여 깊은 우려를 금치 못하는 바이다. '절대 권력은 절대 무패한다'는 악톤의 지적을 일본 자민당의 통치 과정을 통해 여실히 확인하였기 때문이다.

노 정권과 김종필 씨는 '초록동색'의 동질성이 있으니 합하여도 놀랄 것이 없으나, '대도무문'을 치세의 신조로 내세우던 거산이 하루아침에 대통령의 꿈을 향하여 말머리를 돌리고 여권으로 향한 것은 국민을 배신하고 우롱한 슬픈 처사임을 부정할 길이 없다.

이것은 분명한 '대권무문'의 목적을 위해서는 수단과 방법을 가리지 아니하는 얕은 속셈의 변절이다. 중학교 때 그의 꿈이 대통령이 되는 것이라 하여 '김영삼 대통령'이라고 책상머리에 써붙였었다고 지난번 선거 때 실토하였는데, 한국 사람치고 중학교 때 대통령 안 지낸 사람이 어디 있겠나. 오호라, 진실로 슬프도다. 개인의 욕망 충족을 향한 변절이여!

김대중·김영삼 두 지도자의 욕구 미성취로 인하여 두 개의 야당으로 분리되었던 과거의 불행이 평민·민주의 합당으로 성취되기를 바라는 것이 국민들의 간절한 염원이었음을 어느 누구도 부인할 수 없었던 현 시점에서, 김영삼 씨의 급격한 변신은 '덕본재말(德本才末)'의 진리를 외면하고 '무신불립(無信不立)'의 철학을 상실한 채 대공을 버리고 소리를 택한 행위로서, 본인이 생각하는 역사 속의 영웅이 아닌 국민 신뢰의 배신자로서 경거망동의 처신을 영원히 규탄받을 것이다.

성균관 입구에 보면 탕평 비각이 하나 서 있다. 그 속을 자세히 살펴보면 '군자지공심 소인지사의(君子之公心 小人之私意)'라고 영조의 어필로 새겨져 있다.

국론이 사분오열되고 사색당쟁이 국운을 쇠하게 하여 입신양명과 출세지상주의로 치달아 국기가 흔들릴 때, 영조대왕이 사색당파를 고루 등용하여 나라를 바로 잡으려는 일념으로 '군자는 공적인 일에 뜻을 다하고 소인은 개인의 생각에 틀을 맞춘다'고 경고하고 후일에 귀감으로 삼기 위하여 세운 비석이다. 이것이 다스리는 자의 도요, 앞선 자의 윤리 강령이 되어야 하지 아니하겠는가.

무조건 나를 따르면 살 길이 온다고 소리칠 때에 맹종하는 그 휘하 당원들도 국민들의 냉엄한 심판이 기다리고 있음을 명심해야 할 일이다.

후광 김대중 총재도 과거를 과감히 청산하고 거국 야당으로서 일신된 자세로 국민들 앞에 서야 할 것이다. 자아발견의 광명한 대도가 세계 각국에서 굳세게 열리고 있고, 몸은 일회적이나 그 생이나 명예는 영원하다는 진리가 밝게 빛나고 있기 때문이다. 역사는 진실이 원동력이 되어 도도히 흘러가는 거대한 하나의 강줄기이기에 어느 누구도 이를 가로막을 수가 없다.

조국 강산

'나라가 없고서 한 집과 한 몸이 있을 수 없고 민족이 천대받을 때 혼자만이 영광을 누릴 수 없다.'

이는 우리 민족의 위대한 지도자 도산 안창호 선생의 말씀이다. 그는 조국을 일본에 빼앗기고 외국에 나가서라도 구국의 길을 찾아보려고 캘리포니아를 향해 떠나면서 '간다 간다 나는 간다/너를 두고 나는 간다/잠시 뜻을 얻었노라/까불대는 이 시운이/나의 등을 내밀어서/너를 떠나게 하니/간다 한들 영 갈소냐/나의 사랑 한반도야'라는 〈거국가〉를 남겼다.

그는 미주로 와서 국민회를 조직하고 흥사단을 만들었으며 공립신보(신한민보)를 발간하였다. 자각과 단결로 민족의 힘을 길러서 잃은 조국을 되찾는 각오와 결심에서였다.

깊은 산속에 있는 은자가 오히려 산의 웅장한 자태를 모르듯, 도산은 구국의 상념에 잠기면서 망망대해를 지날 때에 섬 위에 우뚝 솟은 산의 자태를 바라다보면서 자신의 아호를 도산(島山)

이라 지었을 듯하다.

이렇게 어려운 환경을 극복하고 수많은 애국 선열들이 목숨을 바쳐 가면서 되찾은 조국 강산 위에 이승만의 독재, 박정희의 군사 쿠데타, 장면의 무능, 전두환, 노태우의 국고 갈취에 이르기까지 숱한 방황과 고난의 연속이었다. 이렇게 어려운 상황 속에서 40대 기수론을 내세우면서 독재 정권에 대항하고 민주주의의 깃발을 들고 나선 두 기둥이 두 분의 김씨였음을 부인할 국민은 별로 없을 것이다. 나도 조국의 민주주의를 염원하고 이를 위하여 데모도 하고 기도도 하던 한 사람으로서, 이들이 고난을 당할 때 마음속으로 늘 고뇌를 함께 하였고 민주 투쟁의 깃발을 올릴 때 박수와 갈채를 보냈다.

거제도에서 나서 부산에서 정치에 입문한 김영삼 대통령은 아호를 이에 뜻하여 거산(巨山)이라 짓고 '큰 도에 이르는 길엔 문이 없다'고 대도무문(大道無門)을, 목포에서 태어난 김대중 대통령은 뒤에 넓어지리라는 생가 마을의 뜻을 따라서 후광(後廣)이라 부르고 '백성을 가지고 하늘로 삼는다'고 이민위천(以民爲天)을 정치 이념으로 삼았다. 민주주의를 추구한다는 이유로 한 분은 가택에 연금되고 다른 한 분은 광주항쟁의 충동자로 올가미를 씌워 사형 언도를 받고, 세계 언론의 줄기찬 분노에 굴복하여 미국으로 추방되었던 1984년 민주 헌금을 하는 심정으로 거산의 '조국 강산'과 후광의 '행동하는 양심'을 구입하였다.

폭양·폭우와 싸우는 농부의 형편으로서는 그리 쉬운 일이 아닌데, 이를 구입하여 서재에 걸어놓고 내가 떠나온 조국 강산에는 행동하는 양심이 가득한 행복의 샘터가 되고, 장차 조국의 통일을 이룩하여 선열들의 염원이 성취되는 복지 국가가 되기를 간구하는 마음으로 기쁨 속에 바라다보면서 살아왔다. 이 두 분이 정적이 되어 서로 헐뜯고 싸울 때엔 이 족자를 바라다보면서 마음 아파하던 때가 한두 번이 아니었다. 마을에서 아이들끼리 싸움이 잦으면 이웃간에 불화가 오고, 집안에서 부부간에 의견이 엇갈리면 가정의 평화가 깨어지고, 정치가들 사이에 적대 감정이 쌓이면 국태민안에 금이 간다.

밥 도울의 매서운 질책과 끈질긴 추적을 물리치고 50년 만에 민주당 대통령으로서 재선의 영광을 얻은 빌 클린턴은 지난 1월 7일 정적 밥 도울에게 민간인 최고의 훈장인 자유 훈장을 수여하였다. 국민들의 결정에 깨끗이 승복하고 영광과 기쁨을 온 국민들과 함께 나누려는 이들의 품성은 보는 이들로 하여금 가슴 벅차게 하였다. 큰 대(大) 자도 넓을 광(廣) 자도 없는 소석동(小石洞:LITTLE ROCK)에서 난 빌 클린턴의 폭넓은 지도력에 기대를 거는 이유가 여기에 있다.

우리나라에서도 고대하던 문민시대가 열렸다고 온 국민들이 기뻐하던 때가 엊그제 같은데 대통령의 임기 1년을 남겨 놓고 문민 독재가 어떻다느니, 지역 할거주의가 팽배하였다느니, 관료 사회가 마치 P.K 동창회를 연상한다느니 하는 씁쓸한 지적들이 나오고 있다. 그리고 안기부법·노동법의 날치기 통과로 나라가 온통 시끄러운 터에 천문학적 숫자의 부정 비리 사태인 한보 사건이 터져서 너무나 민족의 장래가 염려되는 터이다. 더구나 Y.S는 거산이란 아호와 대도무문이란 통치 이념을 지닌 분이 아닌가. 이에 버금가는 도량이 뒤따랐으면 한다. 예수님께서도 '너희는 먼저 그 나라와 그 의를 구하라'고 당부하셨다. Y.S도 그 남은 임기를 아름답게 마무리하고 다음 대통령은 국민들이 알아서 뽑도록 초연하였으면 바란다. 식량이 없어서 굶어 죽는 북한의 긴박한 실정을 앞에 놓고 민족의 지혜와 경륜을 합하여 이를 해결하고 조국 강산에 행동하는 양심이 넘치는 사회가 되기를 간절히 기원한다.

5 · 18 민중항쟁의 역사적 의미

1980년 5월 18일 자유를 갈망하고, 민주를 염원하고, 평화를 추구하던 죄없는 민중들 위에 천인공노할 살육의 만행이 자행되었다. 군부 독재자들의 욕망의 희생 제물이 되어 선하고, 약하고, 가진 것이 별로 없는 민중들이 국방을 담당하고 국가와 국민을 지키라는 군인들의 살상으로 천하보다 고귀한 생명을 박탈당하였다. 빛의 도시, 예술의 도시, 저항의 도시인 광주에서 광란하는 이리떼들의 만행 앞에 생명과 재산이 쓰러지고 불살라진 것이다.

이 악몽의 시간이 19년이 지난 오늘, 우리 모두는 그 당시를 상기하며 순국 영령들 앞에 고개 숙여 삼가 명복을 비는 바이다.

우리의 역사 속에는 민족의 생존을 향해 횃불을 밝힌 저항의 도시(抗都)가 몇 곳이 있다. 1894년 고부에서 시작된 동학혁명 이후 1919년 3월 1일 우리 민족이 자주민임과 독립국임을 세계 만방에 당당히 선포한 독립선언의 시원지 탑골공원(파고다)을 시발점으로 1929년 11월 3일 광주학생 독립운동, 1945년 11월 23일 반소·반공의 신의주 학생의거, 1960년 3월 15일 자유당 부정선거 규탄의 마산의거, 이를 계기로 발발한 4·19 학생혁명에 이르기까지 순수하고 애국적인 저항운동으로 연결되었다. 그러나 6·25 사변 이후 막강해진 군부의 힘이 5·16 군사쿠데타와 12·12사태에 이르면서 군의 권력 쟁취의 사태로 번지더니 드디어는 무력을 동원하여 정권 경쟁자를 내란 음모, 국가 전복의 주역으로 몰아 사형 언도를 내리는가 하면, 군권에 저항하는 민중들을 무참히 살해하고 무법천지로 몰고 가는 목불인견(目不忍見)의 비극적 상황으로까지 이끌어 간 것이다.

  비록 국가는 남북으로 분단되었어도, 민심은 동서로 갈라졌어도, 누리는 자유가 넉넉지는 못하였어도 통일된 조국을 갈망하던 저들 민주화된 강토에서 이웃을 사랑하면서 살자던 죄없는 동족들을 군홧발로 짓밟아 버리고, 아스팔트로 얼굴을 뒤덮어 누구의 자식인지, 누구의 형제인지를 분별 못하게 만들었던 죄인들은 지금 어느 곳에서 회한(悔恨)의 숨을 쉬고 있는지 묻고 싶다. 국내외 한민족 모두는 망월동 푸른 잔디 아래 누워 참 문민의 시대, 진정한 국민의 정부가 되기를 기도하면서 조국 통일을 기다리고 있을 영령들을 기억하고, 그들 앞에 엄숙히 고개를 숙여야 할 것이다. 사랑하는 동족의 죽음 앞에 속수무책이었던 우리들, 국고를 찬탈하여 자신들의 자손 만대에 영화를 꿈꾸며 창고를 늘리던 저들 앞에 꿀먹은 벙어리가 되었던 뼈아픈 어제가 처참하도록 괴롭고 부끄럽다. 역사 속에 씻을 수 없는 중죄를 저지른 죄인들을 성급히 사면 복권시켜 백주에 거리를 활보하는 것을 보고, 정의롭고 양심적인 국민들이 분노를 금치 못하는 연유도 여기에 있고, 조국의 밝은 내일을 위하여 무등산을 바라보며, 금남로를 내달리며, 애국가를 목 터지게 부르던 우리의 아들 딸들을 간첩의 지령을 받고 날뛰는 폭도로 몰고 불순분자로 간주하며 처단하던 국가보안법을 하루속히 개정하라는 까닭도 여기에 있는 것이다. 이는 U.N 인권위원회의 권고 사항이기도 하다. 이 역사적 명령 앞에 아픔 속에만 안주하기에는 선열들이 남겨 준 사명과 책무가 얼마나 크고 중대한 것인가를 깨달아야 할 것이다. 맹목은 죽음에 이르는 길이요, 안목은 밝고 푸른 역사의 내일을 바라다보는 조망의 눈길이기 때문이다.

'나라가 없고서 한 집과 한 몸이 있을 수 없고 민족이 천대받을 때 혼자만이 영광을 누릴 수 없다.'

이는 우리 민족의 선각자 도산 안창호 선생께서 우리에게 일러준 교훈이다. 그리고 '비전이 없는 국민은 망한다'라고 한 케네디 대통령의 외침에 귀를 기울여야 할 오늘이다.

5·18 민주항쟁 19주년을 맞는 우리 모두는 조국 제단에 젊음의 피 뿌려 활화산처럼 타오른 영령들 앞에 바르게 생각하고, 바르게 행동하고, 바르게 살아가는 역사의 주역이 되기를 다짐하고, 굶주려 죽어가고 있는 북한 동족들을 도와 하루속히 조국 통일을 이루고 번영된 내일을 보여드려야 할 것이다. 역사의 준엄한 명령이 우리를 부르고 있다.

시인과 농부

초판 인쇄 · 2001년 9월 10일
초판 발행 · 2001년 9월 15일

지은 이 · 정용진
펴낸 이 · 임종대
펴낸 곳 · 미래문화사

등록 번호 · 제 3-44호
등록 일자 · 1976년 10월 19일
주소 · 서울시 용산구 효창동 5-421호 ⊕140-120
전화 · 715-4507, 713-6647
팩스 · 713-4805

E-mail · miraebooks@com.ne.kr
mirae715@hanmail.net
ISBN 89-7299-218-6 03810
ⓒ2001, 미래문화사

정가 · 9,000원